足球

球 徐兴君/著

经理

FOOTBALL MANAGER

山东城市出版传媒集团·济南出版社

U0654873

图书在版编目（CIP）数据

足球经理 / 徐兴君著 . 一济
南：济南出版社 ,2017.8（2024.2 重印）
ISBN 978-7-5488-2729-0

Ⅰ . ① 足… Ⅱ . ① 徐… Ⅲ . ① 长篇小说 - 中国 - 当
代 Ⅳ . ① I247.5

中国版本图书馆 CIP 数据核字 (2017) 第 208742 号

足球经理　徐兴君著

责任编辑　朱　琦　范玉峰
责任校对　刘雅稚　董傲囡
装帧设计　戴梅海

出版发行　济南出版社
地　　址　济南市二环南路 1 号 250002
网　　址　www. jnpub. com
电　　话　0531 - 86131726
传　　真　0531 - 86131709
经　　销　各地新华书店

印　　刷　山东百润本色印刷有限公司
成品尺寸　170mm×240mm　16
印　　张　13.25
字　　数　170 千
版　　次　2017 年 8 月第 1 版
印　　次　2024 年 2 月第 2 次印刷
定　　价　49.00 元

发行电话　0531 - 86131730 / 86131731 / 86116641
传　　真　0531 - 86922073

引 子

　　世界在世界之上滚动，生命在生命之后狂奔……

　　这是李长军学生时代写的一首诗里的句子。那时的李长军和大多数男孩子一样，生活中只有诗和足球。那是朦胧诗的时代，作为一个标准的男生，上课读诗、写诗，下课就在操场上拿着个足球和一帮人踢啊踢，踢得天昏地暗，踢得日月无光。当然，作为 AC 米兰队里荷兰三剑客的崇拜者，李长军也留着一头长发，常常面对来球猛地一甩……

　　告别校园多年的李长军因为总公司收购了球队，在系统内招聘工作人员，于是，李长军立即报了名。幸运的是，因为他多次给报纸写过足球评论，有了一些知名度，让他如愿加入了东山俱乐部，有机会从事自己最喜欢的事业。在东山俱乐部面试结束的那一刻，李长军甚至有了生命重新开始的感觉，不由自主地长舒了一口气。

　　命运之花开始绽放，那花开的声音悠扬起来，这是何等动人的旋律？李长军憧憬着。

目 录

引 子

第一章　滨城迎来了惨败

这一年 3 月 15 日，中超联赛进行到第三轮，正是初春时刻。

三月下旬的滨城，生机已经按捺不住，开始到处萌芽，迎风吐绿了。刚刚取得两连胜的东山足球队在新帅牛金的带领下，斗志昂扬地来到虫工体育场。和以往不同，这次队员们来这里仿佛就是为了拿三分的。

牛金主教练和队员们下了飞机，到达入住的酒店，放下行李吃完午饭，稍微休息了一会儿，就来到了虫工体育场，进行赛前的适应场地训练。

牛金主教练虽然是第一年接手东山足球队，但他对虫工体育场并不陌生。去年牛金执掌南岭队帅印，他带着南岭队客场挑战滨城武夷山队，作为弱队的南岭队虽然死命防守，还是被滨城武夷山队打了个 5：1。

牛金再次站到虫工足球场中央，他讲完战术，助理教练带着队员去训练了，他趁着这个时机环顾球场。偌大的球场空旷的看台上慢慢坐满了人，助威声、喝彩声由低及高，由远及近，黑沉沉地压过来，那一张张脸也逐渐清晰了，清晰得牛金几乎能看得清每个人眼里的倒影。

场地上刮来一阵微暖的春风，牛金突然醒悟过来：所有的看台又恢复了沉寂和空旷，助教、队员们的叫喊声震荡而来。牛金看了看自己的战术夹，重新理了一下自己的思路，走到准备训练的队员中间，开始观察和指导队员的训练。

此时，陪着东山足球俱乐部总经理张立站在场边的总经理助理兼企划部经理李长军把这一切都看在眼里。

他知道，此刻牛金的心情是复杂的。李长军知道去年牛金带领南岭队客场对滨城武夷山队的成绩，他也知道，牛金能够降薪从南岭加盟东山队，就因为东山队是一支强队，在东山队牛金有证明自己的机会。

担纲东山队主帅之后，牛金确实非常敬业。李长军曾经拿他和以往的几位主教练相比，除了当年率领东山队夺得首冠的史密斯之外，牛金的训练计划是最为详细的，每周什么时候大量，什么时候战术，什么时候力量，都计划得非常详细，而且在整个准备期执行得一丝不苟。在土耳其和那些俄罗斯、土耳其、希腊球队热身时，整支东山队都非常投入，练得非常辛苦，队伍表现出了很强的战斗力，取得了不败的成绩，使队伍的信心大增。

回到联赛中，面对前两轮的对手，东山队队员显示了冬训的成果，技术、战术和体能等方面的表现明显高出对手一筹，两场比赛都是在上半场就两破对手球门，早早锁定胜局。

李长军知道，面对滨城武夷山队，东山队的教练、队员信心爆棚，除了全取三分，几乎没有人想到其他结果。连球迷和媒体也一边倒。

李长军看到队员们在训练中体现出来的气势，仿佛每一名队员的关节都在咔咔作响，好像有一股气在他们的身体间运行，几乎使队员们个个不能自持，恨不得把足球硬生生地砸进对手的球门一万次。

听着牛金的叫喊声，看到队员们的气势，张立总经理有些陶醉。他悠然地点上了一支烟，深吸了一口，慢慢吐出，烟雾在他面前升腾，球场、队员和所有的景物在烟雾中朦胧了，进入一种非常愉悦的状态。

大热必死。

李长军突然想起了这句话，他浑身打了一个激灵。李长军突然有点儿鄙视自己：自己从东山俱乐部的一个秘书，成长到现在，竟然连这些都没有想到？任何比赛都有胜负平三种结果，在比赛前、比赛中各种条件都可能转换，我们东山队怎么可能现在就觉得获胜是理所当然的事儿？

想到这些，李长军有些焦躁起来。

球队热身训练快结束了，天色也开始变暗，场地四角的灯渐次亮了起来。体育场外，滨城的都市味道开始显现，影影绰绰的人影儿密了许多，各种声音此起彼伏，喧嚣不已。

"走！"这时，张立总经理接了个电话，他连忙叫上李长军等工作人员，冲刺一般地往体育场门口跑去。等他们一帮人跑到体育场门口，一辆中巴车刚好停了下来。张立笑着迎过去，从车里走下来的是总公司的总经理、也是东山俱乐部的董事长白水，副董事长图森，还有东山总公司党委孔书记等领导，五个厅局级领导加上一些随从，从车上下来了足有十几人之多。

张立也闹不明白白水董事长为什么要搞这么个突然袭击，而且一出来就是大部队。他满脸堆着笑引导着领导们来到内场，一大队人来到球队。白董事长和孔书记、图副董事长径直向正在做拉伸的球队队员走去，其他人就停留在了场地边上。

牛金主教练刚开始没看清这一大队人是谁，脸上带着疑惑，露出了不悦的神情。等白董事长和几位领导在张立的陪同下走近了，牛金认出了他们，赶紧从队伍中走出来，分别和白水、孔书记和图森握手，脸上也堆满了笑容。

"你好！"牛金热情地用略显生硬的中文打招呼。

"你好！牛指导！"白水满脸笑意地跟他打招呼。牛金这时示意翻译，让助理教练赶紧结束训练，把全队都集合起来，围着白水等领导站成半圈儿。

张立做了简单的开场白，白水微笑着环顾队员们一圈。球场的灯光下，小伙子们脸上的棱角变得柔和起来，但还是掩饰不住每个人的兴奋之情。

"我们来到滨城，就是要实现我们的梦想！冠军需要一场一场的胜利去积累，我们的目标就是胜利！你们是最优秀的，你们代表东山！"白水董事长充满激情地说，"不算拿冠军那年，职业联赛以来我们还没有在滨城取得过胜利，这次是你们创造历史的好机会！希望你们能够发扬拼搏精神，笑到最后！大家有没有信心？"

"有信心！"队员们异口同声地回答，激昂的声音震颤着传出去，瞬间就溢满了整个球场。

这慷慨激昂的喊声却让李长军打了个冷战。这已经是春天了呢！李长军心想，他的心里涌上了一丝不祥的感觉。

距离比赛开始还有接近一个小时的时间，专业的滨城武夷山队主场虫工体育场坐满了观众，滨城武夷山队球迷穿着蓝色的服装，挥舞着蓝色的旗帜，球迷组织交替唱着滨城的队歌和助威歌曲，间或喊出高亢的助威声，气势十分宏大，声浪一阵一阵涌过来，压在李长军的视线上，仿佛有千钧重量。

双方球队都在热身。

滨城武夷山队的队员们在热身时瞄着东山队，眼里似乎有火花一样的东西在迸射，一招一式似乎都硬邦邦得像钢铁一样。

李长军想起了今天滨城晚报等媒体的报道，这些报道一反常态，几乎压倒性地预测东山队将要大胜。什么牛金是欧洲名帅，五大国脚、四大外援等等，列举了东山队众多的优势。而对于此前两轮一平一负的滨城武夷山队，包括滨城本地媒体在内的各家媒体几乎全部看衰，似乎早已经把这场球的三分送到了东山队的手里。

东山队的队员们似乎也都抱有这样的心态，队员们热身时脚下的频率很快，一看就知道赛季前的准备效果相当好，有很好的训练积累。

李长军在场边看着，按照以往的经验，他没有理由不对球队的情况感到满意，毫无疑问，李长军内心里也非常乐观。但这一定是一场恶仗！李长军看着滨城武夷山队，心里想。

滨城武夷山队和东山队的比赛就要开始了。

这时，东山队的助理教练宁高和牛金主教练说了几句话，急匆匆地填了张单子，跑到比赛监督那里。

有人受伤了？临时换人？

真的比赛开始前就要换人！主力后腰廉胜腹部剧痛，几乎站不起来了。牛金看到这种情况，紧急填写了换人名单，把廉胜更换为替补后腰李进。

比赛还没开始就损失一员大将，而且用去了一个换人名额，这可不是什么好消息。

李长军不知道此时楼上包厢里的领导们是什么心情，但他的心情不由得沉重起来，球场内越来越响的助威声一瞬间就从他的耳边消失了。

比赛正式开始，东山队还是延续传统的442阵型，滨城武夷山队没有打他们习惯的352，而是老老实实地打起了532，在后防放上了5名后卫，真是严防死守啊！

东山队打得非常流畅，配合非常娴熟，基本都是地面球，传递得很快，衔接得非常好。滨城武夷山队上来就面临被动局面，东山队经常连续传递七八脚球，而滨城武夷山队只能疲于防守。看到这个局面，滨城武夷山队的球迷变得十分安静，赛前非常喧闹的球场沉寂下来，只有远道而来助威的东山队球迷的呼喊声还在响起。

虽然东山队攻势很盛，但面对滨城武夷山队的密集防守也只能是只开花不结果。几次差之毫厘的射门让滨城武夷山队惊出了一身冷汗，看台上的球迷也惊呼不已。

直到上半场比赛进行到第 44 分钟，中场挑传 9 号中锋韦月，韦月脚后跟秒传 29 号前锋穆子金，穆子金顺势射门，球从人缝中滑入球门。

1:0，东山队取得领先。久攻不下的东山队队员和穆子金一起疯狂庆祝。

李长军下意识地朝楼上包厢位置看了一眼，包厢的玻璃后面似乎有几个模糊的身影雀跃起来。

滨城武夷山队的队员们似乎瞬间石化，马上就要半场结束时刻的丢球给了他们巨大的打击，大家都呆住了，慢慢腾腾地回到自己的半场，在中圈开球。

两队又你来我往两个回合，裁判吹响了半场结束的哨声。

下半场开始，易边再战。东山队队员早早来到场上，而滨城武夷山队的队员却迟迟没有从休息室出来，比赛监督去催了几次，滨城武夷山队的队员们才列队走了出来。

滨城武夷山队主教练尔帅站在替补席边上，和每一名队员拍手加油，队员们喊着什么。

东山队依然延续着流畅的配合和强大的攻势。开场不到一分钟，左路尤夫科维奇传球，9 号韦月从人群中高高跃起，甩头攻门。喔——！球硬硬地砸在横梁上，弹了回来。外围队员一脚劲射，球被滨城武夷山队的队员挡出。

刚过了 5 分钟，29 号穆子金、10 号关知和 9 号韦月在密集的防守中间打出连续配合，穆子金顺势一抹，过了滨城武夷山队最后一名防守队员，在面对守门员时拔脚怒射，不想球被守门员挡了一下，打在立柱上弹了出去。

虽然比刚开场时还要被动，但滨城武夷山队似乎没有上半场快结束时那么惊慌。上半场因为疲于防守消耗了太多的体能，但随着比赛的推进，滨城武夷山队的队员们仿佛又恢复过来。

下半场第 16 分钟，滨城武夷山队打出反击。

滨城武夷山队 10 号外援马克里始终在李进和中后卫梁水之间来回游动。滨城武夷山队后场大脚将球传到前场，马克里轻巧地停好球，顺势过了李进，直接面对东山队梁水。梁水边防边退，但李进和另外一个中后卫都追不上马克里，实在不能再退的梁水不得不下脚铲球，可是，球似乎在场地上弹了一下，梁水一脚铲空，马克里跌跌撞撞地过了梁水，直接面对守门员，把球打进，将比分扳成了 1:1 平。

此前一直被滨城球迷称为水货的马克里几乎以一己之力蹚开了东山队的整条防线，这让东山队非常恼火。

刚刚过了两分钟，士气大涨的滨城武夷山队再次打出长传球，躲在禁区前沿的马克里靠着梁水，接球就踢进了禁区。连续被马克里突破了几次，梁水有些气急败坏。一直在努力进攻的其他队员还是没有跑回来协防，梁水一对一速度明显处于下风。无奈之下，几乎失去理智的梁水硬生生地给了马克里一脚，马克里应声倒地，裁判果断判罚了点球。

马克里亲自操刀主罚，足球击中右侧门柱，弹进网窝，2:1，滨城武夷山队奇迹般地实现了反超。

这个进球点燃了滨城武夷山队球迷的热情，助威声排山倒海一般，沸腾着溢满了整个球场，挤满了李长军的内心。

之后的比赛，东山队队员仿佛突然不会踢了，完全失去了理性和章法。似乎早已经没了体能的滨城武夷山队队员完全缓了过来，奔跑起来简直就跟田径运动员一样。

东山队的传球失误明显增多，李进一次传球失误终于让队员爆发了。李进一次回传守门员，没想到传小了，在守门员迎上来接球前球被断掉，轻松打进空门。3:1！这是赛前谁都没想到的比分。防守队员上来跟李进说了句什么，估计是在指责他。李进红着脸走到一边，批评他的球员依然不依不饶，挥着手斥责他。

最后，其他队员赶紧赶过来拉开了他们，继续进入比赛。

看到这一幕，李长军简直惊呆了。

"有信心！"队员围着白水董事长时的那一声高亢的呼喊再度响起，当时的那种不祥的预感变成一种奇怪的感觉，充满了他的脑海，让他沉重无比。李长军有些绝望地望着球场，队员奔跑的身影模糊起来，变成了一团团的颜色。这颜色在球场上飘来飘去，慢慢地融合在一起，又倏地分离开来，仿佛是水中的一点逐渐发散的红色墨迹，又像朦胧的山水画卷，美丽，夹带着丝丝的忧愁。

整个球场的灯光也变得迷离了，远远近近地闪烁着。球场上亢奋的滨城球迷的脸一张一张地飞到李长军面前，这些脸越来越大，一张……一张……，血红的嘴巴张开着，张得几乎可以看见他们的喉管，那喉管深不可测，从中涌出的亢奋的助威话语变成了一串串像岩浆一样的符号，翻滚着向着李长军飘来，又像肥皂泡一样的散去……

头顶上，球场的挡雨棚在慢慢伸展，慢慢伸展，合拢在一起。在合拢的地方，冒出一股闪电，紧接着是一串沉闷的炸雷，整个顶棚漏下串串水珠，不够晶莹，而且很凉。

看台上的那个包厢已经空了，李长军似乎看到了几个人影站起来，快速消失了。

"嘀—嘀—嘀——！"两短一长的结束哨声响了，比分定格在1∶5。此刻，仿佛有一把刷子，把李长军眼前蒙眬的一层瞬间刷掉了，让他又回到现实中来。这时，他才发现，球场上早就下起雨来了。早春的雨水冰凉，但李长军站在雨里，一直没有动。

"砰！"身后巨响了一声。李长军回头一看，他看到的是张立扭身而去的背影。

雨水打在身上很凉，领队、教练组和队员们浑身湿漉漉，垂头丧气地陆陆续续往休息室走。李长军和队员们一一拍手，队员木木地拍了一下李长军的手，很快就低下头，走了。

　　李长军等最后一个队员离开场地，他冒雨到替补席又转了一圈儿，确认没什么事情了，才准备离开。滨城武夷山队的球迷们还没有散去，还冒着雨在高唱滨城武夷山队的队歌，整个场地沉浸在一种巨大潮湿的快乐中。

　　可是，这快乐不属于东山队，不属于李长军。

　　李长军下到体育场内场环廊，张立没有像头两场一样去休息室慰问队员，而是靠在环廊的柱子上抽烟。他狠狠地把烟吸入肺中，大口吐出，一股烟雾和水汽升腾而起，把他整个人几乎都笼罩住了。张立吸得特别投入，来来往往的人流似乎与他没有任何关系，就连垂头丧气地走出来的球员和他打招呼，他都几乎没有看见，只是木然地跟大家点点头。

　　从环廊向场地上望过去，雨还在下，滨城球迷散了许多，但还是有一些铁粉在看台上高唱滨城武夷山队歌。那歌声和各种嘈杂的声音混合着各种气息，非常潮湿，又有些黏且凉，充满了李长军的心。他在不远处看着张立，看着队员们走了，他走过去。

　　"张总！"李长军打了个招呼，张立好像被吓了一下，回过神来。他又狠狠地吸了一口烟，掐灭了烟蒂，狠狠地摔在地上，说了句："走！"

　　张立和李长军走出球场，上了车。

　　"张总，咱回去？"跟队的办公室主任刘可问。

　　"先走再说。"张立回到。

　　"那晚上还去不去球队那边吃饭？不去包间就不留了。"上了车，刘可小心翼翼地问。

　　"留什么留？领导们早就没影了，留了谁吃？"张立愤愤地说。

　　……

　　他们就这样走在滨城初夜的细雨里。毕竟是大都市，春雨里的滨城街道上人依然不少，只是行色匆匆，大多数人裹紧了衣服，低着头快速挪着脚步。那些霓虹灯和店铺的招牌似乎也没有了温度，冰冷的亮色中掺杂着一些红的、蓝的字。他们谁也没有心思看街边的风景，但似乎又不知道往哪里去。司机很知趣地把车开得很慢，在街上绕来绕去。

　　"吃点儿饭吧？张总。"刘可说。

......

张立还在沉思，没有回应。又转了两条街，看到一家东山海鲜店，刘可就让司机停了车，张立和李长军跟着下了车，来到店里。店面不大，但很干净，大厅里有两三桌人在吃饭。打开的电视正在播滨城武夷山队和东山队比赛的回放，电视里两位解说嘉宾正在评价比赛。

"老牌儿劲旅东山队栽在年轻的滨城武夷山队身上，主要原因还是轻敌。他们这次来根本就没想到会输，所以，队员一旦遇到困难根本就接受不了，造成心态失衡。这说明东山队在队伍调整上还存在问题，他们过去这样输掉的比赛不少，真有点儿气质性溃败的意思……"那个胖胖的解说员说。

"其实，从数据来看，东山队全面占优。这次失利对他们来说还是有运气原因，例如开场之前主力后腰廉胜伤退，替补上场的李进根本就没热身，哪儿有踢比赛的准备？再加上求胜心切，整体压得太上，防守出现了问题，特别是对滨城武夷山队的马克里的防守没有做好。"踢过职业联赛的解说员说。

"咱不在这里吃了吧？"刘可看张立盯着电视看，问了一句。

"就在这吃，就在这吃！"张立说。刘可赶紧找老板要了个小包间，张立和李长军坐定，刘可去点了几个菜。

菜上齐了，张立还是关注地看着电视里的分析。"你们也是球迷啊？"饭店的胖子老板亲自送菜过来，看张立和李长军面对电视这么专注，说，"今天东山队踢得太臭啦！简直气死我了，我下半场看了一半儿就跑回来了！"原来，胖子老板是东山人，而且是铁杆的东山球迷。他也是东山球迷会滨城分会的副会长。

刘可给胖子老板使眼色，让他别说了。但张立听胖子老板唠叨着，并没有不悦。上了菜，开了一瓶白酒，张立和李长军倒上了。刘可快速吃了点儿，就离开了包间。

"来！干一个！"张立把视线从电视上收回来，端起了酒杯，说。李长军也端起酒杯，和张立分别将各自的半杯白酒一饮而尽，不胜酒力的李长军瞬间脸就红了。

"唉！这球输的！"张立叹了一口气，问李长军："你怎么看？"

"张总，说实话，赛前我也没想到会输球。"李长军说。

"不光输了，还输了那么多！白董事长这么多领导突然袭击来看球，谁想到会输来？来就来吧，连个招呼也不打。输了球，扭头就走！领导只要赢球啊，可是谁能保证总是赢啊？"

"张总，这也别怪领导，他们投入那么多资金，倾注了那么多心血，难道是为了找不痛快的吗？肯定不是，也得理解他们。"

"对。不过今天输得太多了，我总觉得哪个地方不太对。"

"您的意思是？"李长军有些疑惑地问。

张立点上一支烟，吸了一口，把脸凑到李长军面前，略带神秘地问："你没觉得哪个队员有问题？"

"问题？"李长军盯着张立的脸，仿佛在寻找问题的答案。

"是啊！以我们队伍的实力，怎么可能输球？怎么可能输个1∶5？"张立有些气愤。

"张总，您听说什么了？"

"这次倒没听说什么，可以前我听说过有队员赌球的事儿，他们提到赌球的队员名单里就有我们的队员。"张立说着，拿出手机，找出一个短信，把手机送到李长军眼前。

"张总，比赛能输成这样，肯定有问题。我提醒过您多次，要小心，别有人做球。我带队这么多年，这点经验还是有的。你看门将，你看那个中卫，他们表现正常吗？张总，你必须得好好查查，要不，吃亏还在后头呢！要这样下去，想夺冠？门儿都没有……"

李长军知道，这是东山成长起来的20世纪50年代的老国脚，头几年曾经在西南一个省的球队当过主教练的老教练齐老。齐老年轻时曾经留学匈牙利，退役后一直在足协工作，还曾经两次担任过国家队主教练，是国内足球名宿。齐老年龄大了，早就不再执教一线队了，他回东山的时候，东山俱乐部偶尔会请齐老回来坐坐。李长军就曾经参加过几次俱乐部宴请齐老的饭局，给李长军留下印象最深的就是齐老喝到半醉的时候，总是会说假球黑哨的事情。

李长军看了短信，内心感受非常复杂。他的脑子飞快地转着，木木地和张立又喝了一大口白酒。

"我们当年让球，那可是为了友谊。"李长军想起齐老在酒桌上说的话来，"那时我们在国家队，非洲兄弟来找我们比赛，领导为了中非友谊就让我们让球，可有时候我们让了就收不回来了，就会输球……"齐老微醺时的话语声又在李长军耳边响起。

"你怎么不说话?"电视里播完了比赛节目，张立问李长军。

"哦。"李长军回过神来，说，"我也在想齐老的短信呢。"

"那你说，赌球这事儿有没有影儿?"张立问他。

"张总，说赌球的人很多。不光齐老这些人，有些记者也说，还有的记者直接买球。我听说有的记者赢了，就说你看，这么简单的球连我都看出来了，这还不是假球是啥? 要是输了，他们就说赌球怎么怎么的，把他坑了。"李长军看着张立说。

张立听得很认真。

"但依我看，这些大多数都应该是乱说的。"

"怎么是乱说呢? 无风不起浪嘛!"张立问。

"做球或者默契球什么的肯定有，我认为。但我不认为会这么普遍，特别是在咱们队，这些队员都是咱们从小培养起来的，我觉得他们还不至于卖球、赌球。"李长军说。

"你有把握?"

"我没把握。"李长军很真诚地说，"但我知道，如果咱们队真有人卖球，其他队员能这样善罢甘休吗? 就说张总您要是队员，发现有人在场上胡踢，也不能就这么轻易算完吧?"

"就是，我要是队员，发现谁卖球或者让球，非弄死他不可!"张立发狠地说。

"都一样，现在的队员们也受不了，那样，咱们队早就乱了，就不可能有以前的两个冠军。"

"你说的有道理，但你拿什么证明你的话呢? 难道齐老说的就都是假的?"张立喝了一口酒，脸也有些涨红了，瞪着眼睛盯着李长军。

李长军喝了一口酒，沉默着。

"啪!"张立使劲拍了一下桌子，说："我就不相信，怎么能输给滨城五个球? 真是见了鬼了! 在塞浦路斯集训的时候，七场热身赛不败，踢的都是什么队? 都是土耳其、俄罗斯和塞尔维亚的球队，有三支还是打欧冠的球队呢! 联赛开局两场打得多么好，这场怎么就会这样?"张立越说越气愤，喘气也变得粗了起来。

"就是有问题，一定是有问题!"张立坐下，依然愤愤不平地自言自语。

"张总，您喝多了，咱们过后再说这些行吗?"李长军站起来，想扶张立起来。

"过后说，咋说? 下一场比赛要是还这样咋办? 你说咋办?"张立甩开李长军的手，冲他吼。

"不会的，要是调整好了，下一场比赛不会这样的。"李长军说。

"不会的?"张立甩开李长军扶他的手，盯着他说，"毒瘤不除，你凭啥说不会的?"

"没有毒瘤! 咱们队员没问题!"李长军说。

"我不相信! 你以为我是傻子吗? 你以为你比齐老高明吗?"张立说着，站起来，瞪着眼睛对着李长军，恶狠狠地问。

"张总，您可以不相信他们，请您要相信我!"李长军的声音也大起来了，"请您就相信我一次!"

张立依然喘着粗气，盯着李长军，嘴唇翕动着。张立突然哽咽了，慢慢变成了哭腔，"五个领导，咱们的董事长、党委书记和副董事长都来了，输球后一个招呼都不打就走了，你说这是啥事儿? 啥事儿啊?"张立终于哭出了声。

李长军突然有些理解张立了。作为新任总经理，几位来看球的领导这样的态度确实会让他产生很强的挫败感。李长军隐隐地觉得张立有些可怜，他突然想，如果没有这几位领导，张立又如何看待这场失败呢?

李长军下意识地给张立递了餐巾纸，他甚至感觉张立发现了他的态度，觉得应该做点儿啥才好，等张立擦干了眼泪，李长军说："张总，就相信我一次！要是下一场还有问题，我不要这份工作了，您咋处置我都行！"

"处置你？你一个普通的工作人员，担得起这份责任吗？处置你有啥用？"张立几乎在喊。

"我虽然是一个普通员工，但我以我的人格担保，毕竟，我在这个俱乐部工作了七年了，我不会无根据地说话的。"李长军说，"请您相信我！"

张立听了，盯着李长军看了半天，长叹了一口气，有些垂头丧气地坐下了。这时，张立的手机响了，是齐老的电话。张立拿着手机给李长军在他面前晃了晃，想要接电话，但手在空中哆嗦了一下，他终于没接。电话铃声不停地响着，这铃声带着一份复杂的情绪迅速弥漫了一屋子。但张立和李长军谁也不看那个电话，一直到铃声停止了，张立摇晃着站起来，和李长军一起走了。

"明天教练组会开会总结比赛。"李长军扶着有些站不稳的张立，跟他说。

"就得好好总结！"张立没好气地说，"我倒要看他们到底能总结出啥来！怎么就能打成这个样子！"

"我劝您别去开这个会，您最好啥也别说，就告诉他们抓好训练，准备打好以后的比赛就行。"李长军说。听了这话，张立停住了脚步，半倚半靠着李长军，睁大眼睛看了他一会儿。

"听我的，张总，一定冷处理，不要去开这个会，也别和牛金直接交流。"李长军又强调了一遍。张立还这样看着他。"走！"就这样看了足有30秒，张立恨恨地说，和李长军摇晃着走出了饭店，早已在门口等着的刘可扶过张立，搀着他上了车。车子发动，一路走进湿冷的夜色中了。

第二章　丁心踢上预备队

3 月 16 日上午，球队回到东山基地，大家预想中的风暴并没有如期来临。不过，球队气氛还是有些沉闷。整个教练组并没有迎来以往失利后总经理召集的总结会，但牛金和教练组的所有成员还是早早就来到教练员办公室。牛金拿着连夜整理的一摞昨天比赛的资料，低着头看着。其他教练一时不知道该干什么好，没有一个人坐下，都沉默地站在那里，仿佛一群做错事的孩子。大家知道，这是在等张立总经理。大家就这样等了一会儿，领队王庆走出教练办公室，给刘可打了个电话。

"张总，教练组那边都在办公室呢。"刘可接完王庆的电话，来到总经理办公室，跟张立说。张立皱了一下眉头，问："什么意思？"

"按照惯例，失利之后都要进行一下分析和总结。"刘可说。"哦……"张立略一沉吟，"让他们自己总结去吧，关键是要抓好训练，为以后的比赛做准备。""好的，张总。"刘可退了出来，给王庆回了电话。

"张总不过来参加会议了。"王庆回到教练员办公室跟大家说。

牛金主教练开始开会。他对昨天的比赛进行了简单的总结，首先承担了责任，他说自己曾经在中超带过队，犯下这样的错误是很低级的。特别是对于后腰的安排，在赛前没有交代清楚，使防守陷入被动。

"运气永远属于有实力和有准备的球队，我们不能怨运气，只有做最好的自己。"牛金最后说。说完，其他教练为他鼓了掌。牛金挥手示意大家坐下，开始研究训练前的准备工作。

初春的东山俱乐部基地里绿意盎然、生机勃勃。训练场地上的草皮刚被修剪过，明媚的阳光下，和煦的微风中，那股青草的香甜气味儿扑面而来，让人不由自主地沉醉在这春日暖阳里。正是下午的训练时间，李长军打开办公室的窗子，看到球队正往场地里去。队伍稀稀拉拉的，队员们大多都是无精打采的样子，不再像以往一样说说笑笑或者搞点儿恶作剧，互相之间很少有人说话。根据计划，昨天参加比赛的一队队员主要是做慢跑恢复和牵拉训练来放松，替补队员要和预备队踢一场教学比赛，来保持状态。

在预备队里，李长军一眼就看到了那个倔强的身影，他一个人走在队伍最后，距离前面的队员始终保持着两三米的距离。他有点儿离群索居，又若有所思，仿佛要随时做点儿什么，可能会飞快地冲起来，可能会吼上一嗓子。

和其他队员相比，还显得有些稚嫩的他似乎并不完全属于这个团队，又似乎将整个团队罩在自己的影子里。

"丁心!"李长军在心里暗暗地叫了一声他的名字，长吁了一口气。李长军突然不想写这次比赛的总结了，他穿上外套，下楼直奔训练场。

张立此时已经在场地边上站着了，牛金主教练脸色凝重地走在队伍前，快到张立面前时加快了脚步，过来和张立握了握手。张立微笑着和牛金握了手，又拍了拍他的肩膀。牛金就走上了场地。陆续走来的队员大部分面无表情地和张立点头致意，走上了训练场。张立特意穿上了球队的训练服，显得很随意，脸上的表情和好天气很相配，情绪看上去非常不错。其实，张立的内心并不平静。看到这些队员，昨天的比赛场景生硬地切进他的脑海，每一个细节都残忍地浮现在他眼前，让他有种窒息的感觉。但想到李长军的话，他又按捺住了内心的烦躁，让略显僵硬的微笑浮在脸上。

牛金教练简单地将训练前的重点和要求跟教练组和队员们又强调了一下，开始训练。

一队昨天参加比赛的队员分组抢了一会儿足球。大家抢得很随意，你倒一脚我倒一脚。抢了一会儿，穆子金故意使坏绊了韦月一下，两个人佯装着摔了起来，穆子金故意夸张地摔倒在地上，旁边的助教宁高从口袋里掏出一张扑克牌，当作红牌来处罚韦月。看到这场景，大家哄笑起来，气氛一下子缓和多了。之后，全队集合，主教练牛金简单讲了这堂训练课的技战术安排，比赛队员开始围着场地跑起来做热身。

在紧挨着一队的场地上，替补队员和预备队员分别已经做完准备活动，宁高和预备队主教练李强分别带队布置完战术，准备开始比赛。当然，丁心还是没能够首发上场比赛，他坐在替补席上，表情严肃地看着场上，肌肉似乎都紧绷着。李长军看着比赛，目光不由自主地悄悄投向丁心。眼看着丁心来队里三年多了，他也长大了，进入了预备队。李长军清楚地记得丁心被上任主教练史密斯看中的情形。

三年前的那天，也是在这块场地上，东山的后备 U13 队和天泰俱乐部的 U15 队进行一场比赛。头顶的阳光正烈，修剪好的草地是深绿色的，洋溢着一股清香。孩子们的热情一点儿不输这热烈的天气，个个儿摩拳擦掌，像小老虎一样跃跃欲试。

天泰俱乐部的这支队伍是全国冠军，而天泰一直以培养队员为主，虽然多年来他们一直在乙级联赛，偶尔能升到中甲联赛，但每次升上来之后他们就会大批地卖队员，然后再掉级。就这样，天泰俱乐部虽然成绩不好，却先后培养出了十几名队员，分布在各家职业俱乐部。东山俱乐部为了长远发展，在储备人才的计划里就有和天泰俱乐部合作的项目。这次，东山俱乐部想从天泰俱乐部的这支 U15 队里选几名小队员打包买过来，充实到后备队伍中。

比赛进行得很激烈，在东山足校训练的 U13 队虽然看上去个头比天泰队员小一号，但踢起来那股劲头一点儿都不服输。天泰俱乐部不愧在人才培养上有一套，队员们个个都踢得潇洒自如，很快就掌控了局面，把东山 U13 队踢得没了脾气。史密斯主教练和他的助手们认真地观看着比赛，一边看他还一边跟旁边的人说着什么，助手们认真地在战术夹上记录着。

虽然 U13 队踢得很被动，但队里的 8 号队员依然踢得非常勇猛，控球、传球、过人，都非常娴熟冷静，颇有些大将风度，那股劲儿明显超出了这个年龄段应该有的表现。8 号凶狠的拼抢不得不让天泰队的队员们在和他对抗的时候都收着踢，于是，8号踢得更加肆意，经常盘带过两三名天泰球员。有时他传出球来，队友根本接应不上，造成了失误。但8号并不抱怨，而是在丢球后全力冲过去反抢，速度始终不减。面对大他两岁的天泰队队员，他还真的抢下来两次，有一次还形成了射门，被天泰队的守门员奋勇扑救出来。

天泰队队员知道这次比赛可能会给他们带来加入东山这样的顶级职业俱乐部的机会，将从此改变他们的命运，所有的场上队员踢得都非常认真。不过，小牛犊一样不知疲倦的东山U13队的8号还是渐渐吸引了史密斯教练的视线，从下半场开始，史密斯把更多的注意力给了8号，而不是那些等待选拔的天泰队队员。

上下半场各40分钟的比赛结束，史密斯冲8号竖起了大拇指。

比赛结束，东山U13队的队员们过来向教练们致意，李长军才有机会仔细看了一下这个孩子。此时，8号略显稚嫩的小脸涨红，汗水在脸上留下了一道道的痕迹，脸上还沾着一片草叶儿。圆圆的脸上带着一股虎气，略显粗壮的身材好像特别有劲儿。"这哪儿是13岁的孩子啊?"李长军在心里惊叹了一句。

赛后，通过观看比赛录像，史密斯团队分析了天泰这些孩子的速度、力量等各项指标，东山俱乐部花费500万一次性买断了8名天泰队的小队员，加上自己培养的几名队员组建了新的U15队。李长军听说，史密斯强烈要求东山U13队的8号也编到这支U15队伍中来。因为在东山队以前从来没有这样以小打大的先例，其他中方教练提出了质疑，为此，史密斯发了火儿，他瞪圆了眼睛，决心一定要把8号提拔上来。最后闹到总经理那里，总经理做了和事佬，同意了史密斯的建议。

8号就是丁心。三年过去了，已经16岁的丁心长到了一米八三的身高，肌肉更加结实了。李长军知道，这是丁心这一年来加练的结果。15岁以前，丁心经常接受史密斯的单独指导，但那时史密斯不让他专门练力量，只是以练基本的足球技术为主，辅助练些力量和速度。

在史密斯的精心训练下，丁心逐渐成了队里的核心，在后腰位置上表现得非常出色。可惜，一年前，史密斯因为一线队成绩不够理想而"下课"，他组建的教练班子也随之"分崩离析"。面对这个变故，丁心好像一下子失去了主心骨，加上新任后备队教练李强在比赛中不再重用他，慢慢地，丁心有些心灰意冷。自从打不上比赛之后，一直少言少语的丁心变得更沉默了，但他把劲儿使在训练上。这一年来除了正常训练，他经常主动加练力量和速度，个子也长了一大块儿，肌肉也练了出来。

李长军的思绪再一次回到了眼前。一线队替补队员上半场和预备队踢了个平手，都没有进球，在比赛中双方拼抢得很激烈，预备队的年轻队员们一点儿也不给老大哥留面子。

上半场，丁心没有获得出场的机会。下半场开始，预备队踢得更加卖力，对抗更激烈了。面对预备队队员凶猛的拼抢，一队替补队员开始变得被动起来，他们中几次有人被预备队队员踢倒在地。负责吹哨的宁高快要控制不住局势了，他看了看在一旁观战的主教练牛金，牛金面无表情，认真地盯着场上的队员。这让宁高心里有些忐忑，他重新把注意力转到场上，接连警告了几个预备队的队员。比赛最后阶段，因为宁高的严厉判罚，李强眼看预备队再也没有队员可以替换上场了。在替补席北边，一直在慢跑热身的丁心进入他的视线。李强赶紧向丁心招手，示意他过来上场。

丁心快速跑过来，三下五除二换上比赛服，就替换上了场。这是丁心在李强的预备队第一次上场。丁心上场之后一点儿也不发怵，他从后腰位置经常前插到禁区附近。刚上场没多久，他就带球突入禁区左侧，左一扣右一扣过了两个人，从容地把球传出来。可惜跟上的队友没有打正，皮球滑门而出。丁心在场上异常活跃，队友右侧下底传中，丁心高高跃起，力压一队后卫，将球顶向球门远角，守门员"望球兴叹"，眼看着皮球落入网窝。

1∶0，预备队最后时段取得进球。

落后的一线队替补队员急躁起来，预备队队员拿球之后一线队替补队员常常连人带球铲翻在地。为了给一队挽回面子的机会，宁高私下里延长了比赛时间，把哨子含在嘴里，就是不吹响结束的哨音。

这时，丁心接到队友传球，快速突破到禁区前沿。和丁心对位的一队队员李成一直紧追着他，眼看着丁心就要突破成功，李成奔着丁心的小腿肚子就是一脚。丁心腿一疼，跟跄了几下坚持着没摔倒，调整过来带球往边上一抹，顺势就要突过去了。这时李成二话不说，直接奔着丁心飞铲了过去，鞋钉硬生生地踢在丁心的护腿板上，发出"咔"的一声脆响。

"啊——！"丁心痛苦地大叫了一声，甩出去四五米远。看到丁心倒下，李成反倒火了，快速站起来，恶狠狠地冲向丁心。丁心捂着腿翻滚了几下，看李成冲过来，马上忍着疼站了起来，冲李成就是一巴掌。"有你这么踢球的吗？"丁心指着李成的鼻子大声喊。这一巴掌打得李成有些发懵，他上来就要揍丁心。其他队员马上冲过来，分开他俩。但李成不依不饶，跳着要找丁心算账。

"怎么的？怎么的？"宁高从嘴里拔出哨子，也赶紧跑过来。宁高刚跑过来，正好丁心一甩手，结结实实地打在他的脸上。

宁高一下子呆住了。"怎么？你还敢打我？"宁高愣了一下，冲丁心喊。随后，他一下子自己摔在地上，用手捂住脸冲队医喊："冰块儿，冰块儿！快给我敷上！"

愣住了的李成和丁心一下子停住了。其他队员看宁高这个样子，差点儿笑出声来。宁高折腾了半天，队医才过去，扶起他往场地外面走。边走他一边指着丁心说："你等着！你等着！"看宁高走了，有几个队员终于忍不住，哈哈大笑起来。之后，大家消停了，才发现主教练牛金早就离开了训练场。

李长军回到办公楼，路过总经理办公室的时候，听见张立正在发火儿。张立站在办公桌前，拿起茶杯狠狠地往地上摔下去，啪！杯子碎了一地，茶叶和半杯茶水溅了一片。刘可站在那里，手都不知道该往哪儿放。"打架？一个对抗赛都能打架？这是什么球队？"张立吼。

……

"要重罚！重罚！李成得停赛、停薪、停训，还得罚款！那个丁心，从来不见他打什么比赛，还没出头呢就这样张狂，开除！"张立用拳头砸着桌子。"你赶紧去写处理文件，还在这里愣着干啥！"张立对刘可说。

这时，张立突然看见了正从他办公室门前路过的李长军，想起和滨城武夷山队比赛之后的情形，突然很想听听李长军的意见，于是叫住李长军。李长军来到张立办公室，在椅子上坐下。两个人沉默了一会儿，张立长舒了一口气："真气死我了！踢个分队比赛还打架，这都是什么玩意儿？"

李长军看着张立，没有表态。

"这次一定得严厉处罚，借此机会整治一下。"张立说。

"确实得严厉处罚。不过，是不是也得征求一下牛金主教练的意见？"李长军建议。

"哦？"张立好像突然想起了什么，"是啊，确实得跟他商量一下，我们得统一思想。"张立马上给刘可打电话，让他先别写处理文件了，抓紧把牛金主教练叫到他办公室。

牛金主教练很快来到张立办公室，李长军打了个招呼就回去了。

李长军回到办公室，回忆了一下当时的情形。他也暗自为丁心着急，不由攥紧了拳头。"这个丁心，怎么就不能忍忍？在预备队快半年了，第一回打上比赛就打架！万一牛金也同意开除你可咋整？"李长军心神不宁地来回踱步，丁心的往事又浮现在他眼前。

丁心原本有个幸福的家庭。他的爸爸丁起非常热爱足球，还曾经在岛城的业余体校练过球。就凭着一身足球本事，在岛城医学院读书的时候，丁起俘虏了丁心妈妈闫蕊的芳心。那时的丁起一米八六的个头，帅气、阳光，在岛城医学院校队里是主力射手，无论在系队，还是校队，他总是能够成为大家眼里的焦点，在赛场上博得许多女生的尖叫声，但丁起从来没有正眼瞧过那些女生，虽然有女生给他送来零食，或者笔记本什么的，他该收照收，该吃就吃，但除了还给她们一个微笑，从来不做什么回应。

和丁起同级的闫蕊是药学系的学生，她漂亮，漂亮得甚至有些冷艳。人们的印象里更多的只是闫蕊匆匆而去的背影，美丽、孤独，让人怜惜。

丁起一直没有留意到闫蕊，其他男生谈起闫蕊的时候，他甚至一脸的茫然。老套的故事，发生在丁起和闫蕊的大三下学期的一个晚上。

　　和盛夏的温度一样，校园里四处洋溢着火一般的青春和热情。校园里颇有些年头的树木非常茂盛，树叶随着微风轻轻地翻滚着，发出沙沙的响声。蝉鸣四起，不时被来往的学生打断，更添了几分热闹。校园的小路上有匆匆而过、抱着书的学生，也有趿拉着拖鞋、三三两两慢条斯理走着的学生。僻静的角落里，演绎着暧昧的感情故事，在外人看来，用的几乎都是相似的脚本。丁起和校队的几个队友下午才比赛完，刚刚洗了澡准备在食堂门口的小吃部吃点儿东西。大家点了菜，刚倒上鲜啤酒，有一个队友惊叹了一声。

　　丁起顺着他的视线望过去，闫蕊正独自走来。她穿着一袭藕荷色的长裙，梳着简单的马尾辫，脸庞在朦胧的夜色中是那样安静，线条极柔，一尘不染。"闫蕊！"和丁起一起的几个人不约而同地惊叹了一声。

　　"闫蕊？"丁起也跟着惊叹了一声，"这就是闫蕊？"闫蕊的身影很快就远去了，其他人都转过身端起啤酒准备开喝，可丁起好像还没有回过神来，木然端起酒杯，但视线还留在闫蕊消失的方向。

　　"哎！干嘛呢？"干了啤酒，有人打趣丁起。

　　"哈哈！惊为天人了吧？老丁，稳不住了吧？"大家起哄说。

　　"老丁，试试去！这可是个冰美人！"有人酸溜溜地说。

　　"说啥呢？"丁起回过神来，尴尬地笑着回击，把一大杯啤酒一饮而尽。

　　从此，丁起在没事儿的时候不由自主地会去女生宿舍那边，还真的偶遇了闫蕊几次，但他几次和闫蕊打招呼，闫蕊却只是白他一眼，没给他什么好脸色。几次闫蕊打开水的时候，丁起要过去帮忙都被闫蕊拒绝了。丁起呆呆地站在那里，也不看那些嘲讽的笑，他几乎疯狂了，根本不顾身边有没有人，回过身就去找闫蕊，可走到女生宿舍门口，还是被看门的大妈给拦住了。丁起悻悻地走了，在校园里闲逛。

　　更要命的是，丁起踢球也没了精神。每次走到球场上，丁起都会在围观的学生里四处寻摸，可是，闫蕊从来没有在围观比赛的学生中出现过。这让丁起非常失望。从此以后，再有女生给丁起送小吃和小礼品，他连接也不接，扭头就走。丁起的状态急剧下滑。

在岛城杯大学生联赛中，岛城医学院队在小组赛已经一平一负，如果再有闪失，这支称霸岛城多年的球队就将创下历史最差成绩，折戟小组赛。这对一支以足球为传统的大学来说，是多么残酷的事情！酷爱足球的岛城医学院党委书记宗书记也非常着急，作为分管这项工作的领导，他眼看着球队核心丁起状态下滑、一球不进，非常着急。

怎么办？怎么办！宗书记来训练场看望备战第三场比赛的球队。丁起一如既往地无精打采，眼神飘忽不定，跑起来脚步很沉，动作一点儿都不协调。宗书记非常着急。这时，训练中受伤的校队队员肖刚挂着拐，挤开陪着宗书记看训练的学生处处长、团委书记等领导，来到宗书记面前。

"肖刚，还没好啊？"宗书记关切地问他。

"伤筋动骨一百天嘛！"肖刚笑着回答。

"你看这状态，咱们队下一场能赢吗？"宗书记问肖刚。

"这样肯定赢不了，咱们队的头号球星丁起根本不在状态嘛！他要不好，相当于半支球队塌了，要想在下场比赛净胜俩球，根本不可能。"肖刚实话实说，也不管旁边的学生处处长怎么给他使眼色。

"那咋办？"宗书记说。

肖刚诡异地朝宗书记笑了笑。他一只手挂着拐，把嘴凑到宗书记耳朵边上，悄声说："丁起病了，还是心病！但这病能治！"

"咋治？"宗书记有些疑惑地问。

"找咱们的校花闫蕊，病根子就在她身上！"肖刚半含半露地说。

"什么？就药学院的闫蕊？"

"我有一主意，您呀，想办法说动闫蕊，回应一下丁起，指定行！"肖刚说，"最管用的就是让闫蕊去给咱们队当队医，专门盯着丁起。趁这两三天的准备期把丁起的心病解决了，这比赛还有希望。"说完，肖刚再也不说话，也不看宗书记，全神贯注地看着场上训练的队员们。

"你……这……？"宗书记脸红了一下，又白了一阵儿。

"丁起，打起精神来，你看那球咋射的门？"肖刚朝着场地里喊。

距离比赛还有三天了。

　　丁起早早来到训练场边，准备开始训练。"闫蕊！"远远地他就看见了那个熟悉的身影。丁起的嗓子有一点儿发咸，他的喉结滚动了几下。突然间，整个世界仿佛消失了，那份酷热也一扫而光。在树荫下的闫蕊穿着一身略显宽松的校队运动服，在忙碌地帮教练整理训练装备。药箱子就放在她脚边，一直跟队的队医仿佛没啥事儿可做了。

　　丁起站住，看着这场景。

　　闫蕊的动作仿佛慢动作一样，一举手一投足都那么飘逸、灵动，散开的乌黑的秀发随意地披在肩上，偶尔有一缕或者几缕随风飘起，像诗一般。丁起想到了"诗"这个字，他突然有些不好意思起来。丁起感觉到闫蕊朝他笑了一下，笑得是那么甜，让他满眼满心都是阳光。

　　旁边的队友叫了丁起一下，他才回过神来，来到场地边上。丁起都忘记了跟宗书记和几位处长打招呼，径直走到闫蕊身边，他朝闫蕊笑了一下，可脸上的肌肉像是僵住了，笑得很难看。丁起觉得很尴尬，他都有些恨自己。不过还好，闫蕊回了丁起一个有些灿烂的微笑，丁起瞬间内心里充满了甜蜜。

　　丁起伸手去拿绑腿的纱布和胶布，正好闫蕊也要去帮他拿，两个人的手不小心碰到了一起。闫蕊的脸一下子红了，丁起终于放松下来，极开心地笑了。他认真地绑好脚，换上足球鞋冲上了场地，和队员一起进入训练中。和头几天相比，丁起简直变成了一头豹子，别人几乎都能听见他骨头节咔咔作响的声音。

　　肖刚挤开团委书记，来到宗书记身边，跟他挤了一下眼睛。宗书记铁青着个脸，连看都不正眼看一下肖刚。肖刚撇了一下嘴，拄着拐去一边给球队加油去了。

　　关键的小组赛第三场比赛就要开始了，岛城医学院队主场迎战油田工业大学队。

　　经过几天的调整，岛城医学院队的精神面貌得到极大改善。在热身的时候，丁起和队友们表现出来的情绪非常高涨。比赛前下起了小雨，但观战的学生依然非常多，体育场四周的看台上都坐满了人。宗书记等在一边观战的领导非常紧张，手心里都攥出了汗。

热身完毕，小雨也停了。入场式开始，丁起和队友气势昂扬地站在场地中央。丁起偷偷瞄了一眼替补席，正好闫蕊也在看着他，眼里似乎还有几许的热烈。四目相对，丁起瞬间感觉自己的血液流得更有力了。

这场比赛油田工业大学如果能打平就将获得晋级下一轮的资格，而岛城医学院队必须净胜两球以上，才能力压其他对手出线。比赛哨声一响，岛城医学院队就展开了狂攻，油田工业大学队摆出了死守的架势。丁起和队友配合非常流畅，几次攻入对手的禁区，但对手凭借防守人数多的优势艰难化解了丁起他们的进攻。

上半场进行了半个小时，岛城医学院队依然没有破门，队员开始有些急躁起来。这时，岛城医学院队队员在中圈弧附近被油田工业大学队队员凶狠地放倒，获得任意球。任意球罚到禁区，丁起高高跃起，迎着来球猛地一甩头。在甩头的一瞬间，丁起眼里出现了身穿藕荷色连衣裙，那样飘逸，那样美丽的闫蕊，那个美丽的身影高兴地跳了起来，小手使劲儿拍啊拍！丁起脸上带着微笑，将球狠狠地砸进网窝，身体慢慢坠落下来。

只听见热烈的欢呼声溢满了整个球场，丁起被扑过来疯狂庆祝的队友压住。庆祝了一会儿，他摇晃着站起来，从队友手里拿过皮球，深情地吻了一下，眼睛一直在看着替补席。他把球交给裁判，冲替补席挥了挥手，闫蕊也热情地回应他。丁起浑身充满了力量，重新投入战斗。

下半场易边再战。岛城医学院队需要再进一球，油田工业大学队需要扳平比分，才能确保晋级。双方就像杀红了眼的仇人，踢得越发激烈。下半场第15分钟，丁起在禁区前沿拔脚怒射，球应声落入死角。

2∶0！整个球场沸腾了，宗书记脸上露出了笑容。丁起再此跑过来，冲着替补席使劲儿挥手，闫蕊和替补席上的所有教练、队员和工作人员都一个劲儿地跳啊！喊啊！

之后，岛城医学院队加强了防守。油田工业大学队的士气遭受了打击，进攻稍微有些放松。就在双方都在调整的时候，油田工业大学队的9号前锋突然加速，蹚过了岛城医学院队的中后卫，其他队员补防不及，9号面对守门员果断射门，皮球应声入网。2:1！如果按照这个比分，岛城医学院队将会创造10年来首次小组赛就被淘汰的最坏战绩。

整个球场瞬间变得鸦雀无声。丁起的队友们都为这个失球捶胸顿足。丁起看了一眼替补席，闫蕊半张着嘴，木木地站在那里一动不动。丁起收回目光，使劲儿挥手招呼大家，发球开始进攻。

油田工业大学队的队员耗尽了体力，但他们还是拼尽最后一点儿力气顽强防守，使丁起他们的进攻一次次被瓦解。随着时间一点儿一点儿流逝，距离比赛结束越来越近了。马上进入补时的时候，油田工业大学队队员对着拿球的丁起一个飞铲，重重地踹在丁起的脚踝上。"啊——！"丁起一声惨叫扑倒在地。

裁判抓紧招呼队医上场，掏出红牌把油田工业大学队犯规队员罚了下去。队医和闫蕊跑过来给丁心喷了药，队医轻轻摇了摇丁起的脚，疼得丁起差点儿叫了起来。他咧着嘴忍着疼，看到闫蕊正关切地看着他，漂亮的眼睛里甚至带着泪光。丁起顿了一下，咬牙穿上袜子，系好鞋带，一瘸一拐地回到场上。

这时，比赛进入最后的时间，裁判把哨子都含在嘴里了，随时可能吹响结束的哨音。丁起的队友一脚长传，皮球直奔对手的小禁区左侧，未等皮球落地，丁起飞起来一个凌空，皮球从对手守门员腋下打入网内。丁起重重地摔在地上，瘫了一样。接着，裁判吹响了结束的哨音。闫蕊疯了一样跑了过来，和大家一起拥起了丁起。

整个球场一片欢腾，宗书记他们也忘情地庆祝起来，只有队员们都瘫在地上，一动都不能动了。丁起已经没有力气抱一下伏在他怀里的闫蕊，他看着泪流满面的闫蕊，甜甜地笑了一下。半天，丁起才喘匀了气。之后，大家用担架抬起了丁起，闫蕊用冰块儿敷着他的脚踝，一路小跑着去学校医院。

第三章　丁心成长记

丁起和闫蕊相爱了，因为足球。之后的故事变得很平凡。丁起带领岛城医学院队又夺了两届岛城杯大学生联赛冠军，甚至有一次他还得到了去中甲球队试训的机会，可惜最终没能留下。这只是生活中的波澜，过去之后复归平静。毕业之后，丁起和闫蕊都留在了岛城。本来就是足球特长生的丁起留校当了一名体育老师，闫蕊到岛城医学院附属医院的药房工作。两个人爱得很有激情，日子每天快快乐乐的，非常充实。到了年龄，两个人就结了婚，很快就有了儿子丁心。

丁心的出生，把丁起从足球场拉回了闫蕊和孩子身边。丁起不用坐班，有了更多的时间陪伴孩子。看着虎头虎脑的丁心一天天成长，他每时每刻都乐呵呵的，简朴的小家里充满了温馨。但是，丁心却似乎没有继承丁起的运动天赋，到了一岁才刚刚会爬，发育明显滞后。这让丁起有些不踏实，甚至不够开心。其实，他早就做起了梦，在他的梦里，丁心成为了中国的贝利，成为了马拉多纳，最好是巴斯滕……

可是，虎头虎脑胖乎乎的丁心似乎就是成长得比较慢，除了体重长得快一些外，个头一直比同龄的孩子小，甚至动作也有些拙笨不堪。随着孩子的成长，丁起的内心越来越不踏实。

周岁生日的时候，丁心的爷爷奶奶姥姥姥爷等一大家子人都聚在一起，在岛城宾馆热热闹闹地摆了两大桌子。大家把丁心明星一样地簇拥在中间，嘴里都说着赞扬的话。看着还是站不起来的丁心，丁起高兴不起来，他略显沉默地看着大家，大家赞扬的话语飞舞在房间的天花板下，美好的词语互相碰撞，哗啦啦地掉下来，砸得丁起有些疼。

没有人知道他内心的苦闷。丁起摸出烟，走出房间，靠在酒店大门的柱子上点燃了一支，深深地吸了一口，缓缓吐出。烟雾在岛城清新的空气中很快飘散，明晃晃的阳光，散落在红墙绿瓦和青翠的树木中。丁起茫然地看向远方，眯起了眼睛。

"丁起！"

丁起听见声音，收回目光，看是闫蕊。他把手里的半截香烟狠狠地摁灭，投向一边的垃圾桶。烟蒂被摔到垃圾桶的沿上，翻滚了一下，掉到一边的草丛里。

"你怎么好像不高兴？"闫蕊问。

丁起盯着闫蕊看了一会儿，他迟疑地说："蕊，你没觉得心心有问题？"

"有啥问题？"闫蕊听了这话，有些错愕。

"我怎么觉得这孩子发育不是很正常？"丁起说。

"不正常？不至于吧？心心反应很快的，记忆力也好。"闫蕊依然保持着吃惊的表情。

"你看，和他一块儿出生的孩子都会走了，心心连爬都还不会呢！"丁起说。

"也是啊！"闫蕊自言自语地说，"按理说，遗传你的基因，应该运动能力更好才对啊！"听了闫蕊的话，丁起低下头，用脚搓了几下地，叹了口气。这时，有人来叫丁起和闫蕊，丁心要抓周了。丁起和闫蕊答应着，脸上挂了略显僵硬的笑容，回到房间里。

房间里早早摆好了东西，丁心面前摆着一个箩筐，箩筐地放着书本、足球还有一支玩具枪什么的，让丁心来抓。一直希望孙子能够金榜题名的丁心爷爷奶奶在一旁喊："抓书！抓书！"大家围在丁心旁边，跟着爷爷奶奶的节奏一起拍手。

丁起扶着箩筐，闫蕊扶着丁心。丁起多么希望孩子能抓足球，他眼看着丁心冲那支玩具枪伸出手去。但丁心的小胖手在玩具枪那里并没有落下，整个身子往前使劲儿探，去抓那个小足球。可是，胖胖的丁心动作有些拙笨，刚把足球抓起来，就差点儿摔倒了，足球也扔出去好远。丁心爷爷奶奶明显有些失望，就说："这不算，这不算！再抓！"有人捡回了足球放到箩筐里。

"抓书！抓书！"丁心的爷爷奶奶又喊起来。可丁心还是义无反顾地抓住足球。孩子可能吸取了上回的教训，这回抓到足球就把球抱在怀里，死活不松开。丁心爷爷奶奶看着孩子，失望的表情凝在脸上。丁起看丁心这么死抱着足球，心里突然有些高兴，不由自主地笑了。

"继续，继续！继续喝！"抓完了周，丁心爷爷招呼大家继续喝酒。

眼看着日子一天一天过去。丁心依然没有起色，丁起的笑容渐渐少了。丁起带着丁心到草坪上去，两只手拽着摇摇晃晃的丁心，想让他踢球。丁心非常努力，但无奈站都站不住，几次扑向足球最后都摔倒在地上。没几个回合，坐在地上的丁心就伸手让丁起抱。丁起看着肥嘟嘟的丁心，突然间心烦气躁起来，照着丁心的屁股就是两巴掌。丁心坐在地上扭动着胖胖的身子，哇哇大哭起来。

"起来！起来！"丁起瞪着丁心大喊。丁心被丁起吓得止住了哭，他努力地挣扎了几下，还是没能站起来。丁起看着丁心，无奈地摇了摇头，心里不知道是什么滋味儿。他有些粗暴地抱起丁心，往家里走去。

刚刚回到家的闫蕊看丁起憋着气把丁心抱回家，几乎扔一样地把他放到摇篮里。端着饭盒进来的丁心奶奶看到丁起这个样子，"心肝宝贝"地叨咕着，去给孩子喂肉泥吃。丁心手舞足蹈地迎合着，一会儿就洋溢起了祖孙俩的欢声笑语。丁起什么也没说就去了卧室，躺在床上。闫蕊跟了进来。

"怎么了？"闫蕊问。

"怎么了？这都一岁三个多月了，连走都不能走，还能怎么了？"丁起没好气地说。闫蕊听了，沉默。整个屋子里的空气凝固了，只剩下心跳的声音，有些慌乱。

"不会有事的。"闫蕊说。

……

"要不我们找人看看？"沉默了半晌，闫蕊说。

　　"这样吧，咱们私下里找岛城医学院附属医院小儿科的专家给看看吧。我同学不是分到那里了吗？哪天我带着孩子去找她玩儿，让她偷偷地找专家给看看有没有问题。"丁起还是不说话，把脸扭向了一边。

　　家里的电话是岛城医学院的内线，能接附属医院。闫蕊就给自己的同学打电话，正好同学就在班上。俩人约好第二天就去，闫蕊同学私下里帮着找专家给问问。丁起默然地听着闫蕊在做这些，他突然有了一丝困意，于是调整了一下姿势，舒展了身体。

　　丁起很快进入了梦乡。他梦到了伯纳乌球场，庞大的球场里的几层看台叠在那里，和其他足球场相比更陡，黑压压地坐满了球迷，这些球迷仿佛挂在球场四周的看台上一样。丁起被一群黑衣人簇拥着，来到贵宾席的位置，他在写着自己名字的座位上坐下。他发现正在一边的皇马的主席弗洛伦蒂诺正微笑地看着他，丁起和弗洛伦蒂诺互相握了手，寒暄了两句各自坐下。丁起用眼神向着两边示意，几个黑衣人散去。

　　这是皇马对巴萨的比赛。贝克汉姆、罗纳尔多、卡洛斯、齐达内等巨星在场上踢得非常华丽，巴萨罗那这边也不示弱，梅西、伊涅斯塔、哈维、普约尔等球员组成的球队靠着精准的传切配合不断冲击皇马的防线。不过，皇马运气似乎更胜一筹，打得也更出色些，始终占据着上风。特别是罗纳尔多在前锋位置上，在齐达内和贝克汉姆的支持下，几次冲到巴塞罗那的禁区前沿，直接威胁巴塞罗那的球门。

　　丁起陶醉地看着这比赛，不知不觉自己飞了起来，飞到球场中央，轻轻地落下。几个金发球童过来给他穿上足球鞋，身上也换成了皇马的白袍。丁起四顾整个球场，黑压压的球迷好似千钧的重量，压抑着他，丁起的身上充满了力量。他幸福地微笑了几下，扭了扭脖子，活动了一下脚腕，开始向巴塞罗那的球门奔去。

　　齐达内在中场左一拉右一扣，一脚传给了罗纳尔多，罗纳尔多又一个转身，把球传给了候在门前的丁起，丁起起脚就射，皮球划着美妙的弧线挂入死角。哄——！整个球场沸腾起来！

　　丁起醒悟过来，看见场地内罗纳尔多、齐达内和贝克汉姆在庆祝，他和弗洛伦蒂诺等也都站起来欢呼。

比赛继续，丁起继续看球。

慢慢地，罗纳尔多踢球都变成了慢动作。丁起的眼前蒙眬起来，罗纳尔多在变小、变形，这分明是即将长大的丁心。丁心和皇马的队友们在巴塞罗那阵中左奔右突、抢断、过人、传球、射门……，所有的动作都那么优美，那么有力，这真是最美的足球！

丁心优美地在巴塞罗那的后卫中游走，攻到禁区，骗过守门员，打进非常漂亮的一球。2:0！皇马扩大了比分。哄——！整个球场再度沸腾。丁起定睛一看，又是罗纳尔多、齐达内、贝克汉姆和卡洛斯在庆祝，哪儿还有什么丁心的影子啊！

……

"起来吧，起来吧！都该吃晚饭了！"丁起耳边响起了闫蕊的声音，他赶紧爬起来。窗外的阳光明显柔和了许多，眼看着已经下午了。丁起答应着，从床上爬起来，晕晕乎乎摇摇晃晃地来到客厅，他看到躺在摇篮里的丁心，梦境在眼前浮现，丁起突然间伤感起来。他在摇篮边停了一下，长长地叹了口气。丁心奶奶端着鸡蛋糕蒸海参过来了，准备喂丁心晚饭。

第二天，丁起一天都没有上班。在家里他一直都心神不宁，整个上午他不知道屋里屋外地来回走了多少趟。

"丁起！丁起！"快到中午的时候，丁起就听见还在屋外的闫蕊急促地叫他。丁起的心一下子揪了起来，汗水不由自主地冒了出来。他木呆呆地看着闫蕊有些吃力地抱着丁心冲进屋里来，脸上汗津津的、红扑扑的，一缕头发黏在额头。真是一个漂亮、成熟又带点儿野性的少妇！野性？丁起都不知道自己咋会用这个词。

"丁起！你猜猜，专家怎么说咱丁心？"闫蕊故意板着脸说。

"咋说？"丁起接过丁心，抱在自己的怀里仔细地看着，焦急地问，"鑫鑫有没有毛病？"

"有！"闫蕊擦了擦汗，说。

"啊？"丁起差点儿把丁心扔地上，他粗鲁地把丁心放到摇篮里，回身抓住闫蕊的双肩，摇晃着她问，"到底啥毛病？"

"就是……"闫蕊调皮地眨眨眼睛，并不着急回答丁起，微笑着盯着他的眼睛。

"到底啥病？你说呀！"丁起真的急了。

"这孩子就是……就是太胖了！"闫蕊看着丁起着急的样子，忍不住笑了出来。

"太胖了？我的老天，竟然是太胖了！"丁起捂住脸，慢慢地坐到沙发上。

"对，就是太胖了，影响了孩子的运动能力。"闫蕊说，"得减肥，我同学说这样孩子一定能恢复正常。"

"好好好！"丁起一连说了三个"好"，身心慢慢放松下来。这时，丁心明显饿了，开始哭闹。丁心奶奶又要去给他弄吃的，闫蕊赶紧挡住，从口袋里拿出一张处方纸来，这是专家给丁心列的食谱。

"妈，以后我们要严格按照这个来。"闫蕊对丁心奶奶说。

"好的，好的！"丁心奶奶愣了一下，接过那张处方纸，戴上老花镜开始仔细地看起来。

丁起一家人开始严格按照医生列出的食谱来喂养小丁心。刚开始几天，小丁心常常会饿得哭闹，小脸儿梨花带雨的样子真是惹人怜爱。丁心奶奶几次偷偷准备了吃的，可都被丁起抓住了。丁起非常生气地说了妈妈一顿，让妈妈离开孩子。拿着妈妈准备好的鸡蛋羹，看着哭闹不已的丁心，丁起其实也心疼得不得了。

一开始丁心闹得并不是特别厉害，只是躺在小床上哭闹。可是时间久了，丁心就不那么安稳了，在小床上折腾起来。踢腿、躬身，几乎什么武打动作都用上了，可就是站不起来。这时，闫蕊早就跑开，捂着耳朵不听丁心的哭闹。丁起几次想抱起丁心，他看着胖嘟嘟的丁心脸已经涨得通红了，折腾得浑身是汗。

丁起的眼睛有点儿发酸，他的手颤抖着伸向妈妈准备好的鸡蛋羹。他眼看着哭闹的孩子，手距离鸡蛋羹越来越近，越来越近。叮当——！碗摔在地上，鸡蛋羹撒了一地。丁心奶奶和闫蕊听到声响，赶紧跑过来。丁心奶奶顾不上生气了，赶紧收拾。闫蕊有些愤恨地看了丁起一眼，停了一会儿，扭头又出去了。"妈妈，我们一定要坚持住！"丁起回头对妈妈说。丁心奶奶停顿了一下，眼里盈着泪水，使劲点了点头。

又过了几天，小丁心闹得不那么厉害了，只是在饿的时候会哭几声。丁起的心情好了许多，他去找了一堆关于运动的书籍，开始画各种锻炼的动作图。丁起开始帮着丁心活动身体，腿、胳膊，每天都练上一两个小时。开始丁心还有些不接受，在丁起开始训练的时候经常会闹腾半天。慢慢地，丁心不再哭闹，甚至一看到丁起要来训练他就开始咧着小嘴笑。过了两个月，丁心的肥肉明显少了，小腿儿也有了力量。

这天下午，丁起又带着丁心训练。他发现丁心已经有几次扶着床能够站起来了，很快就能走几步了。练完之后，丁起把丁心抱起来放在地上。丁心扶着墙冲丁起笑了一下，丁起心里涌上了一股暖流，感觉这是世界上最纯洁、最美好的一笑！丁心一开始走得还有些跟跄，几步之后他竟然自己不再扶墙了，慢慢地走了起来。开始还摇晃，接着就稳定下来，顺利地开始走了！

"耶！"丁起大叫一声，跳了起来，差点儿撞到刚下班准备进屋看孩子的闫蕊。"你看你看你看！"丁起惊叫着，指着丁心，跟闫蕊说。闫蕊的眼里放出了一股亮光，她回身扑在丁起怀里，抱着他不停地亲。小丁心有些惊讶，他差点儿被爸爸妈妈惊得摔倒，赶紧扶住墙，嘿嘿地傻笑。

丁心奶奶慢慢走进屋里，悄悄从桌子上拿走了早写好的食谱。

丁起的生活从此充满了阳光。但丁起知道，对于孩子不能操之过急，只能从培养兴趣开始。丁起开始慢慢训练丁心的运动能力，半年过去，丁心就完全和其他孩子一样了，在奔跑速度上，他似乎还比其他孩子更好一些。

丁起开始给丁心买了一个三号足球，经常在下午带着丁心去岛城医学院的体育场玩儿。在岛城灿灿的阳光下，丁心坚定地甩开小腿，在场上跑来跑去。丁起先是随意让丁心踢着球跑，之后他也过去，和丁心开心地踢上一阵。丁心虽然小，但有丁起教着，动作一开始就很规范，踢得有板有眼。

时光过得飞快，丁心长得飞快，不知不觉已比同龄人高出了半头。转眼间丁心上了幼儿园，又上了岛城医学院附属小学。正好，岛城医学院附属小学校队的教练也是这个学校的体育老师，是和丁起一批的球员，丁心刚一进校，丁起就软磨硬泡让丁心跟着练上了。

丁心和比他大一到两岁的孩子编成一队。教练很快喜欢上了丁心，让他打前锋。丁心果然不负众望，很快融入了球队，成为队里摧城拔寨的尖刀队员。岛城医学院附属小学本来就是足球传统学校，丁心这批孩子的教练又抓得紧，这支队伍很快成为岛城的一支冠军队，连续夺得萌芽杯、新苗杯等岛城比赛的冠军。丁心在比赛中多次获得最佳射手荣誉称号，被大家誉为小马拉多纳。

到了小学五年级，丁心已经有一米六的身高了，丁起和教练还是重点带丁心练小技术。丁心的停球、传球、盘带、头球都练得非常规范，各种技术运用起来非常自如，明显高出校队的其他队员。又练了一年，丁心马上就要小学毕业了。丁起和闫蕊商量，想把丁心送到东山俱乐部的后备队去。闫蕊开始有些不舍，在丁起的再三说服下，闫蕊勉强同意了丁起的意见。丁起非常开心，他开始联系自己的老教练，让他把丁心推荐给东山俱乐部。

"这么小就让孩子踢球？人家都以大改小来踢球，你家孩子这么小就想入队，怎么可能？"教练说。

"大哥，没问题，肯定没问题！"丁起有些着急地说。

"真是没听说这样的情况，丁起，快别折腾孩子了，过两年再说吧。"

"大哥，试试，你让俺试试还不行吗？"丁起软磨硬泡。

终于，丁心获得了到东山俱乐部试训的机会。丁起叫着自己的同学开着车，直奔200公里外的东山足球学校来了。按照教练给的联系方式，丁起很快找到了U13队的教练宁高。宁高有些冷淡，但碍于推荐丁心的老教练的面子，就把不到13岁的丁心和几个来试训的队员编入了U13队B组，开始和 A 组分队训练。

练了几天后，B 组明显比 A 组实力弱，经常在小分队的时候输掉七八个球。随着时间的推进，宁高开始对 B 组的两个队员热情起来。丁起根据自己踢球的经验，明显感觉这两个队员虽然比丁心大一岁，但技术能力却比丁心差不少。一直在场边观看训练的他有些纳闷，训练时，他回头看看也在陪同训练的那俩孩子的家长。几位家长感觉到了丁起的目光，微笑着回应了一下。丁起感觉这微笑里有一丝得意。

训练了两周，决定孩子命运的时刻到了。这天，开始进行东山 U13 队 A组和 B 组的最后一场比赛，赛后，除了选入 U13 队的队员，B 组就要解散了。一开始丁心没有获得首发。比赛中，宁高看好的那俩孩子没有人贴身逼抢，踢得很从容。A 组的队员对其他孩子却拼抢得很激烈，一时间人仰马翻的。两孩子没人拼抢，似乎有了大将风度，踢得很好看。宁高满意地看着场上，那俩孩子的家长胸有成竹般，嘴边依然带着那意味深长的微笑。

很快，A 组就 3:0 领先 B 组了。接着，35 分钟的上半场比赛结束。宁高去给 A 组布置战术，而 B 组则各自活动了一会儿，喝了水准备上场。

下半场比赛刚要开始，宁高已经把哨子含在嘴里了。丁起看到宁高的眼里露出了惊异的表情，他循着宁高的目光看去，只见一位金发的外籍教练在几个人的陪同下来到了场地边上。宁高顿了一下，吹响了哨子。

丁心下半场得到出场机会。他一拿球就显示出扎实的基本功，那份灵气让他在场上如鱼得水，带着球左突右奔。宁高在场上叫丁心给那俩孩子传球，但丁心在自己位置有利的时候根本不听宁高的指挥，只见他带球突破杀入禁区，形成了单刀。丁心过了守门员，把球打进，B 组扳回了一球。

丁心的表现盖过了那两名小球员。在比赛进行到最后时刻，丁心从中场再度得球，他一踩一拉，从两个对手之间突破成功，一个变向，又过了一个人，面对最后一名防守队员他巧妙地一个穿裆过人，又是直接面对了守门员。丁心一个搓射，将球打进。现场一片喝彩声，那个外籍教练也竖起了大拇指。

最终 A 组 6:2 战胜了 B 组。宁高过去跟东山足校的领导耳语了一会儿，东山足校领导和宁高一起来到外籍教练跟前，几个人又商量了一阵。最后，他们决定留下丁心和另外一个孩子，而那俩孩子都没有留下。这两个孩子的家长听到这个结果，狠狠地摔了手里抽了半截的烟蒂，转身走了。宁高有些尴尬地看着他们的背影，回身和东山足校领导还有外教一起走了过来。

"这是咱东山队主教练史密斯。"一行人路过丁起身边，足校领导跟外籍教练聊了几句什么，跟丁起说。

"什么？史密斯指导？"丁起定睛看了看，果然是史密斯，和电视里报纸上的照片上真是一样。丁起惊异得不得了，紧紧握住史密斯的手。

"你的儿子很不错！"史密斯笑着跟丁起说。丁起觉得整个世界都亮了。

进入东山 U13 队，丁心是队里年纪最小的一个，但却是练得最刻苦的一个。一开始，U13 队主教练宁高似乎对丁心并不感冒，还经常没有缘由地批评他。但小小年纪的丁心显示出超乎寻常的成熟，他一直忍耐着，从来没有顶撞宁高。

队里的队员都习惯睡懒觉，但丁心从来没有睡过懒觉，每天都按时起来吃早饭。丁心经常在东山足校训练场一侧的墙上挂个轮胎，练直接任意球。宁高在综合场地挂了个足球，让孩子们练头球。虽然史密斯不让这些孩子们练力量，但丁心经常在别人休息的时候自己加练这些内容，一练就是几百次，丝毫不感到枯燥。宁高上训练课的时候，他认真听训练要领，自己加练的时候一点儿也不打折扣。风里来雨里去，丁心一直严格要求自己。

他在这风雨中逐渐成熟起来，随着球队升入 U15 队。

这一切史密斯都看在眼里，很快，他就给了丁心机会，在东山足校举行的全国 U15 联赛决赛上，丁心作为核心队员，几乎打满了所有的比赛，取得了 9 粒进球，还有 6 个助攻。东山 U15 队在参赛的 12 支球队中取得了全胜的战绩，面对每一个对手都赢两三个净胜球以上。只是在半决赛时，东山队遇到了京城 U15 队的强力挑战。

京城 U15 队一开始就抱定了防守反击战术，前面放了个快的边锋，中场留了一个组织者，几乎全部队员都龟缩在自己的半场。东山 U15 队全力进攻，可总是只开花不结果。东山的小队员被京城 U15 队员的杀伤战术频频摆倒，可是裁判几乎跟没看见一样。丁心踢得非常努力，在比赛最后时刻，他接到队友的传球，一个横切，在禁区前沿大力施射，皮球画出一道美丽的弧线，落入京城 U15 队的网窝。东山 U15 队获得了最终的胜利。

这场比赛带给丁心的快乐并没有持续多久。晚上，闫蕊来到足校，见到丁心她就哭了起来。"你爸爸，你爸爸他没有了！"闫蕊抱着丁心，泪流满面。

"什么？"丁心愣了一下，"到底怎么回事？怎么回事？"。

"你爸爸他失踪了！"闫蕊拿出一张纸来，丁心接过来。纸上是熟悉的丁起的笔迹：闫蕊、心心，我走了，不要找我，也不用担心我！

看着手里的这张纸，丁心脑海一片空白，差点儿摔倒。丁心勉强站住，又看了看这张纸。他挣脱妈妈跑到球场，在场地上狂奔起来。

"爸爸——！爸爸——！"他一边跑一边哭一边大声喊。不知道跑了多久，丁心瘫倒在场地上。这时，有个人走过来，轻轻抱住他。是妈妈闫蕊。丁心在闫蕊怀里放声大哭。等丁心哭够了，闫蕊捧住丁心的脸，坚强地说："孩子，你爸爸走了，还有我呢！"

"嗯！"丁起使劲儿点头，哽咽着应着。13 岁的丁心，突然感觉自己长大了。

第四章　李长军和闫蕊

联赛还在继续，东山队主场迎来了与鄂州武当队的比赛。经历了滨城之败的东山队到底能打成什么样？大家心里并没有底。

进入仲春，天气渐渐热了起来。整个东山的训练基地各种树木越发繁茂起来，特别是 2 号场地和 3 号场地间小路边的芙蓉树，远远望去像一片片红绿相间的彩云，别有一番靓丽的韵味儿。四处的花草随意开放，微风袭来，摇曳生姿，竞相争艳。张立无暇顾及这生机勃勃的景象，每天都到场地上看球队训练。有时他叫着李长军一起，但两个人并不太说话。张立看上去很轻松，脸上常常带着柔和的笑容。但李长军知道，张立的内心是紧张的。

比赛就要开始了，送完球队去主场准备比赛，张立和李长军等人一起到食堂吃饭。照例，食堂里准备了很受张立等领导欢迎的酱猪蹄和打卤面。张立拿了餐盘，在取菜的区域转来转去，显然没什么胃口。最后，他取了一块儿酱猪蹄和几片清炒西兰花，坐了下来。服务员端上了一碗打卤面。张立的动作明显有些迟疑，他咬了一口酱猪蹄，皱了一下眉头，接着挑了一筷子面条放在嘴里，脸上露出了难以下咽的表情。

李长军看着张立，赶紧尝了一口酱猪蹄，又吃了一口面条。味道和平时没什么区别啊？李长军想。一直强调节约，极度痛恨浪费食物的张立把盘子一推，起身要走。李长军也顾不上吃饭了，和王庆紧跟着张立回了楼上。张立回到办公室，换上上个主场比赛时穿的衣服，拿出了三条红色的领带，试了几次，选中了一条，精心地打好。他让王庆看自己是否打得周正，王庆帮他理了理领带和衣服领子。

"叫着李长军，咱们走！"张立说。几个人下楼乘车直奔球场去了。

客场大比分输球打击了球迷的士气，这个主场的球迷并不算太多，整个场地坐了大概不到一万五千人，比以往少了得有一万人。东山队队员热身的时候气势并不高涨，虽然大家都很尽力，但节奏还是不够快。鄂州武当队是一支弱旅，从来没有在东山队主场赢过球。联赛开始之初他们就早早把成绩目标定位为保级，赛前又破天荒地许下了 300 万的巨额赢球奖。热身时，武当队的队员像打了鸡血一样，队员的肌肉都鼓胀起来，似乎随时都可能爆裂。

随着裁判的一声哨响，比赛正式开始。东山队明显踢得有些紧，平时的连续一脚传球几乎打不出来，不超过三脚传球一定会出现失误。整个东山队的中场显得非常混乱，场面十分被动。反观武当队，坚决打起了反击。防守时武当队后场囤积了大量的队员，只在前面留下了速度超快，外号"小摩托"的非洲外援。前 20 分钟东山队的进攻毫无办法，竟然一次射门都没有。随着比赛的深入，武当队的教练示意队员往前压，把战火烧到中场。

这一招果然奏效，第 28 分钟，武当队中场断球，直接过顶长传给"小摩托"，"小摩托"顺势摆脱东山队后卫，杀进了禁区，直接面对守门员。可惜临门一脚太差，放了高射炮。

在看台下面的回廊里看球的张立惊出了一身的冷汗，他下意识地松了松领带。东山队依然跟没有苏醒一样，还是失误频频，形成不了有效进攻，武当队的反击反而打得有声有色，几次威胁东山队的大门。好在运气不错，最终没有被攻破球门。

比赛进行到第 44 分钟，风云突变，越打越有信心的武当队又是中场断球，果断分边，边路直接突破下底，传了个地面的反向球。"小摩托"在门前候个正着，停球过人，闪出空挡打了个远角。皮球应声入网，武当队 1∶0 领先。

进球的那一刻，张立急得跳了起来，扯掉领带摔在地上，在回廊里来回转圈儿。王庆赶紧从地上捡起了领带。随后，上半场补时一分钟结束。王庆把领带递到张立手里，张立一把扒拉开王庆，气呼呼地望着场地。队员们已经开始垂头丧气地往回走了。

"张总，一会儿您还去休息室吧？"王庆再次把领带递过来。队员们纷纷从他身边走过，但他像没看见一样。张立迟疑了一下，接过领带打好，平复了一下呼吸，走进了球员休息室。休息室里没人说话。队员有的在换衣服，有的在摔打鞋上的泥土，有的在整理绑脚的纱布和胶带。主教练牛金站在战术板前看着大家。看到总经理张立进来，许多队员低下了头。就这样过了几分钟，牛金用水笔狠狠地敲了几下战术板。队员们显然被振了一下，纷纷抬起头来。

"显然，上半场我们打得并不好！"牛金说，"我们没有踢出自己的水平！"他用严厉的目光环顾队员们，最后把视线落到张立身上。"我们没有打出水平的原因，是因为客场对滨城武夷山队的失利影响了大家，这场比赛让你们每个人的心里都藏了一个小魔鬼，它让你们失去了理智，让你们不再是一名球员，一名战士！"牛金停了停，继续说，"从现在开始，你们要忘掉上半场的比分，忘掉一切！"牛金提高了嗓门儿，大声说，"我只要求一点，像平时训练一样打下半场比赛！"他说着，翻译也跟着喊，翻译的脑门儿上也浸出了汗珠。队员们听着，逐渐有了生气，振奋起来，有人鼓了一下掌，接着全体队员都鼓起掌来。牛金坚定地看着队员们，挥起黑板擦用力擦了擦战术板，开始讲战术。这一刻，张立突然有了一丝轻松的感觉，他发现自己的手心里全是汗水。

下半场开始，东山队的队员们确实放松了下来，传接球比上半场从容了许多。快速传递和灵活跑位都很流畅，对武当队的威胁也多了起来。下半场比赛进行了5分钟，牛金把中锋韦月叫到身边耳语了一番，韦月回到场地和前锋穆子金比画了一气，两个人一前一后，压在对手门前。刚过了2分钟，韦月在禁区前沿头球回做，穆子金起脚就射，皮球奔死角而去，东山队扳平了比分。此时，武当队失去了上半场的锐气，完全处于被动挨打的局面。接着，穆子金横向摆脱，一脚低射梅开二度，反超了比分。比赛临近结束，韦月头球锦上添花。最终，东山队3∶1逆转鄂州武当队。

穆子金反超比分的那一刻，张立忘情地举着双手跳了起来，激动得像个孩子。比赛结束，张立几乎飞奔着冲出了回廊，到了跑道上，他抑制住自己的兴奋之情，来到场地边上和下场的队员一一握手，亲切地拍拍每一名队员的肩膀。

球迷们尽兴地欢呼，整个场地气氛热烈而又欢快。李长军站在场地边上，环顾看台，脸上也不由自主地洋溢着快乐的笑容。李长军看到主席台下的副台上看球的预备队队员，向他们招了招手。李长军似乎看到了丁心，丁心收敛地微笑着，也向他招了招手。

李长军突然想起了闫蕊。自从丁心的父亲丁起失踪之后，闫蕊一心扑在丁心身上。她坚定地认为，只要丁心能够踢好球，丁起一定能回来。其实，因为丁心，李长军只见过闫蕊两面。说心里话，第一次见到闫蕊，李长军的内心里一震。这确实是个美丽惊艳的女人，不带丝毫俗气。

李长军和闫蕊的第一次畅谈还是在史密斯下课之后。由于史密斯非常赏识丁心，常常过问后备队里的丁心等几个重点队员的情况，丁心的训练非常不错，比赛机会也很多。由于家庭变故，丁心沉默了许多，但他却更加努力地训练。但史密斯下课以后，任凭丁心如何努力地训练，他始终得不到上场的机会。在教练宁高眼里，丁心仿佛不存在一样。

家庭的变故给了闫蕊巨大的打击，她仿佛突然间枯萎了，生命变得暗淡起来。丁起失踪之后，他的母亲也离开了他的家，空落落的房子里只剩下了闫蕊一个人。下班回来，闫蕊把包扔到沙发上，呆呆地站着。整个家的空气仿佛都凝固了，没有一丝生气。不知道过了多久，窗外的斜阳把温暖的光线照射到地上，呈现出斑驳的影子。这阳光没有一点儿温度，就像挂在墙上的全家福照片，冰冷，遥远，仿佛几个世纪前就被安放在那里。闫蕊叹了口气，坐到餐桌旁的椅子上，任由外面的光线变淡，全家福在视线里变模糊，直到这个世界沉浸到夜色中。

她就这样坐着……

此时，在东山足校的丁心刚刚加练完。他沉默着，拿着浴巾去冲澡。丁心的肌肉已经显得很有力量了，他的球技也在飞涨。丁心冲完澡，去餐厅吃完饭，回到宿舍。同宿舍的队友有的在打游戏，有的在聊天，还有一个在弹吉他。吉他的声音不是很成调，散淡的音符飘在屋子里，飘出窗外……

丁心倒了一杯热水，躺到自己的床上。他依然面无表情，一言不发，但他的内心是不平静的。他想起了丁起，爸爸的容貌在他的眼前越来越清晰。丁起和他一起踢球，一起疯，一起放肆地笑。想着想着，丁起的面庞渐渐变得模糊起来，最后整个人也逐渐变淡，像一缕青烟消失在丁心眼前。丁心的眼睛酸了一下。他打了一个长长的哈欠，吉他声、说话声还有外面汽车的喇叭声也消失了，他的身体终于伸展开，沉入了梦乡。

独自在家的闫蕊依旧翻来覆去，难以入眠。丁起失踪以来，闫蕊消瘦了许多。她表面依然那样美丽，只是略增愁容，添了几分病态，看上去让人怜爱，心痛。家庭的变故让闫蕊感受到了太多突如其来的人间冷暖。很多关系不错的姐妹突然间和她保持距离了，热情的招呼和家长里短少了，每个人的眼神里似乎都隐含着什么，闫蕊不懂，也不想懂，她感到害怕。常常在自己枯坐的傍晚，那些眼睛就会抽象出来，一双一双悬在闫蕊眼前的夜幕中，让她恐惧，却无处躲藏。

更让她害怕的是科主任厉千里。闫蕊清楚地记得，丁起出走后，她到公安机关报案，并发动了身边所有能发动的人去找他。终于确定丁起不再回来之后，第一天回到岛城医学院附属医院上班时，厉千里盯着她的那双眼睛。厉千里微胖的脸上含着一丝不可捉摸的微笑，那样看着前来跟他打招呼的闫蕊。视线里仿佛有着无形的重量，让闫蕊感受到压力。

办公室里只有厉千里和闫蕊两个人。闫蕊想好的最近没来上班的解释这时怎么也说不出口，就这样尴尬地呆立着。厉千里盯着闫蕊看着，目光里有些贪婪。过了一会儿，他从办公桌后面走出来关上办公室的门。在返回座位上的时候，他走到闫蕊身边停了一下，手轻抚了一下闫蕊的头发，顺着滑到闫蕊的背上。闫蕊身上起了一层鸡皮疙瘩，她有意躲了一下，厉千里收了手，回到自己的座位上坐下。"人生很难预料，小闫！"厉千里轻言轻语地说，"既然事情出了，只能想开点儿。还是好好上班吧，遇到啥事儿还有我呢！"

闫蕊一时也不知道说什么好，点了点头，开门逃也似的走出了厉千里的办公室。在随手关门的一瞬间，她突然发现厉千里的眼里有一丝光芒，让她心慌。在回自己办公室的时候，闫蕊想起那只肉嘟嘟的手，脊背开始发紧。她突然回想起，在丁起没有失踪之前，这只手就曾经多次有意无意地触碰自己，只是那时她没有在意。难道——，闫蕊不敢想下去，难道传言厉千里的那些事儿都是真的？

闫蕊不知道是怎么度过这上班的时间的。其间，她在开药的时候几次出现了小的错误，好在没有什么大问题。闫蕊尴尬地处理这些事儿，但她明显感受到同事们异样的眼光。闫蕊这样浑浑噩噩、心不在焉地过着日子。有一天快要下班的时候，她在走廊里遇见了厉千里。在擦肩而过的一瞬间，厉千里停了一下，"下班来我办公室一趟！"闫蕊受惊一样抬起头来，木然地点了点头。

闫蕊想起厉千里那肉嘟嘟的手，浑身又起了鸡皮疙瘩。但她想起自己曾经惊慌地点头的样子，还是不敢不去。好不容易熬到了下班，等办公室的人都走了，闫蕊连白大褂都没换，胆战心惊、轻手轻脚地向主任办公室走去。屋里灯还亮着，但一点儿动静都没有，闫蕊知道厉千里还在等她。她轻轻推了一下门，门没有锁。闫蕊走进屋里，停住脚步，厉千里背对着她站着。

"来了？"厉千里的声音很温柔，带着些责备。

厉千里回转身，走过来关上门，顺手锁了。门外传来一声巨响，不知道哪个办公室的人在关门下班，也许是最后一个关门的办公室吧？闫蕊惊了一下，心跳加速，慌慌地想。这份忐忑让她感觉到自己面对的不是多年的同事和领导，而是一只饿虎猛兽。厉千里面对闫蕊停住，他脑袋的轮廓终于慢慢清晰了，从一只虎头变成了那个微胖、偏白的多肉的脸。厉千里的眼里有一丝光在闪烁，饱含着肉麻的温柔。"小闫！"厉千里轻声道，"我知道……"

　　闫蕊听不清厉千里在说什么，只感觉他距离自己越来越近，呼出的口气都能喷到自己的脸上。闫蕊感到有些恶心。她感觉自己的手被握住了，那手非常柔软，闫蕊紧张得几乎忘记了挣脱，她突然间为自己的这种感觉红了脸，她赶紧抽手。"厉主任！"她求救一般战抖着说。

　　那只手握得更紧了，顺着闫蕊挣扎的劲儿一把把她拉进怀里。厉千里用另外一只手揽住了闫蕊的腰。"蕊，我真的喜欢你，真的朝思暮想，朝思暮想……"厉千里越抱越紧，湿乎乎的嘴凑了上来。闫蕊尽力挣扎着，"啪！"闫蕊终于挣脱出一只手来，结实地甩给厉千里一个大耳光。

　　"你？你、你！"厉千里突然没了力气，松开闫蕊，半倚着办公桌。

　　闫蕊赶紧抓起自己的包，慌乱地打开门，逃了出去。闫蕊不知道自己怎样才回到了家里。半天她才平静下来，就这样枯坐着，不知道过了多久，任凭傍晚的光线越来越微弱，直至沉入黑沉沉的夜幕中。闫蕊就这样一动不动，她说不上伤心，也说不上有多么难过，心里木木的。闫蕊心里突然作呕，她摸着黑去了卫生间。这是一次天翻地覆的呕吐，那份痛苦先是搅动着她的胃，然后从胃的底部开始抽，把胃里的所有的东西都倾倒而出。呕吐从胃里开始，一直走到胸腔。她咳了几口，胸腔感到一阵剧痛。接着是食管，牵动着胸腔，把整个人都抽空了。闫蕊不知道自己吐了多久，吐得自己胃里已经没有任何东西可吐了。那份痛楚让她感觉到自己几乎把五脏都拿出来翻了一遍。终于不吐了，闫蕊硬撑着洗了把脸，漱了口。她感觉虚弱无力，下意识地摸了摸自己的额头，很烫。闫蕊知道自己发烧了，她摸索着回到卧室，瘫在床上。

　　很快，闫蕊就沉沉地睡了过去。闫蕊的睡眠沉寂在一片粉色的雾霭中，这雾霭慢慢汇聚，慢慢变成了一片粉色的原野。闫蕊回到了少女时代，她穿着纱裙在原野上欢快地奔跑。那份美丽，那份纯真仿佛映在澄蓝的天空中，化作一个个动听的音符，荡漾着飘散开来……

　　很多人的笑脸从云朵中露出来，有邻居小伙伴，有初中时的密友，还有大学时同宿舍的同学们……这些笑脸汇聚，又散开，随着云开而去。这些笑脸中，逐渐清晰的是丁心的笑脸。丁心一会儿是小时候的胖模样，一会儿又是在足球队训练的虎虎的样子。闫蕊看着丁心，心里特别开心，宁静。

最后，只剩下一张笑脸。丁起？闫蕊惊叫了一声，真的是丁起！丁起还是那样温暖地微笑着，他越来越清晰。闫蕊痴痴地看着丁起，世界仿佛都不存在了。丁起走到闫蕊身边，万般温柔地看着她，缓缓张开双臂，闫蕊不由自主地扑进他的怀里。丁起轻轻抱起了闫蕊，就像托着一片云彩，没有一丝重量。

丁起这样抱着闫蕊，在蓝天和粉色的原野里轻快地走。他们走啊走，走过了小河，走过了童话小屋，走过了开满粉色花朵的山丘。他们走到一个古朴的石头房子里，这房子是那么干净，古朴。丁起把闫蕊轻轻放到石房子里柔软的床上，轻轻地帮她理顺了纱裙，理了理她的头发，轻轻地捧着她的脸，凝神望着，望着。慢慢地，丁起的脸距离闫蕊越来越近，他的嘴唇马上就要亲吻到闫蕊的嘴唇了，闫蕊几乎感受到那份令人激动神往的温湿了。可是，突然间，这张脸变成了那个微胖的脸，吻上了闫蕊。

闫蕊猛然醒了，她浑身是汗，被子几乎都湿透了。她回想着梦境，反复想着身边的这些事情，不由悲从心起。她的眼里流出了泪水，她就这样无声地哭，也不知道哭了多久，又沉沉地睡了过去。

第二天，闫蕊挣扎着起来。她不顾满脸的憔悴，来到医院，走到院长办公室，守着一屋子的人撂下一句话："我要辞职！"说完，她扭头走了。

李长军见到闫蕊时，她已经走出了丁起失踪的阴影，重新振作起来。从岛城医学院附属医院辞职后，闫蕊休整了一段时间，之后，她拿出所有的积蓄开了个服装店，开始了新的生活。她学习了服装设计，创造了自己的童装品牌。一个人生活的闫蕊把所有的精力都投入到了事业上。逐渐地，她的童装品牌在岛城打响，自己开了三家店，又有一些加盟商陆续找来。闫蕊的生意越做越大，成了名副其实的老板。生意稳定后，闫蕊开始有更多时间到东山足校看望丁心。

此时，史密斯主教练已下课了，丁心不再被教练重视，陷入了烦恼和苦闷中。就在这个时候，闫蕊遇到了李长军。这时，已经成为一队助理教练兼预备队主教练的宁高一直不给丁心比赛的机会，训练的时候也几乎不管他。好在丁心总是练得那么认真，一周都要加练四次以上。所以，丁心的足球水平一直在长，他也能够保持非常好的状态。

这天，闫蕊又来看望儿子丁心。预备队正好有一场教学比赛，照例，丁心依然没有得到上场的机会。比赛结束之后，丁心没有散去，照例自己留在场地里加练。闫蕊有些失望地站在场地边上，看着儿子在努力训练。

刚要离开场地的李长军看到了闫蕊，李长军暗暗惊叹了一下。眼前的闫蕊穿着深色的长裙，略带棕色的一头秀发非常柔顺地披在肩上，侧着的脸显露出柔和的线条，在阳光下略带一点儿淡淡的光晕。真是个美丽冷艳的女人！李长军的脸红了一下。恰好，闫蕊也回过头来，她似乎看出了李长军的窘态，微微地笑了一下。"我是闫蕊。"她的声音很好听，"丁心的妈妈。"

"哦——"李长军赶紧应着，"我是俱乐部的李长军！"

"非常荣幸认识您！"闫蕊很自然地致意。李长军一时不好立即走开，两个人在一边看丁心的训练。丁心练完了，过来和妈妈打招呼，满脸的汗水都没有擦干净。看妈妈过来，丁心显得很开心。他接过闫蕊递过来的水，喝了一口漱了嘴，又喝了一小口，才喘匀了，跟闫蕊介绍："这是我们俱乐部的总经理助理李长军！"

闫蕊向李长军笑了笑。

第五章　球队起风波

接下来的联赛比赛几乎一马平川，东山队顺利取得 11 连胜的骄人战绩。联赛半程过后，东山俱乐部占据了较大的领先优势，领跑整个积分榜。张立觉得这个盛夏简直美极了，他开始享受每一场比赛。

最近，每一个主场的球迷都是爆满，可容纳五万球迷的省体育中心场场都座无虚席。每场比赛开始之前，张立习惯叫着李长军在体育场主席台下的回廊里站一会儿，看球迷们起劲儿地嗨！球迷热情地掀起一圈儿一圈儿人浪的时候，张立的眼里分明有泪光在闪动。李长军也感觉血液往头上涌，几乎抑制不住自己的感情。白水董事长、孔书记和图森副董事长经常在赛后和张立还有牛金主教练等人去酒店坐上一坐，酒桌上自然是欢声笑语，非常畅快。

真是一顺百顺。

在这种气氛下，东山队迎来了和东北长白队的"国家德比"。东北长白队是甲 A 时代的足坛巨无霸，以东北长白队队员为主的东北省队曾经连续多年雄踞中国足坛霸主地位，和当年的南粤衡山队号称南派足球和北派足球的代表。当时，注重技术的南派足球光出人才不出成绩，他们虽然有很多有个性的球员，技术非常好，但由于作风偏软，在成绩上一直被北派足球压制。和南派足球不同，北派足球是既出人才，也出成绩。东北长白队曾经代表中国俱乐部参加亚俱杯，获得了 1989 年亚俱杯冠军，这是新中国成立以后中国足球获得的第一个洲际冠军。

这次东山长白队客场挑战东山队，也是新老霸主之间的对决。

东山队的第一个联赛冠军，就是力压东北长白队取得的。这次，积分紧跟东山队的东北长白队自然不想再次让东山队压自己一头。老道的东北长白队赛前就开始造舆论，他们驻地的媒体早就开始攻击东山俱乐部是国企背景，一味烧钱之类。还暗讽东山队利用主场之利影响裁判，私下做"场外工作"。甚至翻出了东山队夺冠时的旧账，说当时的冠军是足协内定给东山队的，等等。网络上，双方球迷也开始了骂战。东山俱乐部成绩正好，球迷群体十分庞大，在网络上的气势基本压制住了东北长白队。

虽然球队一直保持着不错的势头，但这些外在的因素显然影响着张立。他对东山队有信心，但也有焦虑。他经常叫着李长军去球场看训练，但常常一言都不发。这些，李长军看在眼里，心里暗自觉得好笑。一代霸主怎么可能那么轻易就把位子让出来呢？李长军暗自想，他觉得自己理解张立。张立不说话他也不说话，两人就这么沉默着看球队训练。

牛金显然知道这次国家德比的意义，他很想通过这场比赛来证明自己。赛前，他破例没有带队去主场适应场地，而是把全队留在基地训练。

盛夏的场地草是青黑色的，整个训练场上暑气蒸腾，队员们在场地上奔跑、传球，都有些如梦如幻的感觉。这些队员的身影在暑气里慢慢变得模糊起来，在张立眼里，他们都像皮影一样机械地动着。训练开始没多久，办公室主任王庆就飞速跑到场地边上，急切地跟张立说："白水董事长、孔书记和图森副董事长马上到场地！"

张立回过神来，马上跑到基地门口来迎接几位领导。领导的车辆鱼贯而入，白水董事长、孔书记和图森副董事长依次下车，加上随行人员一共十几个人来到场地边上。一直在全神贯注带队训练的牛金投入地跟队员讲解战术，过了一会儿，他终于发现来到场地边上的这些人都是领导，远远地和大家打了招呼。

天气太热了，队员们练了接近一个小时，纷纷走到场地边上喝水。白水董事长等领导趁机迎上去，亲切地和队员们握手，拍拍他们的肩膀。牛金主教练也走过来，和各位领导打了招呼。

"明天的比赛怎么样？"白水董事长微笑着问牛金。

"明天的比赛很受关注。"牛金说，"大家也知道战胜东北长白队的意义。但是，这毕竟只是整个联赛中的一场，只是一场3分的比赛，我不想赋予它太多足球以外的东西。我们所要做的，就是给球迷带来快乐，尤其关注这场比赛的球迷是如此之多。"

董事长微笑着点点头，张立早已让领队张可把队员拢起来，围着各位领导站了半圈。张立做出邀请的手势，请他讲几句。

"大家一直保持着良好的势头，比赛成绩目前不错。为此，大家都付出了很多的心血和汗水，对此，董事会都看在眼里，我代表董事会向大家表示感谢。"他坚定地环视大家，"但是，成绩只是历史，未来每一场比赛都是挑战，大家要做球场上的勇士，永不言败！"

"永不言败！"张立跟着白水董事长的话，挥手喊了一声。

"永不言败！"队员们和工作人员们齐声喊了一句，声音回荡在依然明亮的夕阳下，在绿茵场上飘荡而过，散落在浓绿色中了。白水董事长带头鼓起了掌，大家也都鼓起了掌，非常坚定，有力。

经过一天的休整，比赛的时间很快就到了。和往常一样，入场式和热身环节很顺畅。热身时，队员们都非常努力，几乎听得见骨关节嘎巴嘎巴的响声。一直在张立身边的李长军看到这个情景，身上的肌肉也跟着队员奔跑的节奏一鼓一鼓的，仿佛也充满的力量。

站了一会儿，张立和李长军不约而同地回过头来，他们发现，中国足协联赛部的老部长纽方不知道什么时候站在他们身后。张立赶紧过来，抓住纽方部长的手，使劲握了握。纽方部长笑了，张立和李长军也只好跟着笑。

打完招呼，纽方拍了拍李长军的肩膀，跟张立说："这是个人才，他在《中国足球报》上发表的那些文章我都看了，确实很有见地。"张立有些诧异地看着纽方，一时反应不过来。

"发表的啥文章？"张立问。

"就是关于足球改革与发展的思考系列文章。"李长军有些不好意思地回答。

"哦？"张立有些疑惑，"我经常看《中国足球报》，那几篇文章我也看过了，咋没看到你的名字？"

"我……我用的是笔名。"

"哦？"张立带着一种奇怪的表情，上下审视了李长军半天。这让张立想起昨天带着俱乐部一班人和纽方吃饭时的情形，纽方夸奖了俱乐部在联赛改革座谈会上的材料，还特意问是谁执笔的。当时张立就告诉纽方部长，是李长军执笔的。纽方仔细看着陪他吃饭的李长军，点了点头，说："光看你参加咱们足协的会了，真没想到还是个人才！"

"有空把小李借我用用，帮我弄联赛改革方案去！"纽方打断了张立的思绪，说。

"好！"张立说着，和李长军等人陪着纽方部长上了主席台，纽方跟白水等领导一一打了招呼，坐定了，开始观看比赛。

东山队采用习惯的442战术，东北长白队也以442阵型应对。双方几乎没有进行什么试探，随着主裁的一声哨响就开始了"肉搏"。东山队表现出了很高的技战术素养，球只要到了脚下，传控都非常好。实力已经大不如前的东北长白队凭借经验，直接采取杀伤战术，几次抢不到东山队的皮球时，队员就会采取飞铲、冲撞等动作破坏东山队的组织。

刚踢了7分钟，前锋穆子金就被东北长白队队员铲倒在地，抱着腿连滚了三圈，痛苦地倒在地上。裁判果断吹罚了长白队队员犯规，但并没有给他黄牌。东山队队长龙彪彪冲过来找裁判理论，要求裁判对这个明显带有伤害动作的队员进行处罚。可能被龙彪彪的气势给吓住了，裁判对他提出了警告，而且似乎想要掏牌，这下可激怒了东山队队员，队员们一拥而上，围住了裁判。助理裁判和双方教练员赶紧拉开了队员，大家好歹平息下来。

在穆子金受伤的那一刻，张立站了起来，冲着场内大喊："红牌！红牌！"看着激动的张立，纽方的神情有些捉摸不透。张立看到了纽方部长的眼神，又看到白水董事长在示意他安静些，于是悻悻地坐下，喘着粗气。李长军也想站起来，但他终于忍住了，没有做什么。

裁判示意担架上场，抬走了受伤的穆子金。比赛继续进行。裁判拿起皮球示意重新开球，大概觉得这不过是个后场球，所以东北长白队的队员并没有按照惯例将球踢还东山队，而是顺势发起进攻。以为东北长白队会把球还给自己，根本没准备的东山队队员一下子懵了，回头来抢东北长白队的球。但东北长白队占据了先机，三传两倒就打过了东山队的后卫，东北长白队前锋起脚撩射，皮球挂死角而去。1:0，东北长白队获得领先。

被偷袭的东山队队员瞬间再度爆发，指着东北长白队的队员一边骂一边上来围住了裁判。东北长白队的队员赶紧抱着皮球跑回自己的半场，把球放到中场开球点准备继续比赛。但东山队的队员依然不依不饶，围着裁判理论。裁判一边躲着，按捺着自己的情绪。助理裁判和比赛监督也跑过来，分开了裁判和东山队队员。

张立看到这个场景也火了，就要冲下主席台。

这时，裁判抽出空来，给了东山队两名队员各一张黄牌。又争执了一阵，大家平复了一些，比赛又恢复了。

此后，东山队的队员变成了野兽，对着东北长白队的队员横冲直撞，飞铲等各种动作都用上了。东北长白队毕竟是老牌劲旅，开始和东山队磨，让东山队的队员越发着急。比赛的场面有些失控。趁着东山队阵脚大乱，东北长白队在东山队禁区前沿接连打出二过一配合，前锋巧射再下一城，2:0，东北长白队取得领先。

这个进球让东山队的队员冷静了一些，重新发球之后，东山队又很快掌控了局面。终于，在上半场补时时段，龙彪彪在禁区前沿一脚射门，扳回了一球。随后，裁判吹响了上半场结束的哨声，在安保人员的护送下急匆匆地回了裁判员休息室。

随着上半场比赛结束，气冲冲的张立随即要下到内场去。纽方部长直接拉住了张立，就留他在主席台坐着。"你看，你看！"张立指着场地跟纽方部长说，"这是什么破比赛？我们因为穆子金受伤踢出去的球就应该还给我们啊！怎么不仅不还给我们，还直接打起了进攻，还进了球！"

纽方笑着看看张立，又看看李长军。那边白水董事长等领导在主席台上坐了一会儿，脸色铁青，陆续回了贵宾室。纽方部长向几位领导点了点头，纽方部长跟张立说："这球肯定拿下！没问题。是不是，小李！"李长军僵硬地笑了笑，没有搭话。

下半场一开场，东北长白队开始了守势。东山队毕竟处于这几年来最好的状态，很快确立了优势。没多久，三传两倒，龙彪彪得球远射，打入一球，2∶2，扳平了比分。3分钟没过，龙彪彪禁区内扫射，再进一球，3∶2，东山队实现了反超。

这时，张立放松下来。他看看纽方部长，纽方部长依然笑呵呵的。他看看白水董事长等领导，领导们看得非常认真，不时拍几下掌，吼上一嗓子。再看李长军等几位俱乐部的同事，他们似乎都非常紧张，伸长了脖子盯着球场，不时大呼小叫。张立再看看整个球场，实现逆转之后的球场一片欢腾。此时，张立感觉就像一个外人，走入了一个陌生的城堡，城堡里的人谁都不搭理他。

经历了上半场的混乱，球迷们气氛越来越热烈，人浪又一圈一圈地掀起来，随着那喊声荡漾而去。张立的眼睛又有些发酸，心里涌上一股冲动。他看着这一切，慢慢的整个球场似乎变成了他儿时生活过的那个城市，所有的楼宇都被浓缩，胡乱地扔在看台上。看台上的几万球迷簇拥着行走在那个小城下午的街道上。张立仿佛也行走在密密麻麻的人群中，或者这个看台上，就像马尔克斯笔下的马孔多，走在一个神秘家族的背后。这个神秘家族的族长带领着千万的人，突破了流淌在大街小巷的云彩，云彩变得越来越近，近得发出了光晕，之后变成了球场四周的灯光。族长带领人群长途跋涉，走过了时间，来到球场的看台上，这人群慢慢变成了千万人的一双双手，在看台上忘我地挥舞着，把空气搅得是那么热烈……

张立回过神来，东山队已经4∶2领先了。他使劲眨了眨眼睛，把注意力再次投放到场地上。场地上火药味儿越来越浓，东北长白队的队员的动作越来越大，好几次简直就是对人不对球。看到他们踢出这么危险的动作，张立急得几次站立起来，场上根本听不到他的声音，他只好又坐下。纽方部长也不安起来，他几次拿出手机，不知道在给谁打电话。

场上队长龙彪彪显然是他们重点关注的对象。龙彪彪几次被踢倒，无奈地爬起来，脱下袜子给主裁判看自己腿上的血印，裁判却没有什么表示。

龙彪彪非常恼火地指着裁判的鼻子说了句什么，主裁判二话不说，掏出了黄牌。龙彪彪火了，冲上来找裁判理论，好歹被自己的队友抱住。龙彪彪挣扎着，指着裁判吼。主裁判没管这些，吹哨示意球员继续比赛。龙彪彪带着怒气，跑到裁判身边又跟他理论了几句，继续比赛。

比分落后的东北长白队无心恋战，在比赛结束前又被攻入一球，东山队5∶2获得一场大胜。赛后，双方列队结束的时候，身为队长的龙彪彪跟主裁判握手，可是主裁判却没有搭理他，连手都没伸。龙彪彪怒视了主裁判一会儿，忍着气和其他裁判还有东北长白队的队员握了手。当两队分别准备去看台感谢球迷时，却见龙彪彪和裁判吵了起来。

不知道为什么，两个人在场地里跑了起来。多亏裁判平时一直坚持体能锻炼，跑得飞快。龙彪彪好像根本就没参加比赛，全速追裁判，没几步就要追上了。一看形势不对，队友们和工作人员、保安一堆人迅速跑过来，拦住了龙彪彪。

"他凭什么不跟我握手？"龙彪彪使劲儿想挣脱拦着他的一群人，去追主裁判。主裁判趁机跑回了休息室。张立、李长军也不管白水董事长等领导和纽方部长了，也赶紧往场地里赶。等他们下到场地，只剩下一堆人拥着龙彪彪，往场地边上走。

"这还行？都打开裁判了！"跟在大家后面的一个人嘟囔。

"谁打裁判了？"张立听见这话，回过身来，顺手掐住了这个人的脖子，质问他。李长军等人赶紧拉住张立，这场比赛的监督霍伟赶紧从人丛中钻出来，和李长军一起把张立拉到一边。那个人是东北长白队的工作人员，霍伟让东山足协的人赶紧把他拉走了。

李长军和霍伟把张立拉到场地中央站住，霍伟的电话响了。"这样能行吗？打裁判、打客队官员，还有点儿规矩吗？"电话是东北长白队的总经理杨一打来的，张立和李长军隐约能听出霍伟电话里的怒气。霍伟一边接电话一边跟李长军示意，接连摇头。霍伟和李长军年龄差不多，两个人经常在一起开会，聊得非常不错。特别是跟着纽方部长就联赛改革开过几次小范围的会之后，两人更是成了哥们儿。电话打了半天才停下。这时纽方部长也下到了场地。

"怎么回事儿?"纽方问霍伟。

"这不就是个握手的事儿吗?"霍伟说,"不过,这事儿起源还是主裁判对比赛控制不好,东北长白队踢得确实不干净,裁判得当场就处理好。"

"那就能打裁判吗?"纽方问。

一句话把大家问住了。

"没……没打啊!"霍伟很机灵,看似随意,却很肯定地回答纽方,"龙彪彪不就是追着主裁判要和他握手吗? 这小子太拗了。"霍伟一边说一边给李长军使眼色。李长军意会到霍伟的意思,赶紧跑回休息室。队员们在休息室里换衣服,解绑脚,议论这场比赛的事儿。龙彪彪气儿还没消,还在那里骂东北长白队队员和主裁判。李长军赶紧把龙彪彪叫到一边,跟他说:"你一定要咬住,就是觉得主裁判不跟你握手很无礼,所以非得追他跟他握手! 千万不能说要揍他!"

龙彪彪依旧怒气冲冲:"我就是想揍他,揍他还不解恨呢! 你看看他们把我踢的,他也不管!"龙彪彪指着自己腿上的血印子说。

"别说那些了,听我的就行。"李长军说完,赶紧回到场地。不知道为什么,杨一总经理也到了场地中央,他和张立两个人骂骂咧咧地说着,谁也不服谁的样子。两个人约定晚上要去喝上一场,当着纽方部长的面分出个高下来!

"龙彪彪就是想追着主裁判要跟他握手,他真没想打他,当这么多年队员了,能打裁判吗?"李长军跟纽方部长说。

"去你的,你看龙彪彪那样儿,都快把主裁判给吃了,还不想打他?"杨一说。

"没你事儿!"张立跟他说。

……

"我看这样,霍伟你抓紧回去写报告,按时传回足协。"纽方部长说,"要如实写,一定要从整肃比赛风气的高度重视这事儿,要不,饶不了你小子。"

霍伟奸诈地笑了一下,看了看李长军,爽快地答应着:"好!"

"那我们去喝酒!"张立招呼大家,簇拥着离开了场地。李长军跟张立说自己晚到一会儿。霍伟和李长军一边往竞赛室走一边说:"看咱们哥们儿,我肯定不能把龙彪彪打裁判这事儿写进报告。但你得抓紧安排,让那些现场的记者注意发照片的时候选一选,别发那些龙彪彪发飚的照片。也得给那些文字记者打好招呼,把重点放在握不握手这事情的过程上,不能写打人。"

"好的,哥们儿。"李长军答应着,赶紧回去和俱乐部的人一起去做这些事情。

等霍伟把所有比赛的报告等传回足协,和李长军一起到了好地方酒店,张立和杨一正在喝第三杯高度白酒,这是接近七两多的量啊!两个人嘴里不干不净地互相骂着,纽方部长一会儿帮张立一句,一会儿帮杨一一句,乐得参与他俩的嘴斗。纽方部长不喝酒,但可能是太投入了,脸几乎和张立、杨一一样红。

李长军和霍伟坐下,人算齐了。从来不喝酒的霍伟被杨一连骂带逼地喝了一杯啤酒,瞬间就上了脸。霍伟也不客气,放下酒杯也骂了杨一一通。李长军跟着干了一杯白酒,感觉一股热流顺着喉咙滑了下去,到了胃里,有些空落落的灼热感。三杯白酒下肚,张立和杨一的话明显多了。

"唉,干足球真不容易!"杨一说,"我们民营企业,咋能跟你财力雄厚的国企比?"

"咋不能比?"张立说。

"我们都是老板出钱,出了钱他们就要成绩,就要媒体表扬,可是,哪儿有那么容易?"杨一说。

"国企不是一样要成绩?你们打出好成绩,企业影响力和牌子打出去了,老板拿出来还可以挣钱挣面子,所以他们有动力,而我们呢?成绩好坏从根本上说又能咋样?说责任,说压力,还不是领导要求和我们自己给自己加压?"张立说。

"老板付出就想要回报,对于花他钱的人,老板就能那么信任?你像引外援,几百万美金往那儿一扔,踢不好咋办?咋跟老板解释?"杨一说。

"我们不是一样？几百万花出去，外援一场球没踢就给扣上水货的大帽子，说什么国有资产流失！我们哪个外援比你们的贵？还挨这说。"张立说。

"再有谁给老板说我们吃引援的回扣，我真不干。常常就是莫须有啊！"杨一说。

"你真没吃回扣？"张立故意逗杨一。

"你才吃回扣呢！"杨一有些愠怒，端起酒杯，"干了，谁吃回扣谁不干！"这话一说出来，张立也不得不举起酒杯，一干而尽。

"停停，停停！"纽方一看两个人都喝得有些大了，赶紧叫停。"光你们委屈，我们足协的就那么该挨骂？"纽方看了看他俩，问。

"不骂你们骂谁？"杨一嬉皮笑脸地跟纽方部长说，张立也跟着嘿嘿地笑。

"骂我们？毕竟我们是学足球的，足协的人大多数都有专业的足球经历。在足协这么多年，我们也考察了很多国外一流的俱乐部，讲专业、讲见识，就那些骂我们的人里谁能比过我们？"纽方部长有些激动地说。

"说那些没用，谁能看到这些？国家队成绩咋样？整个联赛咋样？球迷不都看这个吗？"杨一说。

"我们干了些什么？没有我们，联赛怎么运转？青少年怎么办？整个中国足球怎么办？"纽方说。

"凉拌呗。"杨一说。

"那取消足协得了，能取消得了吗？"纽方说，"中国足球不好，不光搞足球的和踢足球的不好，那些球迷就好吗？我身边就有好多年轻的朋友，都说'我绝对不让自己孩子踢球'，都这个样子，中国足球能好吗？"

"就是，足球不好是所有人的事儿，不是谁干谁不干的事儿。"霍伟接过纽方部长的话说，他端起茶杯，说："我以茶代酒敬大家一杯。借此机会，守着我和长军的恩师纽部长，我得说说今天这事儿。首先，这不是好事儿，联赛好就得有个好的比赛风气，有好的比赛风气，也得有好的俱乐部。所以，我建议两位老总回去都开个会，强调一下这方面的要求，安排大家长期把这事儿抓下去。你们两家新老霸主，更得带头啦，对不对？"

"没错。"纽方部长说。

"至于我为什么要抹平这事儿，一方面裁判也有问题，场上控制不力是水平问题，但赛后不和队员握手那不是找事儿吗？这是一。另外，龙彪彪还是咱们国家队队长啊，接下来就有一场世界杯外围赛，要是因为这事儿把他处罚了，打不了外围赛，我跟谁交代去？所以，这事儿得跟龙彪彪讲清楚，要让他认识自己的错误，好好踢比赛，特别是在国家队，要好好表现。"霍伟说。

"那就能打人？"纽方说。

"没打人啊，那不是追着主裁判要握手吗？"霍伟说。

"你小子睁眼说瞎话，全过程都在我眼皮子底下，你看他那追法儿，是不是要打人我还看不出来吗？"纽方说。

"真没打，连骂都没骂。"霍伟说。

"你还犟！"纽方说。

"没犟，没犟！反正比赛监督报告我写我签字，您这老领导就别操心了！"霍伟说。张立跟杨一看他俩吵，跟着笑。

"我以茶代酒，敬各位，感谢对我工作的支持！"霍伟跟大家一一碰杯。

"以茶代酒，代个屁！喝酒！"纽方伸手拿过一个杯子倒满了酒，递到霍伟面前，"小子喝喽，喝了我就同意你的话。"

"……这，这！我可从来不喝酒！"霍伟说。

"喝了，喝了！"张立、杨一等人也起哄。

"喝不喝！"纽方故意板起脸来。

"喝，喝！我喝！"僵持了一会儿，霍伟接过酒杯，闭着眼睛，极其痛苦地一仰脖，把一大杯白酒倒进嘴里。之后，他踢开椅子冲出包间，直奔卫生间，开始疯狂地呕吐。

第六章　丁心踢上一队

联赛半程结束，迎来了一个小的间歇期。这个时候，和李长军已经非常熟络的闫蕊来到李长军办公室，还带着一个纸箱子。这是一个装苹果的纸箱子，没有包装严实的箱子里露出了几个刚下来的新苹果。

"李总!"闫蕊好听的声音传过来，李长军笑着请她坐下，眼睛不由自主地盯着闫蕊。闫蕊穿着朴素的竖条裙子，带着几分纯净的脸上含着几分羞涩，美丽，动人。李长军的视线在闫蕊身上停留了一刻，从闫蕊的胸到她好看的腿，都让李长军的目光有了温度，使他感到了一分燥热。李长军赶紧把视线移开，他突然想起了自己的妻子。

"李总!"闫蕊的声音又响起来。

"哦!"李长军答应着。

"又到了该调整队员名单的时候了!"闫蕊温柔地说，美丽的眼睛妩媚地看着李长军。

李长军看着闫蕊，不知道说什么好。两个人就这样沉默了一会儿。

"不知道丁心有没有机会?"闫蕊说，"听说韦月当年不到十六岁就被史密斯主教练给提拔到一队了，丁心这都十六岁了呢!"

"哦!"李长军说，"是啊，丁心练得不错。"

"我看您总是和张总一起，您能不能给他说一声，给丁心个机会试试?"闫蕊说。

"我?"李长军有些支吾，他真的不知道说什么好，只好呆呆地看闫蕊，闫蕊也看着他。闫蕊的脸突然有些红了。李长军办公室的空气仿佛突然间凝滞了，两个人尴尬地坐着，谁也不知道该说些什么。不知道过了多久，闫蕊轻轻地说："你忙吧，李总，我先回去了。丁心的事儿还是麻烦您多操心啊！"说完，闫蕊起身走了。她美丽、飘逸的身影渐渐远去，李长军都忘记起来送她了。

"是啊，丁心是不错，自己也一直关注着他呢。这小子有股虎劲儿，史密斯主教练早就看好他。可是，自己从来没有参与过球队的事儿，怎么推荐他呢？再说，丁心到一队真的就能踢出来吗？真行的话，宁高为什么连预备队都不让他踢？连预备队都踢不上还能踢一队？"李长军起身，在办公室里来回踱步，绞尽脑汁地想。

"不对啊，史密斯看好的韦月等几个小队员都成长起来了，没走过眼啊？再说，丁心在国家少年队和国家青年队也表现不错啊，教练反馈的信息都是不错的。关键是，我看这孩子也不错啊！速度快，技术又好又实用，有拼劲儿，从小就踢得有灵气、讲效率，这可不容易呢！是不是我到底没踢过专业队，看不准？"李长军想得头疼，他想不出什么答案，苦笑了一下，摇了摇头。

"肯定行，我关注这孩子这么长时间了，肯定没错！"李长军下定了决心，用脚踢了一下闫蕊带来的苹果箱子，换上鞋，拿了球就去了场地。和以往一样，李长军并不热身，摆上人墙，对着标着分数的水泥墙上画的球门开始踢了起来。

球队刚刚训练完，除了场地工在收拾训练器材，只有丁心还在场地上跑步。他这次是变速跑，一会儿加速一会儿慢跑，量很大。李长军踢了大概20分钟，丁心跑完了，站在那里看李长军踢球。李长军对着丁心笑了笑，示意他拿几个球来。丁心拿了几个训练用球，踢给李长军。李长军将五个皮球摆在禁区前沿，把丁心叫过来，"咱俩比比打球门横梁，咋样？"丁心点了点头，示意李长军先开始。李长军摆好了架势，第一脚球略高于横梁，飞了出去。第二脚球结结实实地打在横梁上，接着第三脚、第四脚、第五脚全部命中。

"真棒！"丁心冲李长军竖起了大拇指。他去捡过球，也摆上了五个。

丁心没怎么练过踢横梁，他第一脚和第三脚都擦着横梁飞出，踢中了三脚。看丁心踢得不如自己，李长军得意地笑了。两个人的身影在落日的余晖下被拉长了许多，斜斜地落在草地上。草地上不再那么湿气蒸腾，剪过的草清香味儿很浓，这种清香让李长军有了一种幸福的感觉。这真是一片绿色的世界，整个基地里的树木、花草都那样生机盎然。

李长军歇了一会儿，拿球过去，想突破丁心，丁心很随意地一个转身，就把李长军卡在身后，把球断了下来。反过来，丁心拿球过李长军，李长军根本摸不着皮球，被丁心耍得直转圈儿。转够了，丁心把皮球踢给李长军，故意让他带，左闪右闪，闪得几乎自己都晕了，丁心稍微一冲，就把球给断了，反过来再耍李长军。

没几个回合，李长军就被耍得汗如雨下，气喘吁吁，躺倒在草地上。丁心踩着球站在李长军的身边，看着李长军笑。李长军顺着丁心望去，突然觉得丁心就是这块草地上的王者。这小子，一定行！他更加坚定了信心。等气儿喘匀了，李长军起来，和丁心拍了一下手，丁心收拾了球和训练器材就回去了。李长军去场地边上拿起手机，发现有十几个未接电话。翻开列表一看，都是张立打过来的。怎么这么急？真是强迫症！李长军心里暗暗说，赶紧给回了过去。

"你干什么呢？咋不接电话？"话筒里传来张立气愤的声音。

"我……我踢球呢！"李长军。

"赶紧回来，来我办公室！"张立说。李长军赶紧换好运动鞋和衣服，把汗湿了的球衣和足球鞋塞到包里，和丁心打了个招呼，跑着回了办公室，把包扔到沙发上，又气喘吁吁地跑到张立办公室里。

见李长军进来，张立连头也没抬。

"找我有事儿？张总。"李长军有些疑惑地问。

"你看看这报纸！"张立拿出一张报纸，使劲拍在桌子上。李长军一看，是赛后张立和牛金主教练拥抱的照片，照片放大到了几乎一个整版，但张立的脸都没拍全，半个腮没了。"这是咋回事儿？媒体还有没有规矩？"

李长军仔细看了报纸，又抬头看了看张立，他完全能理解张立的感受。

足球报道几乎是和娱乐报道并驾齐驱的重要报道领域，各种违背新闻原则的贬损，甚至虚假新闻、随意评论在大大小小的媒体上随处可见。但李长军也明白，在媒体的报道中，绝大部分都是有一定根据和相对客观的，特别是一些对足球充满热爱之情的记者，他们写得还是比较认真的。大多数媒体领导和记者、编辑内心里并无恶意，哪怕是他们写了冒犯俱乐部和什么人的稿子。当然，这件事对张立个人来说是不严肃的，看起来让张立个人很受伤。这一点，李长军确实是不赞成的。"我找他们，这确实过分。"李长军看张立的气稍微平和了一些，说。

张立没有搭话，李长军稍微又停了一会儿，拿着那份报纸回了办公室。坐到办公桌前，他想了一会儿。李长军和这期报纸的美编小邢经常一起踢球，他很熟悉小邢。但是，这事儿不能找小邢，如果直接给小邢扣上犯错误的帽子，他肯定不接受，这样更不好。前前后后仔细琢磨了半天，李长军抓起了电话。电话很快就通了。

"孙总，您好！"李长军给这家报社的孙总编打电话。

"长军！你好。"孙总编热情地回答。

"孙总，今天你们报纸的六版您关注了吗？"李长军说。

"哦？"孙总编停了一下，"昨晚不是我值班，还真没太注意，有什么问题吗？"

"孙总，您看看这一版，张总的照片脸都没拍全呢！"李长军说。

"哦？"电话里传来翻阅报纸哗啦哗啦的声音，"小邢这小子，怎么这么不认真！"电话里孙总编自言自语地嘟囔了一句。"长军，这确实是我们的失误，不该这样用照片。怎么？张总生气了？"

"是啊，孙总。"李长军说，"张总非常生气，我想您能理解他的个人感受！"

"也是，这个能理解。"孙总编说，"不过，张总和媒体沟通太少了，他上任以来，一次也没和我们沟通过呢。要是大家有良好的沟通，可能很多事情就会避免了。这样，我给他道个歉，以后一定注意。你替我转达一下，也希望张总和俱乐部能和我们多沟通。"

"好的，谢谢孙总。"李长军把张立的手机和办公室电话都告诉了孙总编。不一会儿，张立打过电话来，让李长军到办公室去一趟。李长军到了张立办公室，他坐在办公桌后面，少有地点上了一支烟，嘘出的烟雾在脸前还没有散去。

"报社孙总编给我打电话了。"张立说。

"哦。"李长军说。

"他一个道歉，我这脸就不能再要了！"张立像是调侃，又像是自我解嘲，还用手摸了摸脸。"他说要请我吃饭，你说我去不去？"

李长军并没有立即回答张立，而是从他的眼里寻找这个问题的答案。随着张立又嘘出一股烟雾，他的脸变得不再清晰，李长军一时无法判断张立的意思。他下定决心，还是按照自己的想法来说。"我建议还是去。不仅这次要去，还要尽快把东山当地的那几家媒体的领导请来坐一下。再组织一线记者联谊一下。毕竟，您上任大半年以来还没正式和大家见面，他们确实很难接受这个。"李长军说，"萨马兰奇说过，一届奥运会是否成功的标准，在于媒体的报道。何况我们呢，也是一样啊。"

"别跟我讲大道理。以前都是这样做的吗？"张立问。

"以前都会定期沟通的，每周一次开放日，赛前的沟通采访，为一线记者的服务都是有的。"李长军说。

"那你说到底去还是不去？"张立把烟摁灭了，从办公桌后面站起来，盯着李长军说。

"我认为该去。"李长军说。

"好！就听你的。另外，明天开个班子会，梳理一下媒体和球迷工作，在分工里落实到人。原则上以前好的经验都要保留。"张立说。"头一阵儿光忙球队成绩了，这方面确实做得不够啊！"张立像是在跟李长军说，又像是自言自语。

晚宴安排在东山市政府宾馆，张立带着李长军和媒体部经理小刘参加这次宴会，张立还给孙总编带了一包东山队的装备。张立一走进房间，早已等候在那里的孙总编迎上来，跟他热情地握手。"我们真是熟悉的陌生人啊！张总。"孙总编说，"您上任就该给您接风，这都多久了！今天咱们好好叙叙。"

大家依次落座，除了张立，李长军等人和媒体的人都非常熟悉，大家互相点头示意。孙总编再次向张立道了歉，其他报社领导也跟着表达了歉意。这让张立感觉很好，他脸上的笑容变得很随和，满意之感发自内心地流露出来。

"其实，对于我们这些媒体来说，东山足球队就是我们的主队，只要大家互相理解，互相沟通，肯定没问题。"酒过三巡，孙总编说。

"我也是这样认为的。说实话，这么长时间没和大家面对面沟通，我也是没想明白。"张立说，"现在我明白了，我们都是足球的组成部分。有人踢球，就得有人说球写球，就得有人看球，离了谁都不行，大家都是利益相关方。媒体和俱乐部是两家单位，你们还是得听你们领导的，我们得听我们领导的。你孙总编的事儿，我不能代替你直接给编辑记者提要求，我这边也不可能听你们的指挥。"张立说完，看了看孙总编。"不过，只要沟通好了，建议和意见还是可以慎重考虑的嘛！毕竟，大家的目标是一致的，利益是相关的。"张立接着说，"我们要马上研究，媒体、球迷开放日，赛前沟通和采访等老习惯都恢复起来，要建立俱乐部的媒体策略。我就是不要那半边脸了，也得为媒体服务好！"

"好！"孙总编大声叫好，端了酒杯就站了起来，他带来的人全都端了酒杯站起来，一起给张立敬酒。张立笑着环顾了一下站着的几位，拿起大杯的白酒依次碰了杯，一仰脖，干了下去。孙总编也换成大杯，敬酒的人纷纷换成大杯，都干了下去。李长军等人赶紧鼓掌。晚宴一下子进入了高潮。

大家一直聊到很晚，张立喝了一斤多白酒。酒宴散后，张立进入了完全的醉酒状态，李长军就让司机把他俩送到子良足疗，两个人找了个包间躺下，叫了技师泡上脚。

"长军啊！"李长军以为张立睡着了，可依稀听到张立在叫他，而且张立很少这样叫他。"我以前在总公司工作，一直干到处级，以为自己是个领导了。可是，到了东山俱乐部我才发现，我算个球领导！"张立依然没有睁眼，一边享受技师足疗，一边含混地说，"我到了东山俱乐部，我一直以为我是为领导负责，为领导扛活儿，把俱乐部干好就行了！可是，这大半年了，哪是那么回事儿？"张立说完，吧嗒了吧嗒嘴。"这一阵儿我也琢磨明白了，这活儿，既是给领导干的，又是给球迷、媒体干的，归根到底是给自己干的。我就不信了，怎么就不能干出来个名堂？"张立依然不停地说，李长军偶尔应上一句，认真听着。"那个……那个小球员丁心的妈妈挺好，就是那个经常来找你的。"张立没头没脑地说了一句，之后鼾声响起，雄壮的鼾声迅速溢满了一屋子。李长军也晕晕乎乎的，他也闭上眼睛，让自己慢慢放松下来。

恢复开放日等议题在办公会上很顺利地通过了。会后，张立和教练组开了会，听了队伍调整的汇报，他安排竞赛训练部起草队伍调整的报告。忙碌的大半天很快就要过去了，张立心情很不错。他主动来到李长军的办公室，李长军赶紧从办公桌后面站起来。张立下意识地摸了摸脸，李长军看着这个动作，忍不住笑了。

和张立相比，李长军这大半天一直处在一种焦虑中。"那个……那个小球员的妈妈挺好，就是那个经常来找你的。"张立昨天晚上含糊的话让他无法沉静下来，他想到了丁心。"丁心！这孩子到底怎么办？牛金主教练能给他报上名吗？最关键的是，他能行吗？"李长军打开国际足球的网页，看德甲的资料，可他看不了一会儿就烦躁得站起来。他起来在办公室里走上一阵儿，又坐下。他不知道该怎么办才好。李长军想起了闫蕊，但闫蕊漂亮、成熟的样子瞬间模糊了，只剩下那悦耳的声音和窈窕的身影。美好的声音和美丽的身影在他的心里纠缠，让他更加烦躁起来。为什么？我为什么要这么关心丁心呢？李长军心里问自己。

李长军想起了小时候的自己，那时，自己是多么听话，害羞。也许还有自卑，那时的他除了学习非常好，表现出了足够的聪明和灵气之外，几乎什么都做不好。凡是动手的东西，比如需要组装的风筝，还有积木，哥哥们经常玩儿的用自行车链子做的火药枪，经过他的手往往就会变成一堆钢铁的残骸。

幸亏在李长军小时候生活的那个小镇的学校里，还有一个无比宽敞的球场。这里曾是日军侵略时期留下的兵营，偶尔在校园的角落里还能找到废弃的子弹壳。过了这么多年，这些罪恶的见证竟然还能找到。就在这个场地上，从县里来的米高老师带来了一个足球。那时，这个学校的大多数学生都分不清什么是足球，什么是排球，很多学生只是在两个木头篮球架那里打篮球。米高老师课余经常对着一面墙踢皮球，李长军常常在那里看。

那常常是下午，阳光依然那样浓烈。校园里的几棵粗大的白杨树发出沙沙的声响，空气里弥漫着清新的气息。学生们在操场上漫步、奔跑，或者三三两两地在那里说话。面对这喧闹的场地，在和米高老师一起的这一隅里，李长军有了一种坐在河边的桥上看流水的感觉，内心里十分安静。人潮涌动，就像那清清的河水，随着时光悄然流逝。

年轻、帅气，吸引了众多女生注意的米高老师看到李长军，总是会对他微笑一下，然后继续踢球。时间久了，李长军就会去给米高捡球。"你踢吗？"终于，有一次米高老师停下来跟李长军说。李长军的脸一下子就红了，他有些害羞地点了点头。李长军低头看了看自己的胶鞋，学着米高老师的样子，去停球，踢球。可是，这皮球太顽皮了，根本不听李长军的指挥，李长军踢得满头大汗，依然显得无比拙笨，无奈。李长军一脚踢空，摔倒在地上。米高老师大笑起来，李长军甭提多尴尬了。米高笑罢，把李长军叫到身边，开始教他动作要领。李长军学得很吃力，但米高一次也没有批评他，甚至连一点儿不耐烦的表情都没有。每天下午和米高踢球成了李长军最快乐的事情。没多久，米高在学校成立了足球队，在操场上用白灰划了线，栽上了两个木头球门。一帮浑身泥土的孩子们在场地上奔跑，大声喊着，笑着！每当这时，李长军都会有一种感动：世界在世界之上滚动，生命在生命之后狂奔……

李长军把思绪收回来，稍微安定了一些。不知不觉，已经过了午饭时间了，张立来到他办公室，李长军惊慌地站起来。看到李长军，张立下意识地摸了摸脸，放下手，他盯着李长军看。李长军有些心虚，不由自主地躲着张立的目光。

"有心事?"张立问。

"没……没有。"李长军摇着头否认。

"没事儿,说就行。"张立直起腰来,说。

"队伍调整咋样了?"李长军有些心虚地问。

"怎么了?"张立有些警觉地反问他。

"没怎么,就是问问。"李长军继续躲闪张立的目光。

"哦,"张立说,"咱们目前的比赛阵容基本稳定了,队员都比较成熟。这次调整主要是补充几个年轻队员,为明年和以后打基础。"

"嗯,"李长军应着,"补充报名的年轻队员里有丁心没有?"李长军的嘴几乎不受自己控制,直接说出了这句话。说完,李长军的脸竟然红了。

"丁心?"张立欠身凑过来,把手扶在李长军的办公桌桌沿上,盯着李长军,问,"就是那个有漂亮妈妈的丁心?据说当初史密斯看好的那个小球员?"

李长军没有回答。

"哈哈!你真行!"张立挥拳冲着李长军的肩膀打了一下,"这得看弟妹同意不?"张立坏笑着说,"你这想法还不少!跟我说说,啥进展了?"

"你……你……"李长军涨红着脸,话都连不成个儿了,"你怎么……怎么这么说?我和丁心他妈妈啥事儿都没有,啥事儿都没有!"李长军的声音越来越大。张立把手指竖在嘴上,示意他别喊。李长军有些生气地坐下,不再看张立。

"生气啦?"张立问,"不过是别人说嘛,我也就逗逗你,我是不信你有啥情况。不过,报名的事儿是大事儿,还是得好好看看。这丁心连预备队都踢不上,要想在一队报名,凭什么打动牛金呢?"张立严肃地说。

"这个间歇期不是有一场热身赛吗?你跟宁高说一下,让丁心踢主力,请牛金来考察一下,怎样?"李长军说。

"好!反正其他球员在这次比赛里也需要考察,我就给你这个面子。"张立说完,叫着李长军去看球队训练。

酷热的季节，场地上的队员们依然练得非常努力。今天是一线队和预备队合练，正在打分队。牛金的快速攻防依然强度很大，到了场地，张立没有看场内，而是把目光落在了丁心等上不了场、在一边训练的队员身上。

"宁导。"张立走到宁高身边，宁高诚惶诚恐地迎上来。"最近训练比赛啥的要多给年轻队员机会。"张立说着，深有意味地看看宁高，宁高似懂非懂地答应着。

在分队比赛的第三节，预备队这边全部换人，丁心终于得到了上场的机会。丁心踢得非常大气，控球、传球有板有眼，踢后腰的他把整个中场梳理得很清楚，一直处于被动的预备队在场面上大有改观。更为可贵的是，一队几次进攻到了中场，被他凶狠准确的抢断拿下皮球，组织起了进攻。这第三节训练的节奏比第一二节明显要快，一时看得人眼花缭乱。

看到这个场面，李长军鼓起掌来。张立诡异地看了李长军一眼，朝着他示意了一下。顺着张立指引的方向看去，牛金主教练正跟外籍助教一边指着场内队员，一边在本子上记着什么。他们很多次指的就是丁心。李长军的心里有一朵牡丹花儿在绽放，雍容、富贵的颜色充满了他的内心。那饱满美丽的花瓣慢慢变成了闫蕊的裙裾，又幻化成闫蕊的背影，还有动听的声音。李长军的脸又红了。

看完训练，张立并没有招呼大家去食堂吃饭。李长军突然想早点儿回家，他几乎记不得自己什么时候正点回过家了。李长军开着车，车里循环播放着他最喜欢的肯尼·罗杰斯的《lady》，心里非常敞亮。即便在东山这个二线城市，下班时的马路上也是车流如潮。李长军的车被淹没在车流里，但他一点儿都不急躁。有人开车斜插过来，他早早地让出位置。难得把一次下班当成轻松的旅行，虽然不是远足，但足够放松。李长军的思绪随着歌声飞散开去，一会儿是丁心，一会儿是闫蕊，一会儿又是张立。最后，他脑海里出现的是自己的妻子。妻子很贤惠，总是那样默默地站在他的身后，在他不需要的时候好像从来没存在过，以至于他都不知道多久没有感受到妻子的温暖了。足球，让他的生活失去了温度。李长军突然间觉得很对不住妻子和孩子，脑海里闪过的闫蕊的身姿，让李长军有了一股突如其来的欲望，他急切地想回到家里去。

李长军一进门，妻子露出惊喜的神色。"孩子呢?"李长军问。

"去她奶奶家了。"妻子的声音也一样温柔，动听。李长军做贼一样地往屋里看了看，换了鞋连手都没洗，色眯眯地看着妻子。妻子被他看羞了，他把妻子抱进卧室。

热身赛在两天后开打，丁心果然获得了首发的机会。在这场热身赛前，李长军没有给闫蕊和丁心任何暗示。"给他机会，关键要看他有没有这个能力!"李长军心里暗暗想，不过，他还是在内心里默默为丁心祈祷。

丁心依然在他习惯的后腰位置。因为牛金主教练等都在观看，比赛十分激烈。预备队的队员们像打了鸡血一样，一线队的队员们体现出牛金主教练高质量的训练成果，打得非常紧凑，整个比赛质量很高，也很干净。

一线队队员很快显示了实力，控制了比赛。上半场，一队主力前锋韦月和穆子金分别打进一球，一线队2:0领先。牛金主教练对比赛非常满意，始终带着微笑看着场上，偶尔回头跟外籍助教说些什么，外籍助教紧张地在战术本上记着。

上半场快结束时，丁心拿球和左边前卫做了个球，换位之后直接下到一线队的肋部，连过两人，面对守门员打近角，势大力沉的皮球挂死角而进，预备队扳回了一分。下半场依然十分激烈，一线队队长龙彪彪连续过掉预备队的防守队员，轻巧地将球打进，将比分定格为3:1，最终一线队取得了胜利。

"这帮小孩儿，真够拼的，比有的中超球队还难打。"比赛结束，一线队的队员一边收拾装备一边议论。张立和李长军对视一眼，不约而同地笑了笑。张立和教练组一起去开会总结比赛了。也许，这对丁心来说，是一次难得的机会。李长军想着，闫蕊的身影和声音再度袭来，李长军有些不能自持。

虽然比赛结束早就下班了，但李长军还是回到了办公室，他呆坐了一会儿。丁心这小子不赖，这样想着，李长军的压力释放了很多。他回想着比赛的场景，丁心奔跑在场上的样子确实很棒，想着想着他忍不住开心地笑了一下。李长军打开电脑，开始看联赛的数据。他不完全清楚自己在等待着什么，但内心里似乎一直有一种期待。

不知道过了多久，办公室的电话铃响起。李长军慌乱地抓起电话，"张总，您开完会了？"

"开完了！"电话里传来张立的声音，"走，陪我吃点儿饭去！饿死了。"放下电话，李长军也感觉已饥饿难耐。他慌乱地换好衣服，到办公桌上拿手机的时候，一脚踢到了闫蕊送来的苹果箱子。李长军有些懊恼，又踢了一脚。箱子里发出一种水果腐败了的酸腐味儿，李长军赶紧扒拉开箱子，里面的苹果基本上都干瘪了，有几个还烂了。李长军对着已经扒拉烂了的箱子又踢了一脚，烂苹果滚了出来，露出纸箱里的一个塑料袋来。他打开塑料袋，里面竟然是一大包的现金。李长军瞬间惊呆了，他赶紧把钱从箱子里拿出来，慌乱地锁到铁皮橱子里，慌慌张张地跑下来，和张立走着去俱乐部边上的小店去吃饭。

"你咋了？"看到如此慌乱，头上满是汗水的李长军，张立问。

"没……没咋。"李长军极力掩饰着。

"丁心这小子真是不赖！牛金主教练非常欣赏他，多次表扬这孩子。刚才开会牛金对咱们的青训体系评价非常高，说这才是建设百年俱乐部，才是对中国足球做贡献，而不仅仅是几个冠军！"张立非常高兴地说，"我看他在丁心还有几个小球员的名字上都画上了记号！他还问宁高，为什么不让丁心多打比赛。宁高支吾半天也没个回应。"

"哦，那就是说丁心能报上名了？"李长军变得有些兴奋起来。

"差不多！你抓紧给丁心那美女妈妈说吧！哈哈！"张立说。

"张总，您……"李长军顿时噎住。

一边说一边走，两个人到了饭馆。这个饭馆开得很久了，李长军刚来东山俱乐部工作时，这一片还非常荒凉，偶尔的几家饭馆也非常简陋。现在，这些饭馆也挂上了霓虹灯，门脸清爽干净了许多。李长军心里有事儿，又死活不喝酒，张立自己喝了两瓶啤酒。两个人边吃边聊，窗外的夜色被路灯、楼房里的灯光割裂得细细碎碎，掺杂着各种声音，搅成了一股市井气，又弥散开来。

李长军心不在焉地陪张立吃完了饭，也记不得他和自己聊了些什么。吃完饭后，张立叫来司机回家了，李长军看着他的车驶进夜色中，赶紧跑起来，回到了办公室。他气都没喘匀，从铁皮柜子里拿出那包钱，仔细数了数，是二十万。李长军数着，额头上冒出了细细的汗粒。他抖动着手，把钱放到办公桌上，去拿电话。他从手机上找到了闫蕊的电话号码，哆哆嗦嗦地拨了几个号，又啪的一声把电话放下，站起来，围着办公室转了一圈儿又一圈儿。终于，焦虑的李长军用手机给闫蕊把电话拨了过去。

"……喂？……喂！"电话很快就通了，闫蕊的声音似乎和平时李长军熟悉的声音略有不同，但依然动听。李长军的心动了一下，他回了句话："是我，李长军！"

"哦？李总！"闫蕊有些惊喜。

"我要去找你。"李长军猛然说。

"找我？"

"对，就现在。"李长军坚定地说。

"好吧。"闫蕊说完，李长军赶紧挂了电话，拿了个破旧的纸袋子，装上钱，飞快地下楼，开上车飞驰而去。

李长军看了看时间，已经晚上九点了。东山的夏夜总是满大街行人。伴着熟悉的一曲《lady》，李长军想让自己平静下来，但他的心情一直平静不下来。闫蕊，这个熟悉的名字曾经在李长军的舌尖上默默地回旋过多少次，在他的内心里默念了多少次。这是一种什么样的情愫？李长军想着，问着自己，他突然害怕起来，难道……

路并不遥远，但时间似乎过得很慢。不知多久，李长军来到东山的这个所谓的富人区，闫蕊的家就在这里。按照闫蕊告诉的房号，李长军找到了她的家。站在门口，李长军有些犹豫，他镇定了一会儿，鼓起勇气按响了门铃。李长军听到屋里传来轻轻的脚步声和开灯的声音。门打开了，一袭长裙，温柔美丽的闫蕊出现在他的面前。李长军看看自己手里的破手提袋，脸立即红了。他跟着闫蕊进了屋，闫蕊请李长军坐下。李长军发现，这确实是一套豪宅，光客厅就得有六七十平方米。装修是非常简洁的简欧式风格，家具以浅色为主。最为显眼的是那架白色的三脚钢琴，还有钢琴边上的花瓶里的一束素淡的扶郎花。

李长军收回视线，和闫蕊四目相对。在柔和的灯光下，闫蕊脸上的线条让人感觉有些迷离。迎着闫蕊的视线，李长军感到身上有些燥热，不由自主地在沙发上动了动身子。闫蕊看着李长军憨厚的样子，轻轻地笑了笑。"……我是来给你送这个的。"李长军打破了沉寂，说。闫蕊接过纸袋子，放在一边，依然看着李长军，听他说。"我真的不知道，你竟然把钱装在苹果箱子里！"

"没事儿，这都是小意思。"闫蕊说，"你一直对丁心那么关照，我感觉你也是个厚道人，只是想表达个心意。"

"可是，这怎么行？你必须收回去，必须收回去！"李长军慌张地说，"要不，我就交给俱乐部，我就上交！"

闫蕊又无声地笑了一下，李长军慌乱的神情凝固在脸上。闫蕊起身，去给李长军倒了一杯果汁，又坐下。优雅的身影在李长军眼前飘来又飘去，空气里溢满了一股香甜的气息，让李长军沉醉，几乎不能自持，他身上又燥热了起来。没出息！李长军暗自骂了自己一句。

"是不是丁心踢得不好？"闫蕊轻声问。

"不是不是！"李长军连忙解释说，"是这样不合适！"

"如果是丁心踢得不好您直说。"闫蕊说。

"不是不是，真的不是！"李长军说，"恰恰相反，这次一队补报名单丁心有很大希望。"

"真的吗？"闫蕊眼里露出一丝惊喜。

李长军点了点头，端起水杯喝了一口果汁。

"太好了！"闫蕊像小女孩儿一样举起手要和李长军击掌，但手抬到半空停住了，她的脸倏地红了。"我太高兴了！"

"那……那你赶紧把钱收回去。"李长军说。

"不用，不用！"闫蕊说，"我不缺钱，让孩子踢球一是因为他确实喜欢，二是因为他爸爸。"说到这里，闫蕊的眼睛有些红。"钱您拿着吧，您这么辛苦，这也是应该的。"

"不行，坚决不行！"李长军又慌乱起来。

"唉！"闫蕊轻轻地叹了口气，"其实，丁心在后备队的时候，我就听说有队员找个别教练走后门。可我相信孩子的实力，也不喜欢这样，就一直没送，可能这也是史密斯走后丁心不受重视的原因吧？这几年咱们虽然交往不多，但我感觉您是个实在憨厚的人，听丁心说您很热爱也很懂足球，总之，感觉您很踏实。我送您钱，既是因为孩子，也是因为对您的这份踏实的感觉，请您相信我。我这是第一次这样做，真的是第一次。"

李长军听着闫蕊的话，沉默着。他抬起头看着闫蕊，脸上有了一种略显痴迷的表情。他的脸距离闫蕊的脸很近，几乎能够感受到闫蕊香甜的气息。闫蕊说完，也睁大眼睛看李长军。"真的很踏实。"闫蕊好像在跟李长军说，也好像在自言自语。"能……能抱抱我吗？"不知道过了多久，这句话从遥远的地方飘来，李长军瞬间融化了。闫蕊轻轻地过来拥住李长军，他感受到这温润的女人的身体，多少温度都蕴含在这成熟魅力的身体里。李长军不由自主地也抱住了她。时间凝固了。闫蕊的头抵在李长军的下巴上，李长军轻轻地摩挲她的秀发，使劲儿吸她身上的香味儿。"我太久……太久没有男人了！"闫蕊轻轻地呢喃着。

李长军听了这句话，突然从沙发上跳了起来。"对不起，对不起！"他惊慌地说，赶紧整理了衣服，说了句："我得走了。"李长军逃也似的离开了闫蕊的家。

第七章　东山队提前夺冠

对于东山足球来说，这个 8 月注定不会平凡。滨城惨败之后，东山足球队一直保持着不败的记录，特别是从第 4 轮到第 23 轮，东山足球队已经创造了 20 场不败，12 连胜的记录。这场比赛前，东山队领先南岭队 17 分，如果在第 24 轮主场战胜牛金的老东家，暂时排名第二的南岭队，东山队将提前六轮夺冠，创造新的联赛记录。

大家都知道这场比赛的意义。比赛之前，白水董事长和东山体育局向省委办公厅汇报，正式邀请省委书记和省长等领导来看比赛。大家分头忙碌着。张立让李长军起草了比赛方案，包括省领导怎么安排，谁来接受省委、省政府和总公司以及各界的贺电，怎么答谢球迷，又专门开了个会进行了详细布置。

8 月 26 日晚上，东山体育中心座无虚席，几万球迷很快就进入了癫狂的状态。球员热身、DJ 暖场、球迷宝贝儿助舞、各家球迷组织之间互相拉歌，人声此起彼伏，看台上像一阵阵潮水掠过，汹涌澎湃。在这近乎沸腾的气氛中，队员也铆足了劲儿，在热身时力量和节奏都鼓得足足的。

牛金主教练去年赛后离开南岭加盟东山，让这场比赛更有了看点。去年险些降级的南岭队今年以生力军为主，老板掏钱引进了高效实用的外援，竟然一直打到了联赛第二的位置，俨然成了一支强队。此时面对东山，面对"抛弃"了他们的牛金主教练，这帮队员似乎都憋了一口气，发誓要把东山拉下马来。

比赛临近开始时，白水董事长和体育局局长把省委书记迎到主席台上。

很快，有人认出了他，回身向主席台打招呼。越来越多的球迷都冲着主席台挥手，呐喊。省委书记第一次来现场看球，他被这热烈的气氛感染了，站起来跟大家挥手。一时间闪光灯此起彼伏地打过来，大家疯狂地喊着，谁也听不清在喊什么，那份热烈几乎失去了控制。

不一会儿，省长也被白水董事长和体育局领导迎到主席台上。省长是个老球迷，他满意地看着场内，开始给书记介绍情况。

在这火一样的气氛中，比赛开始。南岭队坚决打起了防守反击，常常七八个人堆在禁区前沿附近的位置，球一到自己这边就连开大脚破坏。偶尔打出一两次反击，都是由于进攻人数太少无功而返。任凭东山队怎么出击，南岭队就是不出来。南岭队今年的联赛一直以自己的朝气为特点，打的是整体足球。这几乎就是耍赖皮般的密集防守，还真不是他们平时的打法，看来他们是铁了心不想让东山踩着自己夺冠。

牛金主教练虽然赛前考虑到南岭队会死守，也进行了针对性布置，但守成这样还是出乎他的意料，一时也没有什么好办法。面对这种局面，上半场最后阶段，他陷入了沉思。随着主裁判一声哨响，上半场比赛在这种沉闷的局面下结束。牛金跟走下来的助教说了些什么，迅速回到了球员休息室。等球员回到休息室都坐定了，一直来回踱步的牛金也停了下来，这时，助教把丁心叫进了休息室。牛金拿起笔，在战术板上摆上了双方的阵型。

"这只是一场普通的联赛而已，我们不能附加它任何其他意义。我希望每个人更多地把注意力集中在场上，而不是去考虑夺冠！"牛金说，"大家要相信，我们有实力和能力取得比赛的胜利，我们需要的只是放平心态，踢我们自己的足球。"

"对手现在是死守，而且几乎是完全放弃进攻的防守。"牛金在场上移动着磁铁纽扣。"这样，我们靠传控很难打透对方的防守，这时，定位球将是最重要的手段，还有就是个人能力。"牛金把丁心叫过来，说："下半场五分钟，丁心上场，替下右边前卫。大家拿球尽量转到丁心这里，丁心进入进攻区尽量不要传球，就是突破，要坚决强突。"

牛金一边说一边用手势来示意，翻译紧跟着牛金快速翻译着。牛金又分别给韦月、穆子金和龙彪彪等几个重点球员分别布置了战术。他对持续不进球或者领先等各种情况下的战术都进行了针对性安排。他跟外籍助教说了几句什么，外籍助教带着丁心回到场地开始热身。

下半场比赛南岭队依然采取人海战术，东山队看上去还是没有什么办法。5分钟后，已经进行了充分热身的丁心替换上场。第一次踢顶级联赛的丁心上场后并不胆怯，球转移到他脚下他就带球疾进，每次都能过两三个人，可惜几次传球都没能打到韦月和穆子金等进攻球员的头上。眼看东山队的威胁增大，南岭队左边路的防守队员被丁心过得心烦意乱，动作开始加大。下半场比赛进行了半个小时左右，南岭队队员的体能下降十分明显，丁心的突破更加自如，不得已，南岭队只能采取犯规战术，硬生生地铲倒了丁心，东山队获得禁区左侧的直接任意球。队长龙彪彪摆好了球，韦月和穆子金等四五名东山队的队员分别埋伏在南岭队队员中。裁判一声哨响过后，龙彪彪发起了任意球，韦月从人丛中高高跃起，迎着球把头一甩，球朝着远角飞去，落入网窝。1∶0！东山队获得领先。

整个赛场沸腾了，李长军好似看到了一股硝烟升起，那是一双双挥舞的胳膊，一个个跳起来呐喊着的球迷，那是即便不认识也互相拥抱的球迷！DJ高声报着进球队员的名字，一下子把气氛送上了顶点。省委书记和省长也一起从座位上站起来，向场内挥手。

李长军的眼睛有些湿润，他看看坐在主席台靠边位置的张立，张立似乎很淡定，木木地看着场内。进球后南岭队有些慌乱，但一会儿就稳住了阵脚。他们开始把更多的力量投入到了反击中，阵型也开放了。这样，东山队终于能够打开快速的地面传递。在右边前卫位置的丁心踢得非常灵活，几次带球冲入禁区，形成了威胁。

在比赛进行到最后阶段，南岭队大举压上以求一搏。东山队后场断球打出快速反击，丁心和龙彪彪、韦月之间做了个快速传切，最后龙彪彪把球直塞给跑出位置的丁心，丁心带球过了对方后卫，形成单刀。他又一扣晃过了门将，轻松把球打进了空门。2∶0！东山队扩大了比分。场内气氛再次被点燃，此时任何东西扔到这个场地里都好似会瞬间融化掉，变成蒸汽，飞升。整个赛场热情洋溢，喊了几乎整场的球迷们声嘶力竭，各式的庆祝标语开始打出来。

李长军看了看张立，张立依然非常淡定，那么木木的。

球场内丁心进球后狂奔了足有 30 米，他脱下球衣狠狠地摔在地上，面向天空大吼。龙彪彪等队员过来，直接把他背了起来。丁心起来，一边穿衣服一边和大家一起向球迷致意，看台上热烈地回应着。裁判给了丁心一张黄牌儿，接着吹响了比赛的哨声。

整个现场一片欢腾，这个世界仿佛什么也不存在了，只有这热烈的球场，欢庆的人们。大家喊啊，跳啊，唱啊！队员们聚集在一起，一边喊"我们是冠军"，一边围成一圈儿跳，大家把牛金主教练请过来，一齐把他举起，抛向空中。

大家疯狂庆祝，队员们拉着俱乐部早已准备好的，写着"感谢东山""我们是冠军""感谢球迷"等字样的横幅围着场地走了一圈儿。每到一处，球员就把准备好的签字足球、球迷服等纪念品抛向看台，和球迷一起欢呼。

张立和李长军来到场地边上，他们和俱乐部的十几个人手拉手连一排，面向西看台向球迷致意，又一起走向东看台，向东看台的球迷致意。整个看台的球迷再度掀起了热潮，有个老球迷声嘶力竭地喊："张总是冠军！"张立冲那位老球迷笑着挥手，老球迷拼命向他挥手，张立迎上去走到看台边，踮起脚和老球迷握了手。"张总是冠军！"众多球迷一起喊，看台沿上伸出了无数的手来，张立依次握了几个，赶紧撤步退后，拱手向大家作揖感谢。王庆早就拿来几个签字足球，张立朝着看台上的球迷堆里扔去，扔完了，他大声感谢着退到场地上。

场地上已经摆上了椅子，省委书记、省长等领导都陆续下到了场地。大家面带开心的微笑，纷纷坐下，队员们也结束了庆祝，站到合影的队伍里。整个队伍前早早摆上了牌子：2016 年中超联赛冠军——东山足球队。在教练和队员们站好之前，省委书记面对大家说："你们是东山的英雄，东山人民感谢你们，你们是好样的！"球场里响起了热烈的掌声。闪光灯频繁闪动，这个激动人心的时刻被定格了。

合影结束，白水董事长和张立等人送走了省委书记、省长，看台上的球迷才陆续开始散去。这时，球场周围响起了鞭炮声，有些球迷开始胜利大游行。

球员们回到休息室，一起跳啊，唱啊，一起喊："我们是冠军！"不知道谁打开了香槟酒，摇了一阵儿，冲着刚刚进来的张立喷了过去，喷了张立一脸一身。有人抢香槟喷来喷去，大家完全放松地闹啊，笑啊！

李长军躲在门口，看着狂欢的人群，甭提多高兴了。他看到一个人，在那儿收敛地笑着，同大家一起鼓着掌。丁心，李长军看着丁心，丁心似乎也发现了李长军的目光，两个人对视了一下，开心地笑了。

狂欢很快结束了，队员们放假一晚，俱乐部的其他人员也都出去继续庆祝。张立推辞掉了大家的邀请，招呼上李长军，离开了体育场。

夜色中的体育场，像一只盛满快乐的大碗，在这座城市斑驳的光影中巍然耸立。因为胜利，体育场周围人流如织，笑声飘荡。张立看着李长军，站了一会儿，两个人走出了体育场。这时，李长军打开手机，里面满是祝贺的短信，李长军从中一下就看到了闫蕊的名字，和简单的几个字："祝贺夺冠！"

李长军和张立沉默地走着，来到车边。"张总，去哪儿？"李长军发动了车子问。

"随便。"张立说。李长军把车开出了停车场，绕上了高架桥。这座城市已经安静了下来，一幢幢高矮不同的大楼里或明或暗的窗户组成了斑驳的影子，肃立在夜色中。李长军放慢车速，路灯一个接一个地往后闪去，像是一句句谶语，划过张立的思想。李长军打开了播放器，还是那首肯尼·罗杰斯的《lady》。张立安静地听着，目光不知落到了何处。动听的音符飘荡在带着白日温度的空气里，让人有些沉醉。

"夺冠了！"张立像是自言自语，又像是跟谁在诉说，"东山真的夺冠了！"李长军偷偷地瞄了张立一眼，他分明看见张立的眼里闪着泪花。是啊，一场场比赛，一次次战斗，他们经历了太多。在基层单位当总经理多年的张立到了东山俱乐部，忍辱负重，踉跄前行，这些，如果他不到东山俱乐部可能永远体会不到。

"咱们去吃点儿水饺吧，我饿了。"张立擦了擦眼睛，说。李长军从主路上拐下来，找了一家二十四小时营业的饺子馆，点了几样饺子，就在灯火通明的大厅里吃了起来。旁边几张桌子，坐满了球迷，他们大多数光着膀子，有的穿着东山的球迷服，在热火朝天地喝着啤酒。球迷们拍桌子，高声喊"东山是冠军！"那声音大得几乎把小店的房顶都能给掀起来。

大厅里的球迷们没有人注意张立和李长军，他俩看着那些球迷，会意地笑了笑。饺子上来了，张立看来是真饿了，他一口一个吃着。李长军没多少胃口，他看着张立，也不说话。两个人很快吃完了，李长军开上车，"回家！"张立说了句。这是多么真实的盛夏之夜，可在张立和李长军心里，似乎又不那么真实。

送完了张立，李长军并不想回家，他开着车，不知不觉向着闫蕊家的方向而去。他放慢了车速，掏出手机找到闫蕊的祝贺的短信，给她回了一个："谢谢你！我想和你聊聊。"李长军不知道自己为什么发这样的短信，他干脆把车停在路边，摇下车窗，让温热的夜风吹拂自己。可是，他的内心依然燥热，无可名状。

电话响了起来，李长军并没有心思接电话，他任电话响着。不知道电话响了多久，他才拿起来。是闫蕊。

"我在家呢！"电话里传来动听的声音，那美丽、成熟的形象在李长军的眼前活了起来。电话挂断了。李长军把手机扔在副座上，平息了一下自己，再度发动了车子，奔着那个小区驶去。

到了闫蕊家的门前，李长军有些犹豫，几次举起手想按门铃，但最终又放下了。最终，他还是鼓起勇气按了下去。门轻轻地开了，迎面而来的是穿着一身薄薄的白纱裙的闫蕊。纱裙洁白、飘逸，在柔和的灯光下，闫蕊曼妙的身段若隐若现。李长军突然觉得今天来找闫蕊是一个蓄谋已久的阴谋，来自他的内心，也来自闫蕊。他踟蹰了片刻，抬起木然的腿，跟着闫蕊进了屋。

闫蕊关门依然是轻轻的，就这样温柔地把整个世界拒之门外。李长军坐到沙发上，拘谨地扯了扯领口。闫蕊坐得离他很近，近得让李长军几乎可以感受到闫蕊的体温。屋子里的冷气开得很足，很清凉。这让李长军渐渐冷静下来。他看到，茶几上摆着两支高脚杯，杯子里已经倒上了红酒。李长军的目光从高脚杯上抬起，发现闫蕊正温柔地看着他。他变得有些慌乱，手都不知道往哪儿放了。最终，他端起了酒杯。闫蕊也优雅地端起酒杯，两个人轻轻地碰了一下杯子，浅浅地抿了一口红酒。

"我……"李长军想说点儿什么，但他什么也说不出来，两个人就这么尴尬地相互看着。

"谢谢你！"那动听的声音又飘了过来。

"谢什么呀？"李长军微笑了一下，说。

"丁心终于走出了这一步，这真的得感谢你！"闫蕊说。

"没有！"李长军憨厚地笑了，"还是丁心这孩子自己努力，有这个实力。他没回来？"

"他今晚不回，和队友去吃饭。这孩子一直很内敛，今天就让他放纵一下自己吧。"闫蕊说。

"哦。"李长军应着。两个人又坐了一会儿，闫蕊起来，去打开音乐。乐声响起，居然是李长军最喜欢的肯尼·罗杰斯的《lady》。闫蕊回来，又端起酒杯，和李长军干了一杯。她伸出手，李长军不由自主地把手搭上去，跟着闫蕊起来。"我们跳支舞吧。"闫蕊说。李长军慢慢站起来，酒量不大的他有些晕。李长军随着闫蕊，滑步到客厅中央，把闫蕊轻轻地拥入怀中，跳起了两步舞。他微闭着眼睛，闫蕊身上香甜的气息直钻他的鼻孔，让他难以自持。闫蕊的身体很柔软，腰很纤细，李长军拥着闫蕊，陶醉在这样的气氛中。

跳着舞，闫蕊开始讲她怎么带丁心，怎么在丁起失踪之后坚持让丁心踢球。闫蕊讲自己怎么一点点儿打拼，慢慢的事业有成，拥有了自己的公司。为了丁心，她把厂子留在岛城，把公司总部和家搬到了东山。她讲这么多年，有人如何热烈地追求她，甚至采用各种方式引诱她。

李长军就这样听着，好像很遥远的故事，细节那样清晰，又那样缥缈，在闫蕊平静的叙述中若有如无，若隐若现……

"为了孩子能踢上球，有的妈妈竟然向孩子的教练献身！"这句话从遥远的地方，冲破那片玫瑰花的花瓣雨，硬生生地砸过来。李长军打了个激灵，赶紧抽出自己的手，推开了闫蕊。"不行，不行，绝对不行！"李长军梦呓般地说。闫蕊一时间变得不知所措，脸上的红晕渐渐褪去。她呆呆地看着李长军，"我……我是自愿的。我真的很喜欢你，和你在一起很踏实。"闫蕊像是在跟李长军说，又像是在自言自语。

"不行……不行，丁心是靠自己努力成长的，不是因为我喜欢你。"李长军说，转身打开门，头也不回地走了。闫蕊听见了关门声，听见了电梯开合的轻微声响。她坐在这昏暗的灯光下，听着音乐，泪水悄然滑落。真是梨花带雨，让人怜爱，可惜无人得见。

闫蕊轻轻地端起茶几上的红酒，一点一点儿喝了下去，再倒上，又一点一点儿地喝下去，红酒伴着泪水，她不知道是该为丁心成长起来感到喜悦，还是为自己而感到忧伤，繁杂的情绪融入这夜色中，其中滋味只有她自己能够体会。

第二天，东山俱乐部到处喜气洋洋，门口早早挂上了横幅，官方网站上挂上了省委、省政府、总公司总部和中国足协、省体育局等等发来的十几封贺电。这天上午恢复训练之前，在球员去球场的路上摆上了两支鞭炮，一路炸响，噼噼剥剥的声响中腾起的烟雾让人有一种梦幻般的感觉。在一片欢声笑语中队员到场地开始慢跑、放松。毕竟，在牛金眼里，夺冠只是一个结果，联赛还没有结束。

大家回到办公楼准备开周例会。会上，张立跟其他俱乐部领导商定，给俱乐部的员工每人发一笔奖金，数目虽然不是很多，但张立的即席讲话让所有参加会的人都非常感动，感觉到球队所取得的每一点儿成绩都来自于所有人的努力。还商议了如何上报荣誉的事儿，按照惯例，夺冠之后省里、总公司都会给予一定的荣誉称号，这些，在公司系统都是非常难以拿到的崇高荣誉。议程进展得非常顺利，大致商量出了结果，张立给白水董事长等领导汇报之后就可以上报了。

最后，张立提出搞个庆祝活动，要邀请省里领导和总公司领导，主持召开一个庆功大会，给获得荣誉的同事们颁奖。大家都投了赞成票，甚至三言两语地就如何组织这次庆功会出起了主意，但李长军对此始终一言不发。张立看出了李长军的态度，满脸春光的张立直接点了李长军的名字："李助理，你也说说你的看法。"

被点名的李长军稍微坐直了些，他说："我觉得这个庆功会还是缓办更好一些。"

"嗯？"张立的满脸喜气僵住了，"为什么呢？"

"咱们又不是第一次拿冠军，再说，这才八月下旬，离联赛结束还有接近两个月，现在庆功，以后的比赛怎么打？如果后面的6场比赛组织不好，可能会影响明年。"李长军说。

李长军说完，谁也没有搭话，整个会场陷入了僵局。张立环顾四周，很多人都低下了头。只有领队刘可目光炯炯地盯着张立看，仿佛随时站出来给予张立大力支持。张立脸上的笑容慢慢变淡了，他挥了挥手，这个议题就算过去了，接着进行下面的议题。

散会的时候，刘可提议，王庆附和，组织大家到东山俱乐部餐厅的包间里吃饭庆祝。大家陆续散去，李长军突然间感到非常疲惫，他回了办公室。李长军听到刘可和王庆在走廊里招呼人的声音，他没有动，一会儿这些声音消失了，大楼里恢复了平静。刘可和王庆没有叫李长军，也许只是疏忽，但李长军感到有些不舒服，他一点儿食欲也没有。他既没去包间，也没去员工餐厅，而是到办公室的长沙发上躺下。

他的眼前又浮现出那个美丽的女人，仿佛那温软的身子依然在他的怀里。"闫蕊！"李长军轻轻地唤出了声，心里涌上了一种幸福的情绪，回味着昨天晚上的每一个细节。慢慢的，他沉沉地睡了过去。李长军做了一个梦。梦里是一片他儿时的泛着浅黄色的山野，山野里随风飘摇的草丛里点缀了白色的野菊花。李长军躺在草地上，柔软的草铺在身下，非常舒适，宁静。头顶上的天非常蓝，白云朵朵，像鱼鳞一样一道道飘散开去。几只蝴蝶在草丛里翩翩起舞，偶尔落到野菊花上，却被微风惊起，调皮地飞起来。李长军这样迷迷糊糊地躺在草地上，在温煦的阳光下慢慢睡着了。这时，一个美丽的女人来到他身边，用一片草叶儿轻轻地撩拨他的脸，痒痒的。李长军用手扒拉了一下，那美丽的女人依然调皮地撩拨他。终于，李长军睁开眼，眼前的女人竟然是闫蕊。闫蕊半跪在他身边，手里拿着一根长长的草叶儿，对着他微笑。美丽的女人的身影映在蓝天白云的背景下，完美、圣洁，让人心里只有喜欢，而没有杂念。"蕊？是你！"李长军轻轻地惊叹了一声，他翻身想起来，差点儿从沙发上掉下来。李长军才想起来，自己原来是在沙发上睡着了。屋里没开空调，很闷热，李长军浑身都湿透了。他坐起来，回想了一会儿刚才的梦境，慢慢清醒过来，起身去插上门，换了汗湿了的衣服，坐到办公桌前。

李长军打开了各大网站体育频道，过了一遍关于东山的新闻。除了各类的赞美，就是关于各种破纪录的描述，总之，一片赞歌。这让李长军放松了许多，他真的担心那些人再拿什么国有企业来说事儿。下午过半，办公室的电话响起来，是张立叫李长军去他办公室一趟。李长军敲门进来，张立坐在沙发上，脸色很红，看来中午的酒喝得不少。

"长军。"张立有些口齿不清地说，"今天中午你怎么没去吃饭？大家一起嘛，你怎么能不参加呢？你呀，怨不得别人说你清高。"张立有些责怪地说。李长军一时不知道该说什么好。其实，李长军听到刘可和王庆在走廊里喊大家吃饭，独独没有喊他的时候心里是很不舒服的。但是，李长军不能说这话，他只好以沉默来回应张立。

"刚才吃饭的时候大概说了一下，这次报俩一等功，一个是白水董事长，一个是我。其实，我报不报都无所谓。"张立说，"我个人想，这次也给省公司打报告，给刘可和王庆解决个助理。至于你嘛，已经是助理了，这次先这样，怎么样？"

"我……我没什么意见，张总。"李长军说，"不过，我有个想法，我想去球队工作，不用提拔，就干个领队就行。我毕竟在东山俱乐部干了这么久了，不到球队去工作还是有点儿遗憾。"李长军说完，张立红着眼睛定定地看了他一会儿，说了一句："我还是想开这个庆功会。"

李长军没想到张立会这样说，他回答："我还是坚持我的意见，目前不能开这个会，毕竟，我们的联赛还没有打完。"张立听完，手在空中猛地画了一圈儿，"李长军，你咋就不能体会我的心情呢？为什么就不能开这个会呢？你以为我是为我自己开这个会吗？我是给白水董事长这些领导长面子！"

"那接下来的比赛怎么打？要是最后6轮出现连败，怎么交代？张总，这6轮比赛的对手里有三支保级球队，如果我们被扣上假球和让球的帽子，我们的成绩的含金量可就打了折扣了。"李长军说，"还是那句话，要是最后打不好，会影响明年的准备的。"

"没那么复杂，咱们队还能连败吗？"张立的声音大了起来，"今天中午没一个人像你这么悲观，都赞成我的意见。你怎么就能保证你都是对的？你就比别人高明？"张立的话里明显带有怒气。李长军一时觉得没法儿回答，他看着张立，张立冲他挥了挥手，李长军踟蹰了一下，离开了张立的办公室。在走出这扇门的一刹那，李长军突然有了一股悲凉的感觉。他想不出什么原因，到底为什么大家如此一致地赞同张立的决定？大家看不到问题所在吗？特别是那几个在东山俱乐部工作多年的干部，不会不知道这其中的利害吧？李长军回到自己的办公室坐定，他突然间感到自己是孤独的。坐了一会儿，他想起今天东山体育记者联队在工业大学足球场踢球，便换上衣服带上装备，开车离开了东山俱乐部。

庆功会非常隆重。刘可从上届冠军富城昆仑山队那里请回了冠军奖杯，摆在主席台前。主席台上，省委书记、省长和总公司的总经理等领导纷纷就坐，省长作了讲话，高度评价总公司为东山精神文明建设做出的突出贡献，提出要在全省学习东山足球精神，打造文化大省。总公司的总经理作了讲话，感谢了东山省委和省政府，大谈东山足球的前景和规划。

会上，省委书记、省长和总公司总经理等领导给获奖的白水董事长、张立等人颁了奖。在一片欢乐祥和的气氛中，庆功会圆满成功。会议间隙，总公司的总经理亲自叫来了张立，和他聊了一阵儿，鼓励他好好干。

李长军坐在会场的角落里，默默地看着这一切，突然间他觉得自己此时就是一个局外人。他突然失去了自信："我反对搞这些对吗？如果没有这样的庆功会，东山足球能上升到东山省的层次吗？至少，对于营造外部环境上，这是一次成功的会议。那么，我担心什么呢？"李长军一时间有些想不明白，他的胸口有些堵，几乎喘不过气来。

会议开完，李长军走出会议大厅，长长地舒了一口气，和参加会议的球员一起返回了俱乐部。后天还有比赛，李长军想，后天的对手是保级的大港嵩山队，又是客场，自从夺冠后球队就没怎么好好训练，队伍这样能行吗？李长军沉默地坐在大巴里，他看着兴高采烈、互相说笑的队员，心里想。想着，李长军有些烦躁起来。也许，自己是这些人里此时唯一感到烦躁的人吧？李长军想。

第八章　夺冠之后

　　客场对大港嵩山队的比赛看似风平浪静，李长军总感觉暗流涌动。大港嵩山队如果能够战胜东山队，保级形势将一片大好。如果他们输给东山队，形势将变得异常凶险。赛前，各家媒体几乎一边倒地看好东山队，几乎谁也不认为东山队会输球。

　　这场比赛张立等俱乐部领导没随队来，李长军特意跟张立请示，跟着队伍来到客场。由于庆功会打乱了训练计划，一直没有好好训练的队员们明显不在状态。赛前训练任凭牛金主教练怎么喊，大多数队员始终难以兴奋起来。看着队员们在场上无精打采地跑动、传球、射门，牛金主教练急得来回走动，宁高等助理教练也尽力指挥着。李长军把这一切都看在眼里。他真的想帮牛金主教练让队员再次注满激情。赛前训练结束了，在大港的东山球迷会的球迷纷纷来找队员合影、签名。大家陆续上了大巴车，往驻地酒店而去。

　　大港是个不大的城市，却有着悠久的足球历史，一直是一块中国足球的沃土。国内各家俱乐部中有很多球员都来自大港。大巴车行驶在大港临江的街道上，马路两边略显老旧的欧式建筑有些灰暗，在明明灭灭的灯光中十分厚重。路灯不算明亮，随着一阵阵江风吹来，仿佛散发出的一片晕彩。队员们在车里东扯西扯地开着玩笑，随队的副总经理杨欣和领队王庆偶尔回上几句，参与到球员们轻松谈笑中。李长军坐在大巴车司机旁边的副座上，这份轻松丝毫没有感染到他，反而让他的心情更加沉重。李长军抬头看了看车上的后视镜，牛金主教练一脸严肃地和外籍助教轻声说着什么，两个人似乎有些争论，那种认真的神情被淹没在四周轻松的氛围中。

回到酒店，牛金主教练没有按照惯例到大堂吧喝咖啡，而是和外籍助教等人直接回了楼上。杨欣、刘可愣了一下，和李长军在大堂吧坐了下来。李长军要了杯茶，喝了一口，说："我觉得明天的比赛不好打，咱们得跟张总汇报一下，还是得让他跟牛金主教练说一声，派全主力。"

"大港现在是个保级队，咱们没必要这么紧张。"杨欣说，"来之前白水董事长说了，要求在保证后 6 轮成绩的情况下，多锻炼新人。"

"对啊，你不是跟张总说要着眼未来吗？"刘可带着些许挑衅的口气，说。

"着眼未来首先要打好这 6 轮比赛，大家都看到球队的状态了，这样能打好比赛吗？"李长军回了一句。

"这个别争论了，领导有明确意见，和牛金主教练也有沟通，我们还说什么？再说，你怎么就这么怕一支保级队？"杨欣说了句，上楼去了。刘可坐了一会儿，看和李长军没有什么话说，也走了。李长军拿起电话，给张立打了过去，"张总，我看明天的比赛咱们准备得不是太好，我建议还是用全主力来打。您看是不是跟牛金说一声？"

"什么？"张立的口气明显带了酒劲儿，"你不是说要着眼明年吗？锻炼新人不正是为了着眼明年吗？"

"可是，大港面临保级呢！我们要是不明不白地输给他们，会得罪好几支球队，舆论会让我们受不了的。"李长军说。

"别说那么多了，让你去就是做好后勤，服务好媒体记者的，舆情上出事儿我拿你是问！"张立说完挂了电话，李长军举着手机呆在那里。"拿你是问！"这话在他的耳边萦绕了许久，让他半天才回过神来。他在消费单子上签了字，上了楼。牛金套房的门开着，教练组的人都坐在外间的沙发上，争论着什么。牛金看起来很激动，拿着小战术白板一边比画着一边说个不停。

李长军走进房间，大家似乎都没有发现李长军走进来。李长军在一边听了一会儿，他听出来大家在讨论明天的首发阵容，宁高等几位中方教练建议用半主力半替补阵容打比赛，但牛金力主全主力出战，双方各自阐述各自的观点，讲队员的特点和对手的特点，争论得很热烈，谁也不退让。李长军听了一会儿退出了房间，打总台电话给牛金的房间送了些咖啡，就回了自己的房间。他连衣服都没脱就把自己摊在床上，迷迷糊糊睡着了。

第二天比赛开始。出场前，大港队的队员们在主教练的带领下手捧鲜花，向东山队教练和队员献花，然后双方有说有笑，一团和气地进入场内。完成了入场仪式，随着主裁判的一声哨响，比赛正式开始。

看到首发名单的时候，李长军心里暗暗叫苦！果然，龙彪彪和穆子金等四五个主力没有首发，丁心和几个年轻队员顶上了。这不是胡闹吗？几个年轻队员里除了丁心打过比赛，那几个都没上过场。李长军暗暗地咋了一口，在体育场环廊下面紧张地看着比赛。

看得出来，尽遣主力的大港队还是很打怵刚刚以极大优势夺得冠军的东山队，特别是在上半轮他们在开场不到 30 分钟就被东山队打了个 3∶0，最后惨败的经历让这些队员心有余悸。大港队排出了死守阵型，两个后腰站得很稳固，大多数都是横向跑动。三个前卫距离比较紧凑，拼抢非常凶狠，让东山队的年轻队员很不适应。东山队虽然年轻队员多，但大家踢得很有耐心，看上去还是控制着场上局面，但大多数都是中后场控球，在中场的搏杀中东山队并没有占据什么优势。丁心在场上显得非常孤单，皮球很少能够顺畅地传到他的脚下，一直踢主力中锋的韦月在前面来回跑，但球不是传丢了就是被断下，直到 32 分钟他才获得第一次打门的机会。

牛金一直站在场边，焦急地对着队员喊着，指挥着。顶过了 30 分钟，大港队的阵型整体提前，开始打出了一次次的反击，第 37 分钟，大港队在禁区前沿几次传递，把球打到了首次在中超联赛中首发的年轻后卫肖野的身后，一脚射门打在了横梁上。吓得李长军出了一身的冷汗，他看着牛金此时直接跳了起来！这在以前的比赛中几乎没有出现过的情况。李长军的心揪得更紧了。过了 2 分钟，趁着大港队拉开架势进攻的当儿，丁心拿到皮球，带球疾进，过了后腰，直接下到禁区右前侧。丁心下意识地抬头，起脚传球，韦月高高跳起来甩头攻门，皮球奔远角死角而去，大港队守门员扑球不及，眼看着皮球落入网窝。1∶0，东山队获得领先地位。替补席上王庆等中方人员跳起来庆祝，互相击掌。牛金平静了下来，拿起一瓶水喝了一口坐下。李长军非常高兴，但他还是轻松不起来。

上半场东山队1∶0领先，进入下半场。李长军也跟着来到客队休息室，虽然球踢得不是太好，但队员们还是很轻松，整个休息室里还是很欢乐的。只有牛金在来回踱步，在紧张地思考着。李长军多么想牛金能够做出更换龙彪彪、穆子金等主力上场的决定，可他看牛金独自摇了摇头，苦笑了一下，开始布置战术。李长军几乎没有听进去牛金的半句话，好像翻译讲的不是中文而是外语了。

下半场比赛开始，这次大港队没有再试探，直接短兵相接，迅速进入比赛状态。他们坚决打东山队年轻中后卫肖野的身后，利用单前锋的速度屡屡进行强破，年轻的肖野立刻显得有些吃紧。旁边和他搭档的主力中卫李成本来就不是速度型的，几次过来帮他补防也非常吃力。下半场开场七分钟，大港队的持续施压终于让肖野犯下错误，他在回追大港队前锋的时候在身后拉了他一下，大港队前锋应声倒在禁区内，马上翻滚了几下，伸出双手要点球。大港队的几名队员也赶紧往裁判这边跑，示意这是个点球。

裁判把哨子含在嘴里，犹豫了一下，吹了个禁区线上的任意球。大港队的队员不依不饶，有人把边裁叫过来，力争这是个点球。裁判和边裁商量了一下，又把手指向点球点。韦月等东山队队员一看裁判改判，都过来围住裁判，跟他争论说这是个任意球。看裁判坚决把手指向点球点，韦月直接上去用身体扛了一下主裁判，主裁判一脚没站稳，差点儿摔倒。他后退了一步，从口袋掏出了红牌，把韦月罚了下去。双方教练、替补球员和安保人员、赛区工作人员也纷纷上来，把双方队员分开。等队员们散开，站到禁区边上，大港队前锋拿着皮球走到点球点，后退几步，一路颠着碎步一个假动作晃过门将，把皮球射入大门。大港队扳平了比分。

少了一人的东山队在大港队激烈拼抢下没有了任何优势，失去了韦月这个进攻点，几乎连射门的机会都没有。比赛还剩半小时，牛金赶紧换上龙彪彪和穆子金稳定局势。龙彪彪、穆子金和丁心很快组成了进攻铁三角，重新打出了攻势。但是，在穆子金攻到禁区附近时，往往会遭遇大港队的黑脚，可这种球几乎无一例外地都判给了大港队，一次次扼杀了东山队的进攻。这样混乱地踢到了下半场第四十分钟，大港队再度撕裂了东山队的防线，打入一球。2:1！大港队逆转了东山。之后，大港队队员频频倒地，拖延时间。东山队主力中卫李成去找裁判示意，要求裁判补时的时候把大港队队员浪费的时间补上，不知道他说了句什么，主裁判伸手罚了他一张黄牌。终于，比赛结束了。李成在完成比赛结束流程之后没有去感谢球迷，脱下球衣狠狠地摔在地上，头也不回地回了休息室。其他队员有气无力地向球迷致谢，纷纷垂头丧气地回了休息室。李成光着上身气呼呼地坐在自己的位置上，看教练和队员们都进来了，恨恨地说："这他妈的什么破球？怎么踢的？"

整个休息室里一片沉默，队员们默默地换着自己的衣服。肖野坐在丁心身边，他没有换衣服，用浴巾捂住了脸。丁心换着衣服，回头看见肖野沮丧的样子，伸手拍了拍他的肩膀。牛金阴沉着脸，在休息室里转圈走着，盯着每一名球员。"这场比赛让我感到耻辱！"他说。

"你可以说我们能力不行，但你不能侮辱我们的人格！"听了牛金的话，李成站起来，直盯着牛金说。王庆直给翻译使眼色，让他别直接翻译。牛金从李成的神情中看懂了一切，他呆住了，一时不知道如何是好。这时，赛区工作人员过来叫牛金去参加赛后发布会，他挣扎了几下，想和李成继续理论，被王庆和赛区工作人员连拉带哄去了新闻发布厅。李长军赶紧跟着也过去了。

"首先，祝贺大港队取得了胜利！"牛金平复了一下自己，开始点评比赛，"大港队的所有队员都深知这场比赛对于他们的意义，在生死面前，他们表现出了比我们更强的斗志。大港队配得上这场胜利！"

"东山队刚刚夺得冠军，我们向他们表示祝贺，并且在赛前已经表达了这种敬意。"大港队的主教练说，"在这样重要的比赛中，我们的队员表现出了顽强的拼搏精神和不屈的意志，打出了应有的水平，我向我的队员们表示感谢！"

接着记者提问，大家都把话筒放到了牛金的面前。

"牛金指导。"另外一支保级球队所在地的媒体的记者率先发问，"上场比赛东山队提前拿到了联赛冠军，在本场比赛之前是不是就意味着您的这个赛季已经提前结束了？您认为派出替补阵容踢本场比赛对于其他球队来说是公平的吗？或者说是不是可以理解为本来这场球就包含着某种默契？"

牛金指导听完翻译的话，脸色变得很难看，他恼怒地看着那位记者答道："在我眼里，我的队员们都是主力，上场的队员在我眼里就是能够承担比赛的。我的合同有期限，这个期限绝对不是到上一场比赛为止。对于您提出的默契球的说法，我希望您能给我找出证据，否则，我完全可以认为您不是个好人！"

这话一出，整个发布厅的空气瞬间凝固了。趁着这个空儿，牛金已经起身，发布会主持人一看要乱，匆匆宣布发布会结束。几个记者想要拦住牛金继续采访他，可牛金在翻译的帮助下挤出了人群。那个记者收拾了笔记本电脑也赶过来，他对着牛金的背影，大声喊："你有义务回答记者的任何问题，你没有资格评价我是不是好人！"这位记者的喊声淹没在乱哄哄的声音中，当地媒体的记者围住了大港队主教练，他们兴高采烈地谈论着提前实现保级目标的喜悦之情。李长军和几个随队记者打了个招呼，赶紧追着牛金而去。

球队在极其压抑的氛围中回到酒店，草草地吃了夜宵。牛金没叫宁高等中方人员，直接和外籍助教回了房间，关上了门。中方教练和管理人员们互相看了看，各自悄悄地散了。这时，李长军接到了张立的电话："你抓紧找现场的记者，要做工作，绝对不能出现什么默契球等负面的东西，要让他们猛批裁判，你看下半场那裁判偏的，这样吹我们怎么能赢呢？"

李长军听着，答应着，他赶紧回到房间，换上运动上衣和短裤，下楼打车去了记者们住的酒店。李长军在出租车上给大港俱乐部办公室的哥们儿小仇打电话，让他帮忙控制一下大港当地的记者，别爆出来什么负面的东西。小仇爽快地答应着，这让李长军放心了些。李长军一边打电话一边催司机加快车速，大港明明灭灭的街道、树木和楼房的影子飞速地后退，李长军愈发焦急起来。

还没到记者住的酒店，李长军又接到了张立的电话："牛金和记者冲突的事儿上网了，你赶紧协调那几家网站，赶紧撤稿。"打完电话，出租车停在记者住的酒店门口，李长军付了车费，又开始分别给那几家网站的体育总监打电话，恳求他们能够抓紧把牛金和记者冲突的稿子给撤下来。但是，几家网站都说，撤稿不行，网站都有自己的规矩，稿子没问题不能撤，他们体育总监也没这个权力。李长军好说歹说，几家网站都答应帮着改一下稿子的题目和内容，淡化一下冲突的事儿。

李长军打完这一圈儿电话，简直是汗如雨下，浑身都湿透了。他又打了几个电话，分别去了几位记者的房间，跟他们聊这场比赛。这些记者长期跟着东山队，都有感情，确实裁判也太偏了，他们答应李长军不写记者和牛金的冲突，更不会写默契球等负面的东西。

把这些事儿安排妥当，李长军跟虚脱了一般。李长军和大家约好等他们写完稿子发回报社，他请大家去吃夜宵。之后，李长军下楼到大堂吧等他们。估计记者们写完稿子还得两个小时，李长军便把小仇叫了过来。小仇刚好在回家的路上，他接到李长军的电话，直接就拐到了酒店。小仇走上大堂吧的台阶，李长军看到他就像看到亲人一样，差点儿要拥抱他。李长军请小仇坐下，点了饮料，让小仇给定了请记者吃夜宵的地方。

小仇看着李长军，等他安静下来，说："李哥，你那牛金教练咋这样？刚得了冠军就出这事儿，不好说啊！再说，人家记者也抱团儿呢，自己圈儿里的人被一个外籍教练给批了，他们能就这么过去吗？"

"唉——"李长军叹了口气，"我知道，怎么也不能这样对待记者啊！其实，这记者平时我们关系不错，稿子也写得非常好啊！"

"李哥，我可是该打招呼的都打了，最后咋样我可控制不了。我找他们管用肯定管点儿用，但要全都捂住肯定是不行。"

"没办法，那就听天由命吧。"李长军有些丧气地说。

他俩这样聊着，有几个记者写完稿子陆续下来，他们就去订好了的潮汕大排档吃夜宵。很快，炒蟹子、海鲜粥等各种菜都上来了，李长军让服务员打开了两瓶白酒，大家喝了起来。李长军今天特别想喝酒，等人到齐了，他不顾小仇的阻拦，端起一大杯白酒敬各位记者。热辣辣的白酒顺着喉咙流下去，李长军突然有了几分轻松的感觉，头开始涨大。李长军变得特别健谈，但他头脑里一直在提醒自己，不能说备战不周到的问题，不能说庆功会影响了队员的状态，他有理有据地批裁判，批比赛组织不好，大骂裁判判那个点球。

小仇不喝酒，几次劝李长军少喝点儿，但李长军丝毫没有停的意思。他又打开了两瓶白酒，分别敬各位记者。这样喝了两个多小时，李长军喝了得有一斤白酒。不过，即便喝了这么多，李长军似乎并不糊涂，快到凌晨五点的时候，大家终于喝得七扭八歪，李长军周到地安排记者们回了酒店，小仇把他也送回了酒店。小仇好不容易从李长军身上找到门卡，打开房门。李长军踏进屋里，也踏进了无边的黑暗之中，他人事不省。

不知道睡了多久，李长军醒来，他几乎不知道自己在什么地方。他揉了揉胀痛的头，仔细想了想，才记起自己是随队在大港打客场比赛。他翻了个身，地毯上有呕吐的痕迹，不过都被清理了。李长军摸起手机一看，已经是第二天下午三点多了。

"三点多了？球队是上午十点多的飞机回东山呢！坏了，我误机了！"李长军暗自叫苦。他又看了看手机，手机上有二十多个未接电话，大多数都是张立打过来的。他犹豫了一下，把电话拨了过去。

"你怎么回事儿？"张立的声音里明显带着不满，"你工作怎么做的？那几家网站稿子也没撤，我说不能报那些负面的怎么还是都报出来了？"

李长军默默地听着，最后他说了一句，"张总，为了达到您的要求，我都快喝死了，这不，连飞机都没赶上！"

"喝，喝管什么用！"张立嘭的一声挂断了电话。李长军的心里一阵凄凉，张立为什么会这么对自己？他不明白，夺冠之前还是那么融洽，这才几天？李长军想不明白。他让俱乐部重新订了机票，起身洗了澡，收拾了东西，下楼结账往机场赶。刚要出酒店，小仇走进大堂。

"李哥，你没事儿了吧？你今天早上那个吐，简直吓死人！"

"是吗？我一点儿都不知道了。"李长军试图让自己放松下来，微笑着跟小仇说，"真谢谢你，兄弟。"

"李哥，这些网站和记者真给你面子，除了个别媒体之外，大多数都没报咱要控制的那些内容。"小仇说。

"唉！什么给我面子啊，兄弟，还不是看着东山的名头？离开了足球，我们算什么呢？"李长军若有所思地说。

"不错啦，李哥，谁不服谁来干干试试。走，我送你去机场。"小仇接过李长军的行李。李长军没有推辞。

李长军回到东山，已经是晚上八点多了。李长军没有叫东山俱乐部的司机来接他，而是在上飞机之前给闫蕊打了个电话。听着闫蕊动听的声音，李长军突然为自己的大胆笑了一下。无所谓了，他想到这四个字，就不再去想张立摔电话的事儿，心里变得轻松了些。在飞机落地那一刻，李长军没有想去看看各大网站和各家媒体是怎么报道这场比赛的，他的内心里有了一种期待，期待早点儿见到纱裙美女闫蕊。

从到达口出来，经常被人认出来的李长军没有丝毫的羞涩，他分明看到人群中那一抹亮色，这是多么美丽的女子才能有的光晕啊？那芊芊玉手正在向他挥着，李长军也不怕被人认出，开心地迎着闫蕊而去。

坐在闫蕊的车里，系好安全带，两个人对视了一下。闫蕊发动车子，李长军很自然地把手握在闫蕊的手上。此刻，他的头已经不疼了。突然间，他感觉东山足球距离他有些遥远，让他抓不住摸不着，最起码此时此刻仿佛与他毫无关系。车子在机场高速上飞驰。"去哪儿？"闫蕊看了李长军一眼，李长军浑身酥了一下，"回家。"李长军言不由衷地说，他想起了那次舞蹈，甚至重新体会到了那温软的身体在自己怀里的感觉，感受到了那份香甜。他抑制着自己，他想，自己只能回家。

第二天，李长军精神焕发地来到办公室，明亮的阳光透过玻璃洒进屋里，一片光明。他到办公桌后的椅子上坐下，并没有像以往一样打开电脑浏览新闻，而是翻开了已经读了一半的《恒河：从今世到来生》。他很快就沉浸到那个神秘的国度，顺着作者流畅的文字逆流而上，从茫茫的印度平原到高耸的喜马拉雅山南麓，从沐浴、歌舞到原始巫术瑜伽。李长军想起了奈保尔，想起了他的"印度三部曲"。李长军沉浸在书中，电话响了起来。不出意料，是张立打来的，要求他到办公室来。

"怎么能这样？"李长军一进办公室，张立就硬生生地掷过来一句质问。李长军仿佛被什么击中，感到一阵刺痛，他愣了一下。李长军往前走了几步，坐到张立办公桌对面的椅子上。张立瞪着他，眼里满是怒气。"你看那些网站和媒体的报道了吗？怎么还有人说什么默契球那些事儿？我不是让你找他们批裁判吗？你看这场球的裁判，分明就是跟我们做对嘛！"张立连珠炮一样，气呼呼地说。

"张总，我还真没看这些呢。"李长军说。

"什么？你没看？赛后我怎么跟你说的？不是让你负责这一块儿吗？你竟然连看都不看？"张立一拍桌子站了起来。李长军看着张立，一动没动，脸上反倒露出了笑容。张立看李长军竟然笑了，抓起桌子上的茶杯猛地摔到地上。啪！杯子被摔得粉碎，碎片落了一地，茶叶和茶水弄得地面一片狼藉。办公室主任刘可一直躲在门外，他听到响声赶紧进来，招呼人来打扫碎杯子和一地的茶水。张立坐下，对刘可说："抓紧写这场比赛的汇报，要分析原因，要向董事会领导做检讨，也要把裁判问题说透。赶紧安排中方教练回看比赛录像，把裁判有问题的地方都找出来，准备好申诉材料下午就送到足协去。"张立吩咐。

刘可答应着，赶紧给张立换了个杯子，重新倒上茶，和打扫完卫生的员工一起退了。李长军收起笑容，看着张立。"唉！"张立长长地叹了口气，"怎么就能这样呢？上一场刚刚夺了冠，省委书记、省长和总公司领导都来肯定咱们，这一场球咋就变了天？"他一边说，一边无奈地摇头。

李长军发现张立比夺冠的时候还要憔悴，丝毫找不到夺冠时的半点喜悦。李长军突然觉得张立有些可怜，他收起脸上略带嘲讽的笑容，继续听张立说。"你说，如果裁判不偏，我们这球能输吗？"张立问李长军。

"张总，说实话，如果裁判公正一些，我们确实很可能输不了甚至赢下比赛。"李长军说，"但是，这些因素我们得事先想到啊，我不是说我多高明，我们如果早做准备，裁判敢于那么明显地偏向大港队吗？韦月被罚下，看似是为球队出气，也应该，但还是得看后面的影响啊！如果他不被罚下，裁判不借此发泄，我们能踢得这么被动吗？"李长军边说边看张立，"输赢倒在其次，关键是，我们这场球踢得并不好，从庆功会前后开始，大家有多少人是把心思放在训练和比赛准备上？人家那个记者说得其实有道理，对于某些人来说，在潜意识里赛季已经提前结束了。但事实上不是，这是违背足球规律的事情，这是我们还不够成熟的表现。"

听了这些，张立的脸痛苦地抽动了一下。他摇了摇头，"唉！你不知道，赛后白董事长给我打了两个小时的电话，那一顿批，批得我简直都不是人了！"张立说，"你怎么就不能控制住那些媒体呢？竟然喝得连飞机都赶不上！"

李长军听了这话，没说什么，两个人沉默着。过了一会儿，刘可敲门进来，请张立去战术室看他们剪辑的裁判的录像，准备接着刻成光盘直接赶到中国足协去申诉。张立听完刘可的汇报，向李长军挥了挥手，李长军起身出了门。他没有回办公室，直接下楼，开始顺着俱乐部的路漫步走起来。多么熟悉的基地啊！二号和三号场地间路两边的芙蓉树身姿优美，像是成熟的少妇，裙裾飘逸。马上初秋，夏季的热烈还没有淡去，各式的草木生机勃勃，自然地呈现着自己的风采，处处随风飘来清新气息。

李长军这样信步走着，明亮的阳光似乎少了几分炽烈，让人感觉很舒适。李长军在脑子里反复想着夺冠后的情景，反复想自己在办公会上说的话，跟张立说的话。李长军觉得自己没有错，这种局面他其实早就预料过，也都说过。他有些心慌，感觉自己像预言不祥的"乌鸦嘴"。是不是张总就是这么看我的？李大军竭力让自己冷静下来，开始想接下来的比赛，最近的就是下一场，莽山队虽然保级无忧，但还有冲一冲亚洲冠军联赛的机会，虽然杨欣总是跟白水董事长和张立说莽山队不想打亚冠，但李长军从来不这么认为。记得有一次董事长到俱乐部来，杨欣又在给他灌输这种说法，说他从各种渠道说莽山队不想打亚冠。白水董事长似乎很相信杨欣的话，两个人你一句我一句地聊着。李长军实在听不下去了，快走了两步，说："我们搞俱乐部的，怎么能用球迷的观点看待这些呢？莽山队想不想打亚冠我们都得做好比赛的准备啊！"白水听了这话，再也不说什么，大家陷入了一种尴尬的氛围中。

"打莽山队怎么打？"李长军想。韦月红牌停赛，球队能不能以主力出战确实不好说，如果不是主力出战，那么以球队目前的状态，到底能不能赢下来还真不一定。李长军想着，陷入了忧虑之中。他一边走一边想，却找不到答案，索性就不想了。闫蕊又出现在李长军的脑海中，李长军想着，竟然有一种甜蜜的感觉。这一段时间以来，李长军和妻子亲热的时候，竟然有好几次都想到了闫蕊。李长军的脸红了，他突然觉得天有些干热，脑门儿浸出汗来。

主场迎战莽山队的比赛开始了，这看似一场平淡的比赛，无关整个联赛的最终结果。看着球队的首发名单，李长军心里一紧。最让李长军担心的事情发生了：主力中卫李成没有进入比赛名单！牛金果然对李成的顶撞做出了反应。是啊，牛金在欧洲曾经带队进入过欧洲冠军联赛四强，是世界一流教练，他怎么能受得了这种冒犯呢？何况，在联赛中进球数遥遥领先的穆子金也没有首发，还是半主力出战。

刘可陪张立站在体育场的回廊下，看着场内热身的球员。球员的状态似乎有些回升，龙彪彪的出阵也让队员的情绪稳定了许多。"莽山队不想打亚冠！"这句话又回响在李长军耳边，他仿佛看见这句话在空中飞舞着，绕过回廊的柱子，一阵风一样飞入了张立的耳朵。李长军的眼前一下子变黑了，他一时间看不清场地内的球员，只看见一片花花绿绿影子，带着一点儿酸腐气息，迎面飘来。

比赛开始了，莽山队踢得很沉稳，半主力出战的东山队却踢得有些慌乱。龙彪彪执掌中场，调度起来还是很有章法，他和丁心的配合也非常默契，可惜韦月和穆子金不在场上，创造的机会都没能形成进球。双方进入一种僵持状态，直到比赛进行到第 27 分钟，丁心接龙彪彪传球，和年轻前锋打了个二过一，在禁区前沿一脚似传似射的球，皮球越过守门员打进球门。1:0，东山队获得领先。过了几分钟，莽山队下半程签约的哥伦比亚籍外援里亚在中线附近拿球，他发挥出了技术和速度优势，一路蹚过了龙彪彪和两个年轻的后卫，直接面对门将把球打进。1:1，莽山队扳平了比分。之后，双方互有攻守，但都没有再进球，结束了上半场。

张立有些不高兴，他点上烟，猛地吸着，吐出一股潮乎乎的烟雾。李长军来到场地内，和现场的记者们随意闲聊着。他一抬头，看见杨欣正在主席台上和白水董事长说着什么，"没事儿，莽山不想打亚冠，他们不会赢这场球的，下半场我们一定会拿下比赛。"李长军好像听到杨欣在跟白水董事长说。

李长军漫无目的地在场地内的跑道上和大家闲聊着，他突然间感觉很无力，对当前的事情失去了把握的能力。他对每个人都带着微笑，但内心里的温度却在持续下降，慢慢变冷。真不知道该做什么？球队？球队好像成了虚无缥缈的一团云彩，比赛，比赛仿佛是一片长满荆棘的山丘。越过山丘，却发现无人等候。真应了李宗盛的歌词？李长军的脑子里乱极了。

下半场比赛开始了，李长军找了个地方，疲惫不堪地坐下。他看着队员在跑，传球、接球、抢断、射门，脑子似乎失去了分析和记忆功能。下半场开始不久，刚刚换上场的穆子金射门得手，2:1，东山队再次领先。下半场进行到35分钟以后，又是里亚，他几乎原样复制了上半场的进球，再度扳平了比分。李长军突然间放松下来，脑子开始慢慢恢复了活动。他看了看张立那边，张立靠着环廊下的柱子上，在不停地吸烟。他刚回过头来，里亚再次拿到皮球，面对年轻的中卫加速强行突破，形成单刀，一脚低射进网，3:2，莽山队实现逆转。这时，距离比赛结束还有不到3分钟的时间，莽山队的队员慢下节奏，很快耗到比赛结束。莽山队赢球了，但他们似乎并不太兴奋，在完成赛后仪式之后，莽山队的队员们到客队球迷区匆匆地和球迷打了招呼，就退场了。张立狠狠地摔了烟头，头也不回地往场外走，刘可赶紧大步追着他，一前一后的两个身影很快被淹没在人群中。李长军回到体育场转了一圈儿，来到休息室。休息室里很安静，没有人说话。牛金依然在转着圈儿，但他并没有表现出多少失望和愤怒来。他转了一会，就去了新闻发布厅。

牛金和莽山队主教练分别点评了比赛，也没有什么记者提问，发布会很快就散了。几个当地记者看到李长军来到发布厅，冲他挤了挤眼。李长军知道，这些人没提问是在给东山俱乐部留面子，如果一问，说不定又会出什么事儿。李长军跟大家一一打了招呼，随着人流也散了。"一个人打败了一支队"，李长军几乎替记者们想好了明天报纸的稿子的题目。这题目似乎很无聊，但对于东山来说却很重要，因为除此之外，只有批评了。

李长军开车回到家里，打开电脑，和记者们开始就本场比赛交流，当他确定没有人会狠批东山队之后，才想起自己没吃晚饭。妻子去厨房煮了面条，李长军一边吃一边看着电脑，偶尔还给网上的记者们回上几句。

剩下的四场比赛和前两场一样，队员们都显得无精打采。牛金仿佛没有了激情，他和球员还有俱乐部领导的交流越来越少，经常带着外籍助教去一家西餐厅，吃饭喝咖啡耗上许久。最终的四场比赛，东山队取得了一胜一平两负的成绩，以领先第二名9分的优势获得了最终的冠军。因为最后6轮表现太差，中国足协的颁发奖杯的活动显得很平淡。最后几场去现场看球的球迷也越来越少，大家好像一瞬间对这支球队失去了激情和关注。

赛季结束，进行了简要总结之后，球队放假一个月。王庆和刘可如愿被提拔为俱乐部的总经理助理，白水董事长和张立的省政府一等功也批了下来。不过，由于最后6轮成绩惨淡，这个赛季的中超对于东山来说就像盛宴过后，空留一片热闹的痕迹，却人声不在，人迹了了。这让张立和俱乐部有些失落，但回想起来，无论球队还是个人，都是收获颇丰，也没什么可以埋怨的了。

随着赛季结束，东山，这个北方的城市就进入深秋了，头顶天高云淡，脚下落叶飘零，一半明亮耀眼，一半萧瑟冷肃。

第九章　遭遇假赌黑

球队放假期间，除了间或见诸网络和报端的转会新闻，有关足球的消息似乎不再是媒体热点。张立很少在俱乐部待着，他带着俱乐部的总经理助理兼办公室主任刘可经常出差。李长军乐得清闲，正式加入了东山体育记者联队，每周除了到办公室整理整个赛季的资料，搜集英超、西甲、德甲、意甲和法甲五大联赛的资料，就是读书，间或抽时间去东山工业大学的足球场参加东山体育记者联队的训练和比赛。

李长军每天早上还是习惯七点就到俱乐部，转上一圈儿，然后去餐厅吃早饭，吃完早饭回到办公室翻翻自己的记事本儿，把该干的事儿梳理一下，开始读书。李长军利用这一段时间读了《阿拉伯通史》《从黎明到衰落》等几本书，他突然感悟到，研究文化应该跳出文化本身，应该更多地关注文化史，从文化史的角度去看人的历史。

李长军把这些思考融入到自己对足球的思考中，写了几篇博客，陆续发了上去。不过，应者寥寥。他偶尔会想起闫蕊，但闫蕊的香甜的味道淡了许多，把她那柔软的腰肢拥在怀里的感觉也不那么清晰了，只是偶尔在开车的时候，会想到自己轻抚她的手的感觉。李长军给闫蕊打过电话，放假期间，闫蕊带着丁心回岛城去看他奶奶去了，不在东山。

一场秋雨一场寒，门外的树叶几乎都要掉光了，球场的草坪也失去了大部分的水汽，是干干的绿。夏季丰富的颜色逐渐淡去，李长军的内心十分安定。张立回到俱乐部的时候，开过几次办公会，除了让财务确定下个赛季的预算之外，没有多少人提到冬训和春训的安排，牛金那边似乎也不如赛季之初那样饱含热情，正在国外休假的他联系起来并不是那么顺畅。李长军有些担心，但他似乎并没有为此感到特别的焦虑。要是搁以往，他早就在会上谈自己的想法了，现在他在会上只是保持着平和的状态，微笑着面对这一切。也许张立太忙，也没有过多地找他。真是一个轻松的深秋，轻松得甚至有些无聊，李长军常常感觉。

在球队假期快结束的时候，张立在俱乐部的时间明显增多了。但他更多的时候是闷在自己的办公室里不出来，也很少有人进他的办公室，谁也不知道他在做什么。

又是一个安静的上午，李长军办公室电话突然响了起来，吓了他一大跳。"喂！"李长军接起来，电话里是熟悉的霍伟的京腔，"怎么是你？咋不打我手机？"李长军惊喜地说。

"没想到吧？我这扒拉了半小时名片夹才找到你的座机的，哥们儿。"霍伟说，接着他压低了声音，"你知道不，足协这边出大事儿了。"

"出事儿了？啥事儿？"李长军疑惑地问。

"中国足协上任领导宗一进去了！"霍伟说，"事关重大，我才给你打的座机。"

"啥？怎么回事儿？"李长军不明白。

"你还记得咱们有支甲级俱乐部组了个队去参加新加坡联赛，他们在新加坡操纵比赛被逮着了，国际刑警组织发出了红色通缉令，一直追到国内。这追着追着，把不少案子翻出来了，牵出了不少事儿。上层火了，要成立专案组严查足坛的腐败案件，开展扫赌打黑，给国际上一个交代。"霍伟说，"听说你们最后六场比赛可不干净，连放俩保级队，你们也要作为重点，哥们儿赶紧跟你们领导说说，得小心点儿。"

"怎么可能？那六场比赛纯粹是管理和组织的问题，怎么回事儿我清楚，怎么可能是操纵比赛呢？"李长军焦急地说。

"可能不可能咱先别说，你就想想万一查到你那里咋办吧。哥们儿，这是绝密消息，我只能跟你说到这儿了。"霍伟说。

李长军放下电话，简直惊呆了。他想起联赛第二轮输给滨城之后张立说的有人卖球的话来，想起张立手机上的齐老给他的短信，想起联赛最后6轮的低迷表现，李长军打了个寒战。他起来，在办公室里来回走了几圈儿，怎么也想不明白。他犹豫了一会儿，来到总经理办公室门前，敲了敲门。听到张立总经理的声音，李长军开门走了进去。张立手支着办公桌呆呆地坐着，形容有些憔悴，烟灰缸里满是抽了半截的烟蒂。张立就这样一直待在办公室，似乎也没干什么。李长军突然想到，张立肯定早就知道这个案子了。也许张立也知道李长军想要说什么，他站起来走过来，喝了一口水，然后看着李长军，却没有说什么。

"张总。"李长军感觉喉咙有些发干，他不知道从哪儿说起，"我听说……"李长军顿了一下，"足协出事儿了？"

"嗯。"张立应了一句，"足协上任主席被抓了。据说上层要由此开始对足球进行扫赌打黑，大力反腐。"

"哦！"李长军想从张立脸上看出点儿什么，张立的脸色青黑，满是疲惫。

"你说，这假球黑哨到底是个什么情况？怎么我来了第一年就赶上这事儿了？东山要出事儿可咋办？"张立说。

"您跟董事会汇报了吗？"李长军问。

"口头跟白董事长汇报了，被他批了一顿，要求东山务必不能出事儿。可是，人家说这次重点要查这几家国企俱乐部，特别是咱们，因为大家私底下对夺冠后的六场比赛都说有问题。看来，必须得查咱们了。我主要担心两个，一是队里到底有没有事儿，咱们不能完全控制，我感觉没事儿。二是以前有没有事儿，如果以前有事儿查出来，对我们一样是个问题，那可咋办呢？"张立懊丧地说。

"别着急，先看看形势再说。您跟董事长汇报一下，让公司纪委出面，把中方教练和中层干部、骨干分别约谈一次，排查一下内部到底有没有问题，心中有数，之后再想对策。"李长军说，"我们得相信我们自己，但也不能忽视任何苗头，张总。"

张立沉吟了一下，说："好！我就去给董事长汇报去。"

约谈定在晚上十点开始，就在公司所属酒店的会议室。第一个约谈的就是李长军，他进了会议室，坐到公司纪委栾副书记和张立等几位调查人员的对面，开始回答他们的提问。约谈很顺畅，按照栾副书记的要求，李长军自己边谈边做了记录。约谈完了，栾副书记把李长军留下做记录，也加入了调查组。

调查结束，除了经营人员那边说了点儿小问题之外，没有查出任何与假赌黑有关的线索。不过，有的中层干部还是非常紧张，王庆在来调查之前竟然穿上了大棉袄，还带了几件衣服，让张立和李长军差点儿笑出来。约谈一直进行到凌晨五点多，每个被约谈的人都在笔录上签了字。约谈结束，栾副书记和张立长吁了一口气，各自点上烟吸了一支，寒暄了两句，栾副书记带着笔录走了。

这时，张立进入一种极度疲劳的状态，他靠在椅子背上，摊着手休息了一会儿，叫着李长军一起下了楼。"走，吃点儿早点去！"张立说。李长军跟着张立来到酒店后面的早市上，早市里的商户还没占满位置，几家卖早点的刚刚支起摊子。张立要了胡辣汤、油条和煎包，坐在马扎上吃了起来。

"还行，我感觉咱们俱乐部的人没啥大问题。"吃完了，张立恢复了精神，跟李长军说。

"嗯，大多数人还是可靠的。再就是咱们俱乐部现在这些人还是和足协联系少，球队又主要靠外籍主教练，机会也不多。"李长军说。张立听了这话，若有所思地看着李长军。"不过，以前的事儿到底有没有还真不好说。"

两个人聊着，仿佛又回到了夺冠前的亲密状态。这时早市上人气儿越来越旺。张立没着急叫车，两个人走在晨曦下的人流中，没有目的地，没有方向，内心却充满了希望。

扫赌打黑的情况终于在媒体上曝了出来。率先出事儿的是南方俱乐部，南方足协的副主席和南方俱乐部的几名高管被抓的消息，出现在张立和李长军吃完早饭的地摊上的几家报纸的头版。原来，南方俱乐部在调查过程中拒不配合，这让调查组越发感觉他们有事儿，调查迅速扩大，最后终于露出了马脚。一些腐败的事情，都被调查出来。以西北公安为主的专案组第一站就收获颇丰，真正揭开了扫赌打黑的盖子。

让张立和李长军多少出乎意料的是，专案组很快就来到了东山。专案组并没有来东山俱乐部，而是直接带走了俱乐部的两任前总经理，据说两人曾给足协领导行贿。第二次来，又带走了已经辞职了的竞赛部经理，说是牵扯到一场比赛。到底怎么回事儿，俱乐部的人谁也没接触到专案组，确实不知道到底是怎么回事儿。

大家一下子乱了。张立又找来李长军，两个人商量赶紧梳理财务账目，对于个别手续不完善的财务支出赶紧想办法补齐手续。虽然这只是工作上的缺陷，但谁知道到了专案组那里会怎么看待？张立赶紧布置这些工作，一个人一个人地细谈，让财务和协助足协接待裁判的人员仔细回想哪些事儿有问题，哪些没问题。从那以后，张立一直住在俱乐部，常常在办公室待到凌晨三四点。

李长军和刘可等人每天都陪着张立，他们始终密切关注着扫赌打黑的消息。张立不光从齐老那里——更从许多其他渠道得知——当年许多情况下给裁判送钱，只是为了求个公平。再早的时候，如果不做裁判工作，在主场都可能被黑掉。而那时的旧账，也在这次清算的范围内。这是张立最担心的，毕竟，这些人都不是为了一己之私利，也是在足球大环境下的无奈之举。可是，这毕竟违反了法律，触碰了底线，必须得有人承担责任。

想想这一年多的工作，李长军从内心里是支持扫赌打黑的。中国足球需要走在正确的方向上，需要把好的足球奉献给球迷。但是，正确的方向在哪里？张立独自在办公室的时候，经常会这么想，想得他脑子疼，却找不到答案。

经历了看似平静的几天，专案组带着前任总经理薛勇回到俱乐部，还是让张立吃了一惊。专案组跟着薛勇几乎寸步不离，他们要来查找一份财务凭证。原来，上任足协主席宗一交代薛勇在东山足球队第一次夺冠时曾经送给过他20万人民币，作为奖金。但薛勇知道，根本就没有这回事儿。难道？难道宗一为了自保，想利用东山总公司的影响力减轻罪责？还是……薛勇想不明白，经历了几天的拉锯，专案组几次提审宗一，宗一都始终咬定薛勇给他送了这二十万，专案组不得不多次审薛勇，几方僵持了几天，专案组越来越相信薛勇给宗一送过钱。证据对薛勇越来越不利，最后他不得不承认曾经给宗一送过钱。按照形成的口供，专案组带着薛勇回了东山俱乐部，来到财务部查找一张二十万的凭证。因为宗一交代的时间过去太久了，谁也不知道薛勇在做东山总经理的时候到底有没有这回事儿，只能配合专案组来查。

毕竟是公安部督办的大案要案，专案组始终绷紧了弦。专案组组长在东山俱乐部搜查时，张立看见李兰组长拿着两个本儿，一本是搜查证，一本是拘留证，都盖上了红章。也就是说，如果现场发现问题专案组很可能直接进行搜查和带人。这让东山俱乐部的财务人员非常紧张，毕竟，他们不知道是怎么回事儿，也不知道能查到什么程度。李长军相信东山俱乐部没有赌球、卖球和假球的事情，他对李兰组长故意露出搜查证和拘留证多少有些不满。他始终跟着李兰，在李兰去厕所的时候他终于忍不住，把他挡在厕所门口。

"你们查就查，不要这样好不好？"李长军说，李兰有些惊愕地看了李长军一眼，想从他身边过去。李长军也看着他，挪动着身子拦着他。这样僵持了一会儿，李长军放开了李兰。搜查组复印了一些凭证和材料，填好了搜查清单，刘可在单子上签了字。大家又在会客室里坐了一会儿，谁也不说话。时间已经凌晨了，专案组和薛勇一起走了。临走之前，李长军跟着薛勇，往他的口袋里塞了几包香烟。薛勇和李长军对视了一下，两个人眼里不无忧虑和担心。

这次搜查之后，专案组又来了几次东山，但气氛明显缓和多了。南方那边陆续爆出几场假球，其中有一场是保级，一场是争冠的比赛，据说涉案金额都达到了七八百万。这让扫赌打黑的重点转向了这些地方。

扫赌打黑渐渐平静下来，张立放松了许多，他抽出时间去向白水董事长做了一次汇报，积极配合专案组，薛勇等人也很快结束了协助调查，返回了东山，回到了工作岗位。之后，整个案件进入了审理阶段。

扫赌打黑告一段落，张立把精力转到组队上。牛金和俱乐部还有两年的合同，继续执教这是没什么问题的。按照牛金的设想，丁心等年轻队员经受了锻炼，穆子金和韦月都处于最好的年龄阶段，面对新赛季，以上赛季队员为主搭成的框架征战亚冠、中超和足协杯比赛。张立向白水董事长等领导进行了专门的汇报，除了新赛季要继续夺得联赛冠军、亚冠要实现突破等目标不变之外，还同意了张立汇报的备战方案。

这些事情落定之后，张立亲自邀请薛勇等去协助调查的东山俱乐部老领导一起吃饭，给他们压惊。薛勇等人经历了这些坎坷和磨难，特别是其中大多数都是无中生有的事情，这放谁身上谁都无法接受，但几位前领导并没有表现出任何颓废的情绪。张立安排刘可给每一位老领导准备了礼物，晚宴的气氛非常好，薛勇、王立强等人刻意回避协助调查时的事儿，大家都是交流感情，谈各自在俱乐部时的故事。

大家喝得很放松，这让张立感到很欣慰。房间里的电视一直开着，因为没有放大声音，很多人都没有在意。恰好，今天的焦点访谈正好播的是足坛扫赌打黑。这很快吸引了大家的目光。李长军看到薛勇老总的脸抽搐了一下，大家都不再说话，转过头来看电视。在焦点访谈的后半段，中国足协前任主席宗一穿着囚服出现在镜头里。"我没有拿东山的二十万块钱。"这句话仿佛从电视机里扔出来的一个炸雷，让整个房间的空气轰然碎裂，每个人都被震得头晕目眩。

张立和李长军不约而同地再次把视线落到薛勇身上，薛勇的脸色非常凝重，仿佛千万钧的重力都压在他的情绪中，让他瞬间浓缩成一块质量极高的钢铁雕像。这份沉重也压在每个人的心上，电视突然失声了，整个世界消失了。在这片寂静中，房间里传来了一种隐约的声音，循着声音望去，是薛勇捂住了脸，泪水从他的手指间溢出。接着，一股沉闷的声音从薛勇的胸腔里迸出，一声号啕击碎了每个人的心情。是啊，多少次提审再提审，为什么宗一无中生有，就要咬定薛勇代表东山送他钱呢？为什么这么害人呢？

其他几位曾经去协助调查的人也纷纷擦了擦眼睛。大家谁也没有去劝薛勇，慢慢地，他的哭声平息了许多。李长军也擦了擦眼睛，平复了一下情绪，过去给薛勇端起酒杯，张立看到了，跟大家说："各位老领导，咱们喝!"说完,他一饮而尽。其他人也纷纷干杯,直到喝得烂醉。

宴会很晚才结束,张立和李长军送走了他们,两个人摇摇晃晃地往回走着。走了一会儿,张立扶住路旁的树呕吐了一气,清醒了一些,两个人坐在马路牙子上。

"长军,足球为什么会这样?我们搞足球的人真的就是有罪吗?"张立说,"真是啊!如果想让他上天堂,就让他干足球;如果想让他下地狱,就让他干足球。"张立套用《北京人在纽约》主题曲里的歌词,他苦笑着摇了摇头,开始唱:"time time again,you ask me!问我到底爱不爱你……"他越唱声音越大,最后简直就是在肆意放歌。马路上来来往往的人偶尔停下来看他俩,有的疑惑不解地走了。这样唱着,过了一会儿,一直跟在后面的刘可过来,扶起张立,和司机一起把他塞进车里,送回家去了。即便是被搀扶着,张立依然没有停住歌声:"……我到底爱不爱你……"

看着张立他们的车走了,李长军坐在马路牙子上,一会儿就躺到了地上。地上凉丝丝的,把酒劲压住了一些。他仰望天空,依稀辨出空中的星星。这星星在城市繁华灯光的纷扰下不再那么明亮,一栋栋高楼像一把把利剑,把浑厚的夜色切割得支离破碎。李长军想起自己写过的一首散文诗,里面有一句:"在城市里失去了季节……"确实是这样,城市创造了真正属于人类的节奏和空间,就像那些蝼蚁,在自己拥挤的土巢下忙忙碌碌。这就是生活,每个人都在说这句话,如果没了这座或者那座城市,那么什么还是生活呢?也许,融入自然的,那只是生命,而生命又一直在被生活诱惑,失去了本来的意义。

一股清凉的晚风吹来,李长军终于感到了凉意,毕竟,这是初冬的时节。李长军挣扎着坐起来,拿出了手机,翻开通讯录,他想找个人来接他回去。他一时不知道打给谁,他随意地翻着手机里的通讯录,当看到闫蕊两个字的时候,他按了下去。

"……喂!"是那略显迟疑而又无比动听的声音,李长军心里一阵发热。

"我喝多了,过来接我一下,好吗?"李长军说,他含混不清地告诉闫蕊自己所在的位置,酒劲儿又上来了,他迷迷糊糊地把电话放在一边,把头埋在膝盖上，非常想睡。就这样不知道过了多久，李长军感觉闫蕊的那辆路虎车停在了路边。闫蕊，穿着深色长裙的美丽女子下车，徐缓地走来，来到李长军身边。

"你让我好找！"李长军感觉闫蕊飘逸地来到他的身边，轻轻地蹲在他面前，略带责备地说。

"哦！"李长军有些含糊地应着，他有些茫然地看着闫蕊，带着一丝羞涩，腼腆地笑了一下。

"你看看你，这都啥季节了，还赖在地上？凉着坐下病咋办？"闫蕊像对孩子一样，继续温柔地责备他，伸出手来。

"赖？谁赖了？"李长军觉得这责备真的很亲切，他反复重复着这句话，顺从地搭上闫蕊的手，摇摇晃晃地站起来，跟着闫蕊来到车边上，上了车。

"你回哪儿？"闫蕊依然那么温柔。李长军没有说话，酒劲儿继续往上顶，他几乎就要睡着了，打起了轻鼾。闫蕊摇了摇头，往自己住的小区开去。好歹把李长军弄到楼上，李长军迷迷糊糊地进了闫蕊的主卧，一头栽在那舒适的大床上，瞬间就鼾声大作。

这一夜睡得特别香甜，李长军甚至连梦都没做。当清晨的光线开启了他的眼睑，让他掉进一片光明的时候，李长军一个激灵，跳下了宽大舒适的床。这是哪儿？他努力地想，想得头都有些微微的疼。他揉着脑袋四处找衣服，他的衣服被整整齐齐地叠好，放在床头橱上。李长军慌乱地抓过衣服，看见闫蕊在卧室门口，微笑着。射进屋子里的晨光让闫蕊有了一种晕光，美得如梦如幻，李长军一时间无法自持。他脸红得像猴屁股，腿怎么也穿不进裤腿里去。他一边穿衣服，一边自言自语地嘟囔："怎么能这样？我怎么在这里？"

"别自我解嘲啦！"闫蕊有些调皮地说。说完她轻盈地转身，出去了。李长军好歹放松下来，胡乱穿好衣服，走出卧室。餐桌上早就准备好了早餐，面包、火腿、牛奶、煎蛋还有黄瓜、西红柿，搭配得很协调，一瓶新西兰蜂蜜早就打开了。闫蕊专注地在准备立顿红茶，一边准备一边说："去洗刷吧！"

　　有些发愣的李长军像孩子一样，赶紧去卫生间，牙刷、牙膏还有一次性剃须刀都已经摆好，还特意准备了一条新的毛巾。李长军索性按照自己的习惯，开始洗澡。温暖的水流下来，冲刷着他的头和他的身体，他感觉热量补充到了体内，令人非常舒畅。李长军一边洗一边回想昨天的情景，可他除了记得薛勇总经理哭之前的事儿，其他的怎么也想不起来了。他冲完了澡，洗刷完毕，回到餐桌上。李长军的胃口特别好，他几乎把闫蕊递过来的食物全部吃掉了。闫蕊一直在看着李长军吃饭，带着那种勾人心魄的微笑，而自己并不吃。

　　吃完了，李长军的精神也好多了。他喝了一杯立顿红茶，十分舒服地展了一下腰身。他依然带着几分羞涩地冲闫蕊笑了一下，闫蕊似乎也害羞了，回了一个浅浅的羞涩的笑。"我得走了!"李长军说，闫蕊点了点头。闫蕊送李长军到门口。在李长军即将出门的时候，她给他理了理衣服，突然轻轻地抱住李长军，亲吻了一下他的脸颊。

　　"以后要是喝多了随时给我打电话!"这动听的声音几乎就要让李长军重新转身回到这个已经熟悉了地方，但他忍住了，看了闫蕊一会儿，扭身走了。

第十章 备战新赛季

辉煌而又坎坷的一年真正结束了，东山队的队员们重新集结，开始备战新的赛季。这时，已经是冬天了。在东山这个不算太北的北方城市，干燥的北风吹上一阵，凛冽的北风就像带着沙砾，把整个空气都变得又冷又硬。

队员集中了，先是去医院做了体检。在这一个多月的假期里，有两位队员体重比离队时超出了两公斤，按照牛金的要求，一公斤罚款一万，两个人乖乖儿地在罚款单上签了字。这时，东山的第一场雪还没有完全消融，场地边上留着点点残雪。那些芙蓉树、梧桐树、银杏树和柳树早就褪光了叶子，枝条有气无力地随意伸向天空。只有冬青丛里，围绕着场地栽种的松柏上有一团团收敛的残雪，并没有让人感受到丝毫的寒冷。大家在场地上进行恢复性慢跑和训练，互相开着玩笑，气氛一片祥和。

张立看着这一切，脸上带着还算满意的微笑，但他的内心丝毫没有一点儿轻松。牛金没有按期返回东山，他虽然传过来了详细的训练计划，但推迟来东山还是让张立有些不高兴。张立听说，牛金在接受欧洲媒体的采访中虽然赞赏了东山俱乐部，但也指出了一些不足。表示这些不足的前提是，牛金似乎有了退意。据说，南斯拉夫的贝尔格莱德游击队有意向重新请回牛金，而牛金之前带游击队的时候参加欧战一直以制造"惨案"著称，他很想在欧洲赛场重新证明自己。张立通过经纪人了解了一下，这些说法并不是空穴来风。这多少让张立的心里有些不踏实，他也想不明白，作为一支夺冠的球队，自己此时竟然没有丝毫的快乐，相反感到了更大的压力。

球队在宁高等中方教练的带领下按照牛金发回的训练计划进行着训练，

但主教练不在，队员们还是有些懈怠。特别是几个在上个赛季打上比赛的年轻队员，除了丁心之外，纷纷找张立要求涨工资。听领队王庆和教练宁高说起这些，张立没有表态。他了解到，这几个年轻队员的经纪人在和一家中甲俱乐部联系，想花巨资把这些潜力股挖走。这家中甲俱乐部去年下半年刚刚被一家巨型房地产公司控股，他们想要不惜血本大干一场。这家中甲俱乐部竟然给年轻队员中最后打上主力的俩队员开出了五千万一个人的价码，那几个替补也开出了两千万。这真是天价，他们也真下得了手，张立有些想不明白。

　　张立让王庆先和这些队员谈着，说实话他也真是拿不准，开到这么高的价格到底放还是不放？他想起薛勇等前任领导说的话来："我们不差这点儿钱，关键是要是把他们放出去，一旦踢好了，我们咋解释？钱上领导看不出来，队员在球场上的表现领导可是看在眼里。"其实，这些前任说过的话张立并不认同，球员作为足球俱乐部的技术资产，不流动起来怎么叫市场化？没有市场化怎么能有职业化？张立每当想起这些，就有些困惑，搞足球到底是为什么？这足球俱乐部到底又是什么？是企业，可企业的规律在这里几乎失去了作用，价格、价值、交易等等，所依据的标准都是些什么？张立一年来虽然努力在遵循这些，但他实在不认可。张立知道，能够理解他的只有李长军，但是，自从扫赌打黑之后，张立又恢复了对李长军的冷淡。他也不知道为什么会如此，刘可、王庆等几个人明显表现出了对李长军的排斥态度，对此张立真的不好说话。毕竟，李长军不是在他任上提拔的，而刘可、王庆是他一手提拔的，这些人怎么用？张立一时间也没有好的想法。

　　冬天夜来得早。因为最近都是以体能训练为主，张立很少去看训练。他汇集着各种信息，等待牛金赶紧回到球队，一起最后确定新赛季的准备计划。他思考着这些问题，经常坐在办公室里，一直到暮色袭来，华灯初上。这一阵接连阴了几天，黑黢黢的乌云低低地在头顶压着，随着暮色渐重开始零零星星地飘落雪花。很快，下班的时候到了，俱乐部的人纷纷散去，球员们也各自走了。刘可和王庆两个人不约而同地跟张立请了假。这俩小子，又去张罗喝酒去！张立想，无奈地在心里暗笑了一下，同意俩人走了。又待了一会儿，张立突然想：李长军是不是还在办公室？他抓起电话打了过去。果然，李长军还在办公室。"走，吃火锅去！"张立跟李长军说，李长军应了，赶紧下楼去开车。出了门，夜色已经很重了，雪花也变得更加密集，雪片很大。李长军小心翼翼地开着车，车灯照射着前面的路，密集的雪花落到灯光中，车子仿佛走在一条迷幻的隧道里，让人迷离。张立和李长军都没有说话，李长军打开了车上的音响，《lady》的优美旋律再次响起。两个人几乎被这意境给迷醉了，内心里非常安宁，平静如初。

"你的 lady 是闫蕊吗？"张立的声音仿佛从很远的地方飘过来，吓了李长军一跳。他的脸腾地红了，慌乱地解释，"怎么……怎么会呢？"

顺着张立的话，李长军眼前浮现了昨天的情景。昨天傍晚，李长军接到了闫蕊的电话。闫蕊从来不主动给李长军打电话，这个电话让李长军都感觉到有点儿不太真实。这是吃饭的邀约，李长军犹豫了一下，答应了。他应约来到东山新开的一家五星级酒店，精致的包房中只有闫蕊一个人在等他。闫蕊简单地征求了一下李长军的意见，熟练地点了西餐。服务生把早已醒好的红酒倒在高脚杯里，整个包间里瞬间就有了一丝暧昧的气氛。

"想我了？"李长军脸红红的，有些生硬地看着闫蕊，拙笨地开了一句玩笑。看着刻板地坐在高靠背椅上的李长军，闫蕊听了这句玩笑话突然意味深长地笑了起来。闫蕊举起了酒杯，李长军红着脸和她碰了一下，喝了一口。"你找我什么事儿？"李长军问。

闫蕊没有直接回答，定睛看着李长军。她轻轻地挥手，服务生打开了音乐，是那曲熟悉的肯尼·罗杰斯的《lady》。李长军的心一动，闫蕊坏笑了一下。"谁是你的 lady？"好像是闫蕊在问，那动听的声音仿佛从天际传来。"你是我的"lady"吗？"李长军自言自语。他木木地举起酒杯，闫蕊依然那样饱含情意地看着他，也伸过杯子碰了一下，优雅地喝了一口。闫蕊从椅子上站了起来，走到李长军身边，伸出手。服务生微微鞠了个躬，悄然退去。李长军像木偶一样地搭上闫蕊的手，开始滑步，跳起了两步舞。

时间仿佛消失了，世界仿佛消失了，只剩下这一份柔情，这一份暧昧。

李长军陶醉其中，闫蕊陶醉其中。他们不知道跳了多久，也不知道喝了多少，直到这夜色如钢铁一般，弥漫成密密实实的黑，琐碎的灯光，斑驳的窗户里散出的灯光都被融化，铸进这沉沉的夜色中。"蓝城俱乐部找过丁心，要开七千万让他去，被我一口回绝了！丁心不能离开东山！"在这大半夜的朦胧与暧昧之中，剩下了闫蕊这句话，清晰得如同精致的铂金饰品，留在李长军的脑海中，让夜过去，让温度散去，此话犹在。

"想什么呢？"这首《lady》不知道单曲循环了几次，张立打断了李长军的思绪。"你是我的 lady 吗？"李长军想起自己昨天晚上对闫蕊说话的情形，脸又红了。张立和李长军下车，来到了隆鑫木炭火锅，穿过热气腾腾的大厅，找了个空桌坐下，点上了一堆羊肉、蔬菜等等，开始吃了起来。张立开了一瓶小瓶的牛栏山二锅头，李长军因为要在雪天开车，没有喝酒。

因为这恣意的雪，让人感觉这真是个真实的冬天啊！木炭火锅里溢出的都是冬天的味道，非常香。张立连吃带喝，一直吃得满头大汗。李长军总是忍不住回想起昨天的情景，可他总是想不出来更多的细节，这让他没有食欲，几乎什么也吃不下去。

"这帮小子想挖我的墙角？"张立吃饱喝足了，擦了擦嘴，"破中甲蓝城队竟然想来挖咱们队的年轻队员，这几个小子竟然不知道好赖，找我涨工资，我一个也不给他们涨！想转会？没门儿！蓝城上来就开价五千万！去他的五千万吧！"李长军听明白了，原来蓝城俱乐部计划从东山挖人，这事儿竟然是真的。李长军感到很吃惊，他想起了闫蕊的话，七千万！现在类似龙彪彪这样的国脚主力也不超过两千万，一个中甲球队竟然给球员开到了五千万、七千万！这是什么情况？

"听闫蕊说，蓝城也找她了，给丁心开了七千万！"李长军脱口而出。张立听了李长军的话，用奇怪的眼神看了他一会儿。"他们倒是没跟咱们俱乐部谈。这帮小子，越来越不像话了！"张立说。

"不过，我认为给那几个打上比赛的年轻队员涨点儿工资还是有必要的。"李长军说。张立听了这话，看了看李长军，略带几分酒意地说："你是说的丁心吧？"

"什么啊？人家闫蕊是大老板，一出手能买你半支球队，钱厚着呢。我的意思是可以给孩子们涨涨工资，借机签个长约，咱们这些孩子都有升值潜力。"李长军说。"那你让闫蕊赞助一下咱们球队呗！哈哈！"张立大笑着说。

两个人这样聊着，吃完了。李长军把张立送到他家楼下，自己回家了。李长军想着张立的话，牛金的晚归，来挖角的蓝城队，这些以前从来没有遇到过的事情纷纷压过来，让李长军有了一种不祥的预感。难道，这个赛季注定是多事的赛季？

又等了一周，牛金终于回归球队。此时，寒冷的东山已经无法再进行任何室外训练了。看得出来，牛金对这两周的训练并不是很满意。牛金返回的第一堂训练课安排在了力量房里，训练开始没多久，他找出了队务的一个小毛病，狠狠地发了一通脾气。当天晚上，张立和杨欣带着刘可、王庆以及宁高等给牛金等外教接风。雪早就停了，但天异常寒冷。大家到了酒店，刘可根据张立和牛金的口味点好了菜，打开了当地产的高度白酒。牛金俨然中国通，他看到白酒和自己喜欢的中餐，非常高兴，指着白酒说："茅台，茅台！"刘可他们在外教面前一直把所有的白酒都称为茅台，他也应和着："茅台！喝茅台！"

张立按照东山的规矩，主陪三杯副陪三杯，每人半斤白酒下去了。牛金有了点儿酒劲儿，开始长篇大论，"我们去年夺了联赛冠军，作为主教练，我为此而骄傲，我来中国就是要帮助中国足球的，我要做中国足球的领袖。"牛金说着，自己端起杯子干了一大杯白酒。说到这里，牛金的翻译廖起脸上露出不快的神色，他不再翻译，一边起身一边说："什么领袖！竟然敢自称领袖！"他站起来，头也不回地走出了房间。牛金听不懂廖起的话，面带疑惑地看着廖起走了。大家陷入了尴尬之中，刘可赶紧用英语跟牛金解释，"廖翻译有急事儿走了！"说完，他给牛金倒上一杯白酒，陪他喝了下去。

牛金将信将疑地继续喝酒，他说他计划两天内必须把球队带到海南去训练三周，之后要去塞浦路斯集训三周，加上中间的转换时间，要在这七周的时间内完成组队、体能储备和技战术演练等工作。两天？张立听着牛金的话立马愣住了，在他的计划里还有一周多的时间才能去海南呢，这样只留下不到两天的时间怎么让俱乐部准备？张立有些不高兴，在喝酒的间隙，他安排杨欣明天一早就飞赴海南，亲自去打前站，安排训练场地和酒店房间。杨欣听完，再没心思吃下去了，跟张立、牛金打了招呼匆匆地离开了宴会。

喝酒期间，牛金又提出需要更换一个外援，这个外援需要有五大联赛水准，至少是欧洲的塞尔维亚、比利时、瑞典、保加利亚等这样水平的足球国家的国家队主力。张立听着，感觉牛金心里早就有了人选。但是，为什么之前牛金什么也没说呢？中后卫雷亚还有一年的合同，而且雷亚表现非常好，以龙彪彪、韦月、穆子金、廉胜、丁心等队员组成的中方队员架构也非常合理，牛金不是在之前就说好了主要框架不动吗？是外援名额没用满？韩国的球队有几支用满了外援名额？还不是照样拿亚冠冠军？

牛金的长篇大论让张立有些晕头涨脑，心里不太舒服，他有时甚至怀疑刘可翻译错了。但牛金滔滔不绝的话语，似乎又无可辩驳。张立想不明白，也不想听牛金说太多，他频频举杯带着大家喝酒，最后，张立喝得有些多了。他不再说话，刘可、王庆看这个样子，又和牛金喝了几杯，大家都喝得有些多了，这才散去。

第二天一大早，依然有点儿头疼的张立刚到办公室，牛金就早早地过来了。是刘可陪着他进来的，廖起不知道去哪儿了。依靠着刘可的翻译，张立听牛金描述今年的工作计划。牛金计划引进一个右边前卫外援，他看好了保加利亚国脚皮拉科夫。牛金说，他可以通过关系，用三百万欧元的价格买来皮拉科夫，这还是从英超阿斯顿维拉手里抢过来的。张立听着牛金的话，脑子里急速判断着，他并没有立即给牛金答复。

牛金刚刚走，几个年轻队员商量好了一样，陆续来找张立谈。没了杨欣这个过渡，小伙子们直接跟张立谈起涨工资的事儿。张立很生气，但他忍住没发脾气，没有给这些球员任何答复。张立和这几个队员谈完了，他把王庆叫来，到人事部找出这些队员的合同。这些队员按照预备队的规矩，原来每月的工资是两万块钱，如果打上球虽然能按照比赛成绩分奖金，但相比之下还是少很多。张立翻看了一下队员的合同，根本没啥规矩可言，基本上和谁谈得好就高一些，谁争得不紧年薪就低一些。真的是性格决定年薪！张立骂了一句。他抓起电话给武当队的总经理高阳打了个电话，两个人对骂了几句。聊到了蓝城队，高阳说蓝城队也在挖武当队的主力中卫，开出了五千万的高价。武当队是小本儿经营，董事长已经被蓝城队说动了，看来这个中卫是留不住了。高阳边说边叹气，如果主力流失了，这比赛怎么打？

两个人聊了一气，张立套出武当队几个刚踢上球的年轻队员的年薪在40万左右。张立有了主意，他和高阳商定，一定联手阻击蓝城队，不能放队员给他们。放下电话，张立叫来了王庆。"定个原则，这些年轻队员的年薪都定在80万，那些主力替补年薪150万，在队里不超过三年的年轻主力年薪200万，龙彪彪、穆子金两个人最多300万。你按照这个标准，去起草合同。要注意保密。"张立跟王庆交代。

"龙彪彪的年薪比300万多呢，要是按照您的标准，不相当于降薪了吗？"王庆建议说。

"降，该降就得降。"张立坚定地说。

很快，王庆准备好了合同，张立让王庆通知大家，由张立和大家谈话。张立和大家谈了，穆子金等人都很顺畅地接受了俱乐部提供的条件，有的修改了合同条款，有的续签了合同。那几个刚刚打上一队的年轻人包括丁心都签了五年的长约，按照五年后年薪涨到300万的目标设定了每年的增长幅度。

问题出在龙彪彪身上，这问题真的很出张立的意料。龙彪彪训练完，来到张立办公室。他脱下橘红色的羽绒服，紧身的衣服掩不住他浑身硬邦邦的肌肉。张立以前似乎从来没这样仔细地观察过龙彪彪，他感觉眼前的龙彪彪似乎和球场上生龙活虎的龙彪彪不是一个人，眼前的龙彪彪远不如球场上的龙彪彪让他感到更加亲切。张立让龙彪彪坐下，和他对视了一会儿。

"小龙，你知道我叫你来是为啥吧？"张立说，"全队里你是我最后谈的一个队员。"

"是吗？张总。"龙彪彪听了张立的话，笑了一下，"我当然知道张总找我来要谈什么了。"

"那好，我就直说吧。"张立点燃了一支烟，说："我和你谈合同的事儿。我来咱们队一年多了，你作为队长确实带着队员们付出了很多，我很感谢。不过，最近我看了以前的合同，都是每个人谈个人的，看不出来什么标准。我想，你和穆子金你们几个老队员都统一一下，一个标准。以后队员们的激励也有个规矩。"

"张总的意思是？"龙彪彪探过身子问，他脸上的笑容有点儿僵。

"你们的年薪都定在300万吧，这样穆子金涨点儿，你的得落一点儿。"张立说完，关注着龙彪彪的反应。龙彪彪把身体靠在椅子背上，舒展开来，笑着说："张总，这有点儿开玩笑吧？我是咱们队自己培养的队员，穆子金虽然是我的好兄弟，但他毕竟是引进来的。他涨我没意见，您降我的年薪不大合适吧？"

张立听了龙彪彪的话，有些出乎他的意料之外，又在意料之中。张立点上烟猛地吸了一口，缓缓吐出。透过脸前的烟雾，张立看见龙彪彪露出了无所谓的表情。"张总，这次您不找我谈我还要找您谈呢！"龙彪彪说，张立有些惊讶，不明白他要说什么。"你说什么？"张立问。

"我准备去蓝城了，张总。我知道，我还有两年合同，但是，您可以向蓝城开价。300万对于我来说没有意义了，张总。"龙彪彪一边看着张立，一边冷静地说。

"什么？"这简直是晴天霹雳，让张立有些晕眩。"你要走？"

"对，张总。赛季结束蓝城就找过我了，当然，我希望我们能够好合好散，您能放我走。对于蓝城来说，钱不是问题。"龙彪彪说。

"不可能！"张立一拳擂在茶几上，震得茶杯里的水溅了出来。"要是我不放你呢？"张立狠狠地盯着龙彪彪，喘着粗气说。

"张总，您别生气。我这次是走定了。您要是记得，我的合同里还有一个条款，就是如果有欧洲球队需要我我随时可以走。如果您不同意，我可以去英冠球队踢半年或者一年，这个蓝城已经联系好了，他们替那支英冠球队买断我。这样，咱们东山俱乐部的转会收入可就很少了，我也不想让东山受损失。"龙彪彪说。

"你……你怎么能这样？我们刚刚夺了冠军，你竟然要去一支中甲球队？"张立对龙彪彪说，他的声音里像是带着哀求，丝毫不顾总经理的尊严。

"张总，我在咱们队踢得太久了，好时间也不多了，我想趁着这机会挣点儿钱，您也应该理解。如果我们好合好散，我会永远保留对东山的这份感情的，也会一直感激您。"龙彪彪说。

张立被这突如其来的打击整懵了，他挥了挥手，示意龙彪彪没什么可谈的了。"张总，今晚蓝城俱乐部的人就来东山了，明天他过来和您谈？"龙彪彪说，"我就先跟着队伍去海南训练，等您的消息。"说完，龙彪彪走了，张立看着茶几上的茶渍，突然像泄了气的皮球，瘫在沙发上。他感觉浑身一点儿力气都没有，有些喘不过气来。

第二天上午，蓝城在东山的公司的三辆黑色奔驰600停在东山俱乐部办公楼门前，每辆车前先下来两个穿黑色西装的精干小伙子，立在车边，拉开了车门。蓝城公司的老板，也是蓝城俱乐部的董事长吴言从车上下来，和在门口迎接的张立、李长军等人亲切握手。吴言环顾了一圈儿，对东山俱乐部大加赞赏了一番，把几个黑西装随从留在门外，一行人到了办公楼内的会议室。

"我们来东山，主要是像张总来学习的。"吴言谦逊地说，"我们从去年年中接手蓝城俱乐部，今年的目标就是冲击中超，我们力争三年成为中超强队，五年夺得亚冠冠军。"吴言的口气里充满了自信，但话说得很软。张立警觉地听着，他有风度地微笑着，没轻易接话。"要想打好比赛，我们必须组个好的队伍，我希望东山俱乐部和张总大力支持哦。"

"支持肯定没问题！"张立说，其实，对于吴言说的夺亚冠冠军的说法，他感觉非常好笑。东山打了五次亚冠，除了两次晋级八强之外，都在小组赛就铩羽而归，蓝城还在中甲呢！哪儿有那么容易？张立感觉吴言简直就是足坛的门外汉，他暗自笑了一下。

"那么，既然张总这么爽快，我就直说了，我这次来想带龙彪彪回去。"

吴言探过头，有点儿试探张立的意思。张立依然保持着令人信赖的微笑，掩饰着心中的轻视。他看着吴言，突然哈哈笑了几声。"龙彪彪是国家队主力，又是我们的队长，夺冠的功臣，是非卖品哦。"张立说。吴言也面带微笑地听着张立的话，他略微思索了一下，"那龙彪彪只有出国一条路啦！将来从国外回来再和我们一起打中超也行。"说完，吴言靠在椅子背上，看张立的反应。张立的脸色一下子变了，他收起了微笑，看着吴言，半天没有说话。

"龙彪彪要走，没一亿五恐怕不行。"张立想了一会儿，说。吴言听了这话，笑得更深了，他一招手，随行人员拿出了一份合同，吴言在转会费一栏亲自写上了一亿五千万，故意数了一遍数字，在盖了蓝城俱乐部公章的地方签上了自己的名字。张立惊讶地看着这一切，他像是瞬间被打败了，内心开始发慌。李长军也惊呆了，几乎所有参加会谈的东山俱乐部的人都呆住了。而吴言和他的随从都不由自主地流露出了自得的神色。吴言示意了一下，他的随从把合同送到张立面前。张立的手竟然开始发抖，他一时不知道该怎么办才好，借口出去一下，到走廊上去给白水董事长打电话。也许吴言通过关系早就和白水董事长有过沟通，白水董事长沉着地听张立汇报完了，爽快地同意张立放人。这太出乎张立的意料，他脑子里一片混乱，挂了电话稳了稳神，去了厕所，连手也没洗就回了会议室。重新坐到位置上，张立在脸上凑起了表情，佯装得意地微笑。他这样久久地看着吴言，吴言还以自信的微笑，似乎并不着急。这样僵一会儿，张立拿起笔，想把笔帽扣在笔上，但几次都没有成功。他依然在快速思考着，想努力想清楚这到底是怎么回事儿。踌躇了很久，他终于颤抖着手签上了"张立"两个字，这两个字明显比他平时签的字难看，张立有些不满意起来。他签完，向着身后举起合同，但举了半天没有人过来接过去。"刘可，拿去盖章！"张立啪的一声把合同摔在桌子上，刘可这才醒悟过来，赶紧从座位上起来接了合同，拿去盖章去了。

"我还有个不情之请，您的翻译廖起我也带走啦！我请了带着 AC 米兰两夺欧冠冠军的教练拉德维奇来执教，既然我们能够有这么好的交流和合作，张总，我想您好事儿做到底，把廖起支持给我，服务一下拉德维奇。"

在这次会谈中，吴言完全占据了上风，张立的气势完全被盖住了。他知道，东山和廖起的工作合同还没有签，这次阻挡也没有用。他苦笑了一下，想起廖起在给牛金接风时的表现，不由得想：这个蓝城做的工作真深啊！他们从什么时候插手这么深的？

张立几乎不知道怎么结束了这次会谈，到了傍晚，张立开始发烧。李长军和刘可把张立送进了医院，打上了点滴。张立非常虚弱，开始咳嗽。打了一会儿点滴，张立的烧退了一些，沉沉地睡去。张立家人赶到医院，李长军和刘可就走了。

李长军没有回家，全过程参与了这次谈判之后，他真的很有挫败感。他知道，张立发烧确实是因为劳累，但更多的是被蓝城和吴言给打败了。张立开着车，又回到了俱乐部，他前前后后转了一圈儿，看竞赛部、综合部的人都准备得差不多了，暗自对照会上确定的事情梳理了一遍，才放心下来。李长军没有回家，直接回了宿舍。李长军丝毫没有食欲，他饭没吃衣服也没脱就躺到了床上，随手翻开了看了一半的书《维罗妮卡想要去死》，进入维罗妮卡的世界，李长军变得非常压抑，心里被压上了一块巨石，他不由得翻过身去。

第二天一早张立没有来俱乐部，没能送球队。李长军把球队送到了机场，他前后照顾着大家，怕万一漏掉什么，直到大家托运完，进了安检，李长军才回了。李长军直接来到医院，张立在医院里休息了一晚上，精神好了一些，但依然很虚弱无力。李长军跟张立汇报了球队出发的情况，告诉张立，杨欣副总在海南的训练事宜都落实好了，张立微微笑了一下。李长军看到床头橱上放着张立家属送来的喝了半碗的小米海参，觉得张立还是需要休息，安慰了几句，就走了。

外面的天空真是干净、湛蓝，空气虽然清冷，但呼吸起来很透。李长军开车回了俱乐部，他开始查最近的转会信息，综合各种信息发现，蓝城俱乐部一下子买了四个国脚，还买了巴西甲级联赛的最佳球员，这个俱乐部真是疯了！李长军有些不懂了，他脑子里的很多东西都被颠覆了。李长军拿起电话，拨通了纽方部长的电话。

"老部长，蓝城这是咋回事儿？咱们研究联赛不就是希望实现足球的价格和价值的统一吗？这样，吹出泡沫来咋整啊？"李长军说。

"长军，先别下结论。蓝城这事儿到底对足球是好是坏还真不好说。要按照以往的经验，这要造成中国各家俱乐部之间的军备竞赛，真把职业足球吹出泡沫，那肯定不好。但是，谁就能肯定蓝城走不出一条路子来呢？别急着下结论，先看看。"纽方部长在电话里说。

放下纽方部长的电话，李长军漫无边际地想了一会儿。当初皇马搞六星连珠，大投入换来了大发展，在西甲甚至整个欧洲足坛出现了皇马、巴萨双雄并进的局面。难道蓝城也要走这个路子？想到这里，李长军不禁打了个激灵。他琢磨着纽方部长的话，真的有些糊涂了。

张立又打了几天针，烧退了，气色也好了很多。他出了院，带着刘可去了海南。海南那边每天都会传回一些训练的图片和稿件，李长军安排人传到东山俱乐部的官方网站上。看起来海南的训练还不错，牛金的大运动量为体能储备打下了很好的基础。队员们很努力，气势也不错。不过，龙彪彪的离队还是让敏感的媒体给抓住了，炒作了几天，之后蓝城陆续又公布了其他三位国脚的加盟，媒体的注意力很快就转到蓝城俱乐部身上了。

这样，三周的海南训练结束，球队回到东山休整了三天，开始奔赴塞浦路斯集训。张立随队去了塞浦路斯，在那里和队员们过了春节。过了春节之后，球队进入战术演练阶段。缺了龙彪彪的球队，还真是受影响。丁心被牛金拉回到后腰位置，和廉胜一起搭档后腰，廉胜偏于防守，丁心侧重进攻。但丁心显然还是偏嫩，导致中场的运转还是存在一些不足。

在塞浦路斯进行了几场比赛，先是和希腊人竞技打了一场，东山队凭借韦月和穆子金的进球2：1获得胜利，之后和莫斯科斯巴达队踢了一场球，双方打成了2：2平。不幸的是，在这场比赛里穆子金韧带严重受伤，立即去德国做了手术。这真是屋漏偏逢连夜雨，稳定的夺冠阵容就这么硬生生地被拆散了。张立很着急，在后方的李长军也很着急。

牛金再次提出了更换外援的想法，他列了一堆外援，有巴西国脚、意大利国脚和法国国脚。张立不得已给白水董事长汇报，同意了牛金的意见。

他坐镇塞浦路斯，通过经纪公司联系这些队员，可这些队员要么是天价，要么根本就不来。这可咋办？最后，经过试训，确定了保加利亚国脚前锋皮拉科夫作为新赛季外援，加入到队中。

皮拉科夫数据不错，在接下来的热身赛中也有不错的表现，在两场比赛中分别打进了一球，球队获得一胜一平的成绩。很快，三周多的时间又过去了，球队从塞浦路斯返回国内，球队就地放假。

随后，韦月和廉胜等四名队员被国家队征调，开始集训。张立拿到国家队集训通知，非常气愤。他把通知的传真件摔在桌子上，对王庆说："给足协说，又没有比赛，国家队为什么要集训两周？这样还怎么组织训练，备战新赛季？跟球队说，不能放人！"

是啊，中国国家队在世界杯外围赛小组赛就被淘汰了，这个时候根本没什么比赛任务，这样安排显然不合理。但是，足协既然安排了，不得不服从啊！李长军听张立发了一通火，他也想不出来什么好办法。回到办公室，他拿起电话，又给纽方部长打了过去。

"长军，足协组织国家队集训，虽然没有正式的比赛任务，不是还和哥斯达黎加约定了一场热身赛吗？"纽方部长说。

"可是，这样的比赛有意义吗？还影响各家俱乐部的技战术体系的磨合。"李长军说。

"意义还是有的，难道不打热身赛，等有重大赛事的时候直接把国家队拉出来就打？"纽方部长说，"再说，你们东山训练不错，其他俱乐部训练就一定好？凡事得两面看。"

李长军知道纽方部长只管联赛，他说了也不算，就和纽方部长闲扯了一气，把电话挂了。王庆向足协表达了张立的不满，足协副主席专门打电话过来跟张立沟通，张立不得不放几位队员去国家队集训。

牛金带着残阵，去广东进行赛前最后的春训。新赛季马上就要开始了。

第十一章 东山队要保级

　　刚过三月，春的气息正在努力从寒冷的风中挣扎而出，新赛季的联赛就要开始了。虽然天气依然很冷，但阳光还好。在东山市体育中心，首场比赛吸引了大批球迷来到现场，能够容纳五万多人的体育场座无虚席。作为去年的冠军，东山队主场迎战升班马红杉队。红杉队的主教练是齐老的儿子齐力，他在赛前非常低调，在发布会上总是强调东山队是中超巨无霸，是大奥迪，而红杉队作为刚刚冲上中超的球队，属于小奥拓。

　　比赛开始，东山队派出的阵容让张立大吃一惊：四名昨天才归队的国脚悉数上场，而计划中在队中代替龙彪彪的丁心却被留在了替补席上。廉胜、韦月几名国脚和新外援皮拉科夫组成的新阵容不是很默契，三脚以上的连续传球几乎没有。比赛一开始，红杉队摆大巴死守，踢了十多分钟，他们见东山队打不出来流畅的配合，就把整个阵型提前，从中场开始和东山队进行激烈的拼抢。很快，双方陷入均势，东山队依靠个人能力压着对方，而红杉队依靠顽强的拼抢和快速反击几次威胁到了东山队的球门。由于缺乏中场的有力支援，中锋韦月几乎没什么机会，皮拉科夫不得不后撤拿球，但也没啥效果。你来我往地踢了上半场，谁也没有获得进球。

　　下半场开始，依然延续着上半场的局面，只是东山队越来越急躁。过了 15 分钟，趁着东山队全力进攻的时候，红杉队打出反击，外援迪福接球蹚过东山队后防线长驱直入，形成单刀，从容地把球打进。1:0，红杉队获得领先。

　　进球的一刹那，李长军看了一下张立，张立的脸色非常难看。李长军把视线投向场内，红杉队队员疯了一样庆祝，而东山队的队员仿佛泄了气的皮球，互相看着，没有人站出来说话。韦月和皮拉科夫默默地走向中圈，重新开球。球场上一直喧闹的鼓声和助威声突然像一团雾气，瞬间沉下消散，众多球迷就从四处的看台上显露出来，一个个呆若木鸡，表情凝重。太阳显出西坠的样子，温度更低了，球场上每个球迷的目光里都充满了失落。

牛金开始调兵遣将，先后换上丁心等新生力量。球队逐渐有了起色，但红杉队整体回撤，形成摆大巴死守的态势。丁心接连把球传到韦月头上，但韦月的攻门都稍稍偏出。韦月和廉胜做了个配合，把球传给了皮拉科夫，但皮拉科夫在甩开防守队员的时候一脚劲射，打中横梁弹出。牛金瞬间跳了起来，双手捂头，哀叹运气太差。时间在一分一秒地过去，廉胜和韦月两个国脚出现了抽筋的现象，整个队伍的速度降了下来。而红杉队的队员开始消磨时间，一碰就倒地，比赛根本连续不起来，东山队再也无法组织新的攻势。在裁判的一声哨响之后，队员们垂头丧气地集合，完成了赛后仪式。

牛金头也不回地回到休息室，他点上了一支烟，大口吸着，来回踱步，一言不发。张立、杨欣、李长军、王庆等人都来到休息室，大家谁也没说话。队员们陆续地回到休息室，只有个别队员跟张立点点头算是打了招呼，大多数球员都默默地回到自己的位置换衣服，整理比赛装备。砰！不知道是谁把鞋摔到地上，惊了大家一下。原来是丁心！在准备期一直练得很苦，在热身赛场场首发屡有进球的丁心掩饰不住内心的憋闷，显得很冲动。牛金举着烟的手悬在半空，他愣了一会儿，跟着新来的翻译去了新闻发布厅。张立等人也走了，留下王庆宣布赛后的安排。

小奥拓撞翻了大奥迪！李长军开车走在蒙蒙黑的东山市的街道上，他几乎想出了明天报纸的题目。他几乎可以看到齐力开心的样子，又想到齐老，不过这齐老有些深沉，脸上的皱纹显得更深了，就站在李长军前方的视线里。直到路口的红灯出现，齐老的幻影才消失掉。李长军一时间并不想回家，他把车开到路边停下，用手机看了一下赛后的新闻，又用手机上网跟记者做了沟通，重新发动了车子，向那个方向驶去。

闫蕊好像一直在等着李长军。她依然独自坐在大得有些空旷的客厅里，灯光很暗，就如丁起刚刚失踪时那样。房间里响着音乐，闫蕊穿着睡衣，有一种成熟的美，这让李长军感到很亲切。他进了屋，熟练地换了鞋，走到闫蕊面前。闫蕊身上发出的好闻的气息冲得他有些晕，李长军把手放在闫蕊的腰间，闫蕊顺势靠进李长军的怀里。两个人就这样轻轻地抱着，安静地抱着，时光不在，世界空灵。

夜更浓了，星空璀璨，凄冷。但这屋子里很温暖，他们彼此的怀抱很温暖。不知道抱了多久，两个人分开，闫蕊妩媚地一笑，从酒柜里拿出一瓶红酒，熟练地打开，倒上。红酒杯在这暧昧的灯光下更显深沉，他们轻轻地碰了杯，酒的味道好像比以往更加甘醇、厚重。两个人几乎没怎么说话，就这样喝光了一瓶红酒。李长军惊讶于自己的酒量竟然长了，他摇摇晃晃地站起来，伸出手，又和闫蕊拥抱了一会儿，起身，换上自己的皮鞋，轻轻地打开门，走了。在关门的一瞬间，李长军看到了闫蕊那不舍的眼神，他心动了一下，腿变得更加沉重，但他还是努力抬起脚。走廊里的脚步声非常清晰，仿佛李长军故意把脚步留在这里，等待自己回头来捡拾。

李长军没有叫代驾也没打车，独自走在大街上。凉丝丝的风吹在他的脸上，让李长军清醒了许多。他突然仰天大笑起来，他不知道自己笑什么，就是感觉想笑。"我曾经问个不休，你何时跟我走……"李长军笑着，高声唱了起来。随着歌声，他的脚步有些飘。路上的行人用奇怪的眼神看他，但李长军浑然不觉，就这样用高亢的歌声把夜色击得粉碎，被一只无形的大手抓起撒在天空中。

联赛第二轮对阵云峰队，作为常年的保级球队，东山队面对云峰队还保持不败，交手记录是八战一平七胜，占据了绝对优势。这次是客场，东山队来到云峰队所在的南方城市，这里已经颇有些春意了。云峰队的专业足球场不大，也就能容纳两三万人的样子。草皮已经完全绿了，压得很平整，草修剪得也非常好。赛前踩场热身时，东山队的队员有说有笑，气氛很轻松。对于这一切，牛金似乎很满意，他讲完训练要求，站在一边观察队员。但张立的心里踏实不下来，他心里真的没底，不知道能不能拿下这场比赛。谁还有这个担心呢？张立心里想，他现在希望的是每个队员都能紧张起来，而不是这样放松。

比赛开始，张立的担心成为现实。上赛季流畅的配合没有打出来，丁心获得首发机会，和廉胜搭配中场，皮拉科夫和韦月搭档前锋，负责进攻。比赛磕磕绊绊，几乎没有超过三脚以上的连续传球，而云峰队抢断非常凶猛，几乎刀刀见血。上半场第 44 分钟，云峰队获得机会，速度奇快的小个子外援前锋拿球甩开东山队后防，接连过了后卫和守门员，把球打入空门。1：0，云峰队获得领先。接着，上半场比赛补时一分钟最终结束，东山队队员们有些垂头丧气地回到休息室。

张立也回到休息室，等队员们聚齐了，牛金在战术板上分析比赛。下半场，丁心提前，和皮拉科夫、韦月组成进攻铁三角，全力进攻。廉胜和两个边后卫要注意球的转移，从后卫、后腰位置开始组织进攻。

下半场比赛开始，东山队的进攻有了些起色，但刚开场两分钟，云峰队小个子外援前锋在禁区内摔倒，裁判哨声响起，把手指向点球点。东山队的队员一下子疯了，围住了裁判。裁判依然果断坚持自己的判罚，云峰队的小个子外援前锋亲自主罚点球命中，2：0。之后东山队稳住阵脚，丁心表现出了少有的成熟，把中场梳理得井井有条。下半场左路觅得机会，一脚 45°斜传将球传入禁区，韦月高高跃起头球一蹭，扳回一球。没过两分钟，东山队几乎以相同的形式，再由韦月打进一球，2：2 平！之后东山队虽然占据了优势，但射门都被防住，最终双方打成了平局。

两轮一分，东山队以谁都没想到的方式，陷入了一种低迷状态。张立看着这个场面，连发火的心情都没有了。他一根接一根地抽烟，赛后连休息室都没去。牛金走到他身边，跟他摊摊手，通过翻译说："这样丢球，让我有什么办法呢？"说完，摇着头去了休息室。

返回了东山，球队像是霜打了的茄子，没了生气。倒春寒让东山的温度明显降低，张立感觉自己的心情就像这天气，彻骨地寒凉。张立没有回俱乐部，他直接去了白水董事长办公室。他知道自己肯定要挨一顿批评，但他必须得第一时间赶过来。否则，怎么办？

"怎么回事儿？去年还是冠军，提前六轮的冠军！"白水董事长说，"怎么连升级队和保级队都打不赢了？我看这不是偶然性的表现，还是要找原因，否则继续低迷下去咋办？怎么跟总公司领导交代？"

"是是是！"张立答应着，感觉身上都有些冒冷汗。

"别光答应得好，赶紧回去开会，想办法，不能这样下去。"白水董事长语速很快，显得十分焦急。

……

张立没有找李长军，而是把自己关在办公室里抽烟。第二天，李长军召集班子成员和中方教练一起开会，研究到底怎么回事儿。王庆说："这才开始了两场球。我们不用着急，有张总带领，下场必胜！"

刘可说："球队年初转会了龙彪彪，去年的联赛最佳射手穆子金又伤了，冬训的准备也有一些问题，这些也算客观原因吧。不过，即便如此，咱们也不应该打成这样。"

张立听王庆和刘可说完，让中方教练分别说说，几位中方教练说得不是和王庆差不多就是和刘可差不多。这让张立多少有些失望，毕竟，这俩人都没说出什么解决问题的办法呢。张立听几位说完，沉吟了片刻，请李长军谈谈看法。

"我看，今天的局面是去年最后六场就开始了，我们的工作还是出现了偏差。包括牛金主教练，他的心态现在也很成问题，队员们的心态也有问题。"李长军说，"再就是准备期的训练还是有些问题，第一场比赛，冬训期间踢热身赛时打得好的队员被从国家队回来的队员直接替代，而国家队队员的状态又不好，这影响了队伍的发挥，造成开局不利局面，打击了队伍士气。我觉得这种低迷状态可能得持续一段时间，需要在间歇期通过训练解决。"

"间歇期？还有四场才能间歇期呢！不可能，我们去年那么大优势，怎么能走了俩队员就下滑得这么厉害？"杨欣副总说，看着李长军。张立看杨欣和李长军的表情有些不对，赶紧讲了几句话，宣布散会。

回到办公室，李长军想想自己刚才的话。他坚信自己说得没错，可是，自己为什么没在事前坚持呢？虽然自己在联赛最后六轮提出了建议，可自已做得够吗？他想着，心里突然变得非常憋闷。他站起来，打开窗子，任冷风吹过来。李长军在寒冷的风中吹了很久，回办公桌前坐下，他翻看电脑，几家门户网站都在批评东山队，球迷在每条新闻后的跟帖都是一片骂声，有的简直不堪入目。李长军看看里面并没有明显针对张立、教练和球员的很恶劣的东西，关了电脑，闭上眼睛靠在椅子背上，不知不觉睡了过去。等他睁开眼，已经到了下班的时间。李长军突然觉得肚子有些饿，他抓起电话。

"喂！"那边响起了闫蕊动听的声音。

"是我，我饿了。"李长军说。

"你想吃什么？"闫蕊的声音平静而又动听。

"给我下点儿面条吧，我现在就过去。"李长军说完，挂了电话下楼开车。冬的尾巴缀在夜色里，天黑得依然很早。他来到闫蕊家里，熟练地换上拖鞋。西红柿鸡蛋面早就摆上了餐桌，做卤的海参剁得很精细，掺杂在西红柿鸡蛋中。李长军看到桌子上还有一个没有来得及收拾的碗，他看了看闫蕊。

"丁心刚吃完，听说你来他就回队了。"闫蕊温柔地看着李长军说。李长军的脸一下子红了，他低下头大口吃着面条，不一会儿就把一大碗面条吃下去了。吃完，李长军擦了嘴，起身，换鞋。闫蕊安静地看着他做这些，等李长军穿好准备开门的时候，他的视线和闫蕊的视线碰撞到一起。他伸出手来，闫蕊过来，两个人轻轻地抱了一会儿。李长军打开门，走了。闫蕊独自留在一曲悠扬的歌声中，李长军觉得浑身有了热度，心里很踏实。

果然不出李长军所料，接下来的四场比赛东山队两平两负，前六轮仅积三分排名联赛末尾，成了副班长。最美人间四月天，东山俱乐部前面马路上的迎春花已经开了，那片黄色很亮，很干净。不过，在北方，这亮色在冬季的灰色还没褪去的时候还是显得有些孤独，正如李长军的心情。每天开车走在这条路上，他都会有这样的感受。

刚刚到了俱乐部，李长军就得到刘可通知，白水董事长带队要来俱乐部，董事会要听取俱乐部的汇报，助理以上干部参加。接到通知，李长军赶紧从办公室的橱子里找出领带打好，带上本子和大家一起到楼下迎接白水董事长一行。

白水董事长几乎每周都要来几次俱乐部，但每次过来他都轻车简从，有时甚至自己开着车就过来了。这次不一样，白水董事长和党委孔书记、图森副董事长还有相关部门主任一行乘坐一辆中巴车，直接开到俱乐部办公楼下。张立亲自扶着车门迎下白水董事长。白水董事长下了车，站定了，一脸严肃，眼睛直视前方，在张立的陪同下进了大楼。孔书记、图森副董事长等人跟着进了早已控好的电梯，上楼来到会议室。

大家按照桌签排位坐定，孔书记介绍了本次调研的目的，就是来听取大家的意见，和大家一起分析俱乐部和球队出现如此被动局面的原因。张立代表俱乐部做了汇报。张立分析说，今年客观上遇到了伤病和主力队员流失的问题，补充的外援皮拉科夫还没有发挥出应有的水平，使队伍暂时还没有发挥出应有的战斗力，造成比赛失利。主观上对联赛困难估计不足，还沉浸在冠军之中，没做好应对困难的准备。最后张立在汇报中说，联赛刚刚进行六轮，球队只要打好后面的比赛，一定会实现成绩的提升，去努力争夺冠军。虽然当前面临困难，但俱乐部和球队还是很有信心去实现董事会提出的各项目标。

白水董事长面无表情地听着汇报，图森董事长摘下老花镜，低头翻看汇报材料。张立汇报完了，杨欣副总经理谈个人看法，他的发言丝毫没有偏出张立汇报材料的内容，只是检讨自己工作不够细致，在队伍管理上还存在差距等等。王庆和刘可坚定地说："我们一定能够打好以后的比赛。"特别是王庆，他有些激动地站起来，说："我们是冠军球队，困难只是暂时的。去年我们能够保持那么长的连胜记录，从下一场开始我们一定能开启连胜模式，冲击最后的冠军。"说着他激动起来，最后几乎像喊口号一样说，"我相信兄弟们，我们一定能够实现目标！"他说完，双手做出鼓掌的动作，差点儿拍了起来。李长军看着王庆，突然感觉他就是个小丑，他最后看到王庆几乎要拍在一起的手掌，差点儿笑出来。王庆看大家没有回应，尴尬地冲白水董事长等领导笑了笑，坐下了。

李长军最后一个说话，他起身，环顾了一圈儿。在这短暂的沉默中，李长军感觉白水董事长的头微微转向了他，图森副董事长的视线也从汇报材料上抬起，投射过来。"我觉得，咱们目前确实面临着巨大的困难。信心不能丢，但必须得客观现实地分析问题。如果一味喊口号，找不到问题所在，解决不了问题，那么成绩是不可能实现回升的。"李长军说得很慢，他感觉白水董事长在认真听他说话，但眉头却开始皱起来。随着李长军的讲话，张立的脸色越来越难看，他的目光仿佛增加了重量，带着几分凶恶的气势压过来。李长军清晰地感受到了这些。他无意识地看了一眼窗外，窗外阳光明媚，一团亮色裹着寒冷，让这初春也丰富起来。李长军突然觉得这一切都这么美好。他继续说下去。"如果接下来四场球我们能够拿到7分以上还好，也就是说至少要两胜一平。如果只能拿下不到4分，那么就等于我们将在整个赛程过了三分之一的时候还拿到不到7分，那么，这意味着我们将进入保级阵容。更重要的是，如果出现这种局面，一定意味着我们有问题没有解决，是现在都没有发现的问题，这样，之后的比赛也必将十分困难。"

"那你说，问题在哪里呢？"图森副董事长戴上老花镜，"教练还是去年带队夺冠的牛金，队员走了龙彪彪，伤了穆子金，但也引进了这么贵的外援皮拉科夫，队伍应该不差啊，就是水平下降，也不至于这样吧？"听着图森副董事长的话，张立等人都扭头看李长军。

"对，图副董事长，你说得很好！"李长军接着说，"教练确实还是牛金指导，但今天的牛金和去年的牛金还是有很大不同的。如果大家回头看，今年球队集训多久牛金才归队？去年呢？俱乐部的人都知道，去年牛金不仅早早归队，每天工作都在十个小时以上，对吧？"李长军说，"这些，都说明对待赛季准备工作时，牛金的思想里就开始放松了。对于牛金的训练，我掐过表，去年的全场五打五不到30秒一个来回，可今年呢？今年完成一个全场五打五超过一分钟！这些问题去年是没有的，所以，今天出现这些问题并不奇怪。"

白水董事长听李长军说完了，依然面无表情。图森副董事长又摘下眼镜，扔到桌子上，说："保级？掉级？怎么可能？我就不相信。"说完，他看了看白水董事长。白水董事长依然面无表情。他端起面前的杯子喝了口水，啪！他猛地拍了一下桌子，火气十足地说："我看你们在俱乐部层面就是思想不统一，这样的队伍能打仗吗？有人说的很好，可为什么就赢不了球？六场拿三分，怎么叫有信心？有的说保级，咱们投入这么大，总公司领导这么关心，怎么能保级？这不是胡说吗？不是打我的脸吗？你们敢打我的脸，我就砸你们饭碗！"白水董事长一拳砸在桌子上，杯子颠起来，茶水洒了出来。刘可赶紧过来，和一边的服务员一起胡乱地收拾。在白水董事长拳头砸下时，张立明显哆嗦了一下，王庆低下了头，只有杨欣像没事的人一样，勉强板着脸。

孔书记等气氛稍微缓和了一下，赶紧说："白水董事长一直特别关心俱乐部的发展，这份心情体现了他对东山足球深厚的感情。大家不要辜负了白水董事长和董事会的殷切期望，要尽快分析问题，找准问题，不能瞎子摸象，赶紧找到解决问题的办法。既要保持信心，又要看问题。找到解决问题的办法，扭转被动局面，重回正确的轨道上！"

张立的身上已经冒出了汗，他拿起面前的湿巾擦了擦脸，既想表态又想自我开脱，"东山出现这种困难局面，我对不起白董事长和各位领导，主要责任在我。我一定落实好各位领导的要求，一定带领球队打好比赛，争取胜利，完成领导交给的各项任务。"

李长军听着，想起孔书记说的瞎子摸象这句话，差点儿忍不住笑出来。孔书记太有才了，世界上太多人都是瞎子摸象了。

孔书记看白水董事长的怒气消了一些，环顾一圈儿，宣布散会，各位领导起身准备走了。张立好像还没有回过神来，刘可赶紧过去提醒了一下，他才迅速站起来去带路，送领导们下楼上了大巴车，呆呆地等着车子一路开走了。过了好半天，张立好像回过神来，回身上了电梯。在路过那间会议室的时候，张立猛地一拳打在门上，门上的玻璃碎了一地，碎玻璃划破了他的手，鲜血流了下来。刘可赶紧过来用手捂住张立的伤口，王庆去拿了餐巾纸帮着捂住伤口。张立大喊一声："都别管！"他猛地一甩手，鲜血甩到了刘可的白衬衫上。张立一边流着血，一边回了办公室。杨欣赶紧跟过去，开导张立。王庆赶紧叫了队医，带来了药和纱布，帮张立包扎了手。除了杨欣，大家都散了。

　　整个楼房里静悄悄的，直到临近中午才又有了一点儿人气。李长军听见杨欣在走廊里安排刘可，让他在小餐厅安排酒菜。刘可他们在走廊里互相招呼着，一起去请了张立，呼呼地都下了楼。李长军知道，刘可肯定知道他也在办公室，但刘可没有招呼他。这让李长军略微有些气愤，但他随即释然了，无奈地苦笑了一下。这样下去，东山能好么？这个问题突然出现在他的脑海，吓了他一跳。李长军没了食欲，就直接回了宿舍。

　　李长军没有睡意，他打开那本《维罗妮卡想要去死》，翻到以前看到的位置。他突然不明白，自己到底是理解维罗妮卡还是不理解她呢？是啊，生的意义在哪里？死的意义又在哪里？维罗妮卡最后求生，难道真的是为了生的意义？没意义本身就是有意义，这大概就是足球的本原吧！想到这，李长军突然豁然开朗，他完全放松下来，很快沉浸在了小说里。

　　在随后的几次训练中，李长军又悄悄就半场五打五等训练的往返时间掐表，依然是一分多钟打完一个来回。这样的训练质量，在中超球队中虽然属于中上水平，但是要想达到去年的状态，显然是不够的。这几天俱乐部里没有人理李长军，这让他有更多的时间待在训练场上。李长军看在眼里，急在心里。他知道，这样下去，要想取得比赛的胜利是非常困难的。

　　中超进行第七轮比赛时已经是四月份了，东山到处充满了温和的暖意。短短一周的时间，垂柳绿了枝条，白杨树萌发出嫩叶，到处已经是生机萌动的气象了。球场的草皮绿油油的，简直像地毯一样，看上去就非常舒适。这一轮东山队主场迎战来自北方的列巴队。列巴队，不就是面包队吗？很多人都这么取笑这支队伍。这支队伍每年都处于中游水平，经常扮演巨人杀手的角色，但面对弱队时往往就成了送分童子，为弱队送去保级的分数。李长军知道这样的球队难打，何况除了去年，即便是在东山队第一次夺冠时，在列巴队身上也没占到太多便宜。这场比赛怎么打？李长军想了半天，他记起别人说的传言来：列巴队靠球养球，如果做好沟通，给场球是可能的。李长军虽然不相信这个，但他真的很怕东山面临降级局面。他想着，去敲了张立办公室的门。

张立有些惊讶地看着李长军，好像两个人很久没有见面了一样。张立的眼里布满血丝，在招呼李长军坐下时嘴里明显喷出了一股酒气。他有些困惑地看着李长军，没有说话。

"张总。"李长军说，"这场球不好打啊！这么多年，除了去年，咱们真是没在他们身上占啥便宜。"张立听着，好像没明白李长军说的什么意思，没有回应。"张总，咱们是不是去跟列巴俱乐部领导沟通一下，看看能不能……"

"你让我打假球？"张立有些惊愕地说，"这怎么可能？再说，咱们怎么可能降级呢？怎么就为这场球低三下四去求这种流氓球队。"看着张立有些气愤的样子，李长军突然有些后悔，不该说这些话。自己其实并没有证据表明列巴队就是这样的球队，何况，这样做是违背自己原则的！李长军突然觉得自己就是个坏人。"不光你这样说，齐老也打电话来让我准备钱，他去列巴队那里做工作。做个屁，我就不信那个邪！"张立说完，不再看李长军。李长军万分懊悔地坐了一会儿，起身告辞走了。

由于球队成绩不好，东山队的主场球迷少了很多，可容纳五万人的东山体育场坐了不到一万人。几个球迷组织的人的大旗在空旷的看台上挥动起来，越发显眼，各种标语悬挂在那里，没有大量球迷的衬托，显得了无生气。球员站在场地上，听着并不热烈的助威声，感觉就像一场训练赛。

东山队和列巴队的比赛开始，东山队一上来就占据了主动。丁心和廉胜两个后腰调动得非常清楚，韦月和皮拉科夫频频获得机会。开场第 26 分钟，韦月借角球机会头球攻入一球，1:0，东山队领先。进球之后，李长军看了看张立，张立依然放松不下来，非常紧张地盯着场上。第 44 分钟，皮拉科夫带球禁区内被放倒，裁判果断地吹罚了点球。裁判的手伸向点球点的那一刻，刘可跳了起来。张立没有欢呼，只是迎着刘可的手拍了一下。

韦月拿起了球，但韦月还没有走到禁区里，皮拉科夫从韦月手里抢过球，走向罚球点。皮拉科夫仔细地把球放好，瞄着列巴队的守门员看了一会儿，后退几步，慢慢助跑。列巴队年轻的守门员没有跟着皮拉科夫动作，在皮拉科夫把球射向右下角的时候，门将也同时飞了过去，正好把力量并不是特别大的球按在肋下，球被扑住了。列巴队的替补席一片欢呼！皮拉科夫垂头丧气地往回走，但没有一个队友来安慰他。不一会儿，上半场比赛结束。

下半场，东山队的士气突然大落，传接球的质量明显下降，特别是皮拉科夫，跑得位置再好也几乎没人给他传球，偶尔传过去一次，皮拉科夫也是频频失误。渐渐地，列巴队攻势加强了起来，逐渐占据了主动。下半场第13分钟，列巴队在东山队禁区内一片混战，打入一球，扳平比分。不甘平局的东山队醒过神来，大举压上进攻。但由于失误较多，几次被列巴队打出了反击。临近比赛结束，列巴队终于反击成功，获得单刀机会，轻松打进一球，2∶1，列巴队反超比分！最终，裁判一声哨响，比赛结束。

"下课！下课！"比赛结束，球员们没有去球迷那里谢场，灰溜溜地回了休息室。球迷们聚集起来，一起喊："下课！下课！"客队看台那边列巴队的球迷乐于看热闹，迟迟不肯散去。等他们想要离开球场时，一部分东山球迷已经围在客队看台的出口，等着他们了。这是东山队主场从来没有出现的事情，维持安保的警察和保安根本没有防备，几个先下来的列巴队球迷就被围住。一个胖子球迷上来对列巴队球迷就是一巴掌，接着人群冲过来，对着这几个球迷拳打脚踢。等警察和安保冲过来把双方分开，东山球迷一起撤到一边，围着浑身是血、衣服都撕破了的列巴球迷大骂。警察没有办法，把带头的东山球迷带走了，又叫来警力，好歹驱散了球迷，大家这才四下散去，留下一地狼藉。

东山队的大巴开回了基地，没有几个队员去餐厅吃晚餐，也没有人出去。李长军心里十分沉重，他感觉自己的预言正在变成现实，这让他非常痛苦。他本来不想回俱乐部，反正也没有人管他。可是他发动车子之后，不由自主地又往俱乐部开去。刚到办公室打开灯，李长军的手机就响了，是俱乐部驻地派出所打来的，说是一批东山球迷正在往俱乐部聚集，要找俱乐部要说法。李长军放下电话，赶紧去找张立，张立没在办公室。李长军赶紧给刘可打电话，原来张立和王庆等人都在楼下小餐厅。李长军连电梯也来不及坐，从楼梯直接跑下去。小餐厅里刚上了几个凉菜，白酒已经倒上了。李长军气喘吁吁地说了球迷的事儿,张立面无表情地说:"你去处理一下吧。"这话噎得李长军差点儿背过去,他镇定了一下。"你也去!"张立指了指身边的王庆,说完,他一口把白酒干了,刘可看看张立,又看看李长军,不知道该端酒杯还是怎么着。李长军无奈地看着他们,出了门,王庆也跟着出门了。

大门口的球迷越聚越多,估计得有上千人。派出所的警力明显不足,几乎控制不住局面。"下课!下课!还我东山!"球迷们越来越激昂。有几个球迷冲破警察的围堵,过去就把东山俱乐部股份有限公司的铜牌子摘了下来,扔到地上用脚使劲踹。一帮球迷不顾警察阻拦,也过来硬踹。出来了,出来了!俱乐部有人出来了!见李长军和王庆走过来,有球迷喊。

"兄弟们!"李长军接过一个球迷递过来的扩音器,跟大家喊。这时,球迷稍微安静了一些,大家自动围成了个圈儿,李长军和王庆站在中央,警察们小心地保护着他俩。"兄弟们!这么晚了大家赶过来,这是对东山的真感情,我代表俱乐部向大家表示衷心感谢!"李长军说,"球队成绩不好,我们也非常焦虑和着急,不过请大家相信我们,我们正在努力寻找解决问题的办法,请大家相信我们!"

"七场拿三分,都快掉级了,怎么相信你们?"球迷喊。

"球队打成这样,确实辜负了大家!"李长军说,"这样,下周我们连着要打主场,我安排经营部的人马上过来,给每人发一张下个主场的球票,希望大家继续支持东山队。"李长军说完,赶紧安排找经营部的人去取下周的球票。

"打成这样,支持个鬼!"球迷继续喊。

"另外,我们也希望听到大家的建议,这样,今天来的球迷中选出十个人来,明天一早到俱乐部来,我们俱乐部班子和教练集体听取大家的意见和建议,好不好?"

有球迷答应着。这时球票取来了,球迷们虽然还是不满意,但很快排成队来领球票。领完球票的球迷聚集在一起,商量了明天过来开会的人选。折腾了半天,大家终于散了。这时,李长军才感受到夜的寒凉来,他打了个激灵。王庆领着派出所的警察去找地方加了个夜餐,经营部的人把最后没走的二十几个球迷聚拢起来，去了俱乐部边上的烤羊肉串的地摊。

李长军去开了车，他真想回家热热地烫个澡，美美地睡一觉。他开着车，鬼使神差地又来到了那座楼下。李长军停车熄火，打开车窗往楼上看去，这楼在深夜里的影子重重地投在夜空中，不再像一个居所，每个窗子里都有一个故事，生生不息。李长军从车里摸到了不知道什么时候扔在车上的半包烟，他抽出一支点上，深深地吸了一口。"闫蕊？闫蕊！"他轻轻地唤了两声，摇了摇头独自笑了笑，把半截烟摁死扔到窗外，摇上车窗又发动车子回家了。

来参加座谈会的球迷根本不止十个，会议室里前前后后坐了接近二十个之多。张立亲自参加会议，杨欣副总经理主持会议。坐在前排的十几个球迷依次发言，大多数球迷都批评队员没有拼劲儿，缺乏精神和斗志。有的球迷不同意这个观点，认为去年夺冠的时候也是靠这些队员，为什么现在的队员没有斗志，根本上就是教练懈怠，管理出了问题。这话一出，立即获得了几个球迷的支持，大家七嘴八舌地说起牛金的不足来。张立微眯着眼微笑着听球迷在讲，对面的球迷在向身后的球迷要烟的时候，张立从自己面前的烟盒里抽出一支扔过去，那位球迷受宠若惊地接过，谦恭地表达了谢意，有些得意地点上，吸了一口。刘可看见，赶紧让服务人员在桌子上摆上了七八盒香烟和四五个烟灰缸，又拿出一些烟散给后面的球迷。一阵打火机响过之后，整个屋里立即腾起一阵烟雾，这气氛也如这烟雾一样热烈起来。

"我们已经决定，从今天起，牛金指导担任球队技术总监，负责球队的技术工作。"等大家都说完了，屋子里的烟气淡了一些，张立说。什么？李长军大吃一惊，他不知道张立为什么做出如此的决定，跟董事会请示了吗？但看到张立轻松的表情，他知道这是真的。之后李长军已经听不见张立和球迷亲切的交流声了，他几乎看不清每个人的脸，只看得见一串串音符从那一张张嘴里喷出，像烟雾一样升腾，散去。之后俱乐部请球迷代表聚餐等等，这些活动虽然李长军都参加了，但他几乎像行尸走肉一样，始终被牛金指导下课这个消息笼罩着。

第十二章　东山队保级成功

　　李长军知道，随着牛金的下课，宁高担任代理主教练，丁心已经站住的主力位置必定岌岌可危。看得出，张立心里也没底，作为总经理，他到底是怎么说服董事会让牛金下课的，这在李长军来看几乎不可想象。带着这些疑问，接下来的比赛很快到来了。因为球队成绩不好，宁高又是新帅，依然没有多少让球迷兴奋的因素，所以对阵雪莲山队的比赛观众依然不多。

　　站在这块熟悉的场地上，看着这熟悉的一切，李长军突然觉得有些悲怆，那种气势一下子全部消失，有种莫名的失落。李长军感觉自己正如日本那本《下流社会》的书中描写的一样，随着东山队从之前的冠军球队堕落成了一支平民球队而日益沉沦。之前球队那么被动的时候他都没有这种感觉，可今天，就在这块场地，他突然被这种感觉打败了。沉沦？他默念了一下这个词，暗自摇了摇头，苦笑了一下。这只是感觉，但愿这只是感觉吧！

　　比赛开始，丁心被留在替补席上，首发名单中皮拉科夫后撤为前腰，前面只留韦月一个单前锋，整个阵型由牛金指导时期的442变成了451。在布置战术时，宁高几乎用了半个多小时讲防守，他把每个位置都讲了一遍，直讲得球员云里雾里，懵懵懂懂的。大家这样上了场。雪莲山队是支传统强队，每年都能打进前几名，只是从来没有拿过冠军。雪莲山队上来就压迫着东山队，正好东山队在中场加强了防守，虽然有些被动，但整支队伍踢得并不算太难看。

　　上半场，雪莲山队和东山队在中场开始了缠斗，雪莲山队几次撕开了东山队的防线，但都被东山队顽强地防住。韦月在前面有些孤单，基本拿不到球，在前场游动着。平淡的上半场很快结束，双方战成0∶0。两队队员陆续走下球场，回到球员休息室。等最后一个队员走进来，张立扔了抽了半截的烟，也转身进了球员休息室。在他身后，稀稀拉拉地响起了球迷的喊声："下课！下课！张立下课！"在走进休息室的一刻，面对李长军，张立和他匆匆对视了一下。李长军感觉张立的目光里闪了一下，就进休息室去了。

下半场，雪莲山队一开场就大举压上，试图尽快取得进球，拿下比赛。比赛进行到第4分钟，廉胜和皮拉科夫一个换位，廉胜突破了两人，在中场附近传出一记直塞球，韦月心领神会，从雪莲山队两名防守队员中间领了球，过了整条防线。韦月蹚了两步，直接起脚射门，球像炮弹一样挂远角而去。似乎准备不足的雪莲山队守门员只是做了个动作，眼看着球挂入网窝，1∶0，东山队获得领先。中圈开球后雪莲山队继续狂攻，东山队则全力防守，最后的比赛简直就像绞肉一样，火星四溅，激情四射。虽然剩下的时间让球迷看得心惊肉跳，感觉都不太像一场足球比赛了，根本没有多少技术含量。当韦月打进一球的时候，李长军就平静下来了，他知道，有牛金的训练质量做保证，按照宁高的保守打法，应该守得住，至少不会输。而站在回廊下边的张立似乎比以往任何时候都紧张，他接过刘可递过来的毛巾，不停地擦汗。这时，李长军才想起来，四月中旬了，已经是真正的春天了。

最后，东山队艰难守住胜果，获得了一场胜利。在裁判吹响哨子，把双手指向中圈的那一刻，张立几乎跳了起来，他和刘可拥抱在了一起。看到这拥抱，李长军突然想到，自己和张立也算有一段"蜜月期"，可在球队取得胜利的时候两个人从来没有过这么忘情的庆祝。拥抱？这个词让他想起了闫蕊的拥抱，闫蕊香甜的气息猛地袭来，这让李长军从胜利的气氛中抽离出来，那些喧嚣声渐淡渐远，球场中和看台上的面孔一个个的抽象起来，变成了奇怪的符号散落在眼前。

等李长军清醒过来，他已经在自己的车上了。他突然特别想回家，于是发动车子。回到家他用钥匙打开门，妻子有些惊喜地过来迎他。刚刚要入睡的女儿也开心地跑过来，和李长军拥抱了一下，李长军亲了亲女儿的脸蛋儿，送她回屋，坐在床边轻轻地拍着她。孩子很快带着微笑睡了，像天使一样。

"怎么？赢球了还不高兴？"妻子说，在客厅的茶几上摆上了几样清粥小菜，一盘卤牛肉还有热透了的馒头。这都是李长军爱吃的。

"……高兴，高兴呢！"李长军回应着妻子，突然有些感动，他拿起筷子，大口吃了起来。真香，李长军想。吃着，他想起那个略显暗淡的大客厅，耳边隐约响起了红酒杯碰撞的清脆声。李长军的脸有些红，他边吃边拿起遥控器，调到中央五台，看拜仁慕尼黑和沙尔克04的德甲比赛。妻子不知道什么时候坐在了他身边，从他手边拿起遥控器把电视按了待机键。李长军回头，妻子微笑着看他。妻子比自己小两岁，结婚十几年来，自己好像一直忽略了她。想到这里，李长军仔细看了一下妻子，妻子谈不上漂亮，但真的很真诚，也许缺乏一份深刻，但让人感觉温暖。

妻子被看得有些不好意思了，说："今天在孩子班的家长联络群里，老师公布了学生的表现，咱闺女的数学、语文和英语成绩都是最好的那几个之一，上初中以来，这孩子一直不错。"妻子依然微笑着说。

"嗯啊！"李长军答应着，赶紧吃了一口馒头掩饰自己的情绪，"都是你的功劳啊，老婆。"李长军说，一会儿他吃饱了，感激地看着妻子。妻子顺势靠在他身上，李长军爱抚着她的头发，身体开始慢慢发热。他在她耳边轻轻地说："进屋吧？"妻子听了，从他怀里挣出，像孩子一样雀跃着跑进屋里。

这一晚李长军睡得特别香。早上早早起来，吃完早饭送孩子去上了学，他才开车去俱乐部上班。到了办公室，李长军习惯性地浏览了一下各大网站，翻看了今天的几家都市报，报道都比较正面。这让李长军没大有事儿做，毕竟，张立几乎不大主动找他了。李长军打开书看了一会儿，这期《收获》杂志里发表了余秋雨的《历史的暗角》，李长军平时并不关注作者是谁，他对自己的文学鉴赏力很自信，所以他并不是特别关注这篇是不是余秋雨写的。这篇《历史的暗角》通篇写着"小人"这个词，李长军隐约感觉这是有所指的，他回看了一下作者，才知道这是余秋雨的作品。"世界在世界之上滚动，生命在生命之后狂奔……"李长军又想起自己大学时写的诗句，这大概就是自己的足球留言，让自己千万遍地默念。这样神游了半天，李长军突然想自己很久没跟纽方部长通电话了，他抓起电话，按下了那熟悉的数字。

"喂！小李。"纽方部长那熟悉的京腔从话筒里传出来，"最近咋样？你小子快把我忘记了吧？"

"哪儿啊，我怎么敢忘了老领导老前辈？"李长军说，"正没事儿想给您老打个电话请安呢！"

"真没事儿？"纽方部长说，"那我找你有事儿，16家中甲俱乐部要冲中超，今年的几家乙级俱乐部要决出两支来冲甲级，但是他们能不能冲得上不能光看成绩，还得有些硬条件。这样，你跟你们俱乐部领导说，你过来先帮我看看他们报上来的资料，再跟我下去检查一下。"

"行啊，我马上跟张总汇报，我一定去。"李长军一听，心里非常高兴。又和纽方部长闲扯了几句，他放下电话，去找张立汇报。李长军敲了半天门，里面没有什么动静。李长军试着扭了一下门把手，门没锁，他就直接进了张立的办公室。他看见张立正玩儿FIFA游戏呢，可能因为过于投入了，他根本没听见李长军的敲门声。李长军来到他的办公桌前，张立才看到他，张立有些木讷地抬起头来，问了一句："有事儿？"

"嗯啊！"李长军说，"纽部长刚才电话说想让我去帮他工作一段时间。"

"哦？"张立有些疑惑地看着李长军，"他咋想起你来了？"

"当初中国足协出台中超俱乐部标准时我就是最早的参与者，跟着纽方部长一起弄的，那时您还没来东山俱乐部呢。"李长军听着张立的话心里有些不太舒服，说。

"那去吧！"张立一挥手，又把视线转移到电脑上，开始他的FIFA游戏。李长军稍微顿了一下，走了。

李长军在中国足协跟着纽方部长和联赛部的几位一起对照中超俱乐部标准和中甲俱乐部标准，审核这二十多家中甲、中乙俱乐部的资料，每天都很忙碌。忙碌之余，纽方部长总是会抽时间讲上一阵博弈论，什么合作博弈、非合作博弈，动态博弈、静态博弈，零和博弈、非零和博弈，讲得大家云里雾里，晕头转向。纽方部长一边讲一边不停地抽烟，透过烟雾看着大家发懵的神情，纽方部长那份得意毫不掩饰地流露出来。

两周的时间很快过去，东山队在两个客场守住了两个平局，虽然依然排名在倒数第二位，但总算是止住了下滑的势头。二十多家中甲、中乙俱乐部的材料审核完毕，李长军写好了审核报告经纽方部长审核后报给了足协分管领导，等着领导批复就可以下去检查了。在等待中，李长军恶补博弈论，抱着《博弈论与经济行为》等几本书硬啃。快到下班的时候，李长军的手机响了起来，他一看，是闫蕊打过来的。他赶紧拿着电话到走廊的角落里，接了起来。

"我在北京呢！"闫蕊说。

"什么？你来北京了？"李长军有些惊讶。

"怎么？不欢迎吗？"电话那边闫蕊的声音又那样动听起来。

"没没没！"李长军语无伦次地说，"怎么会不欢迎？你在哪儿？"

"我来参加一个服装品牌的推广活动，就住在足协附近，没事儿晚上一起吃个饭吧？"闫蕊说。

"好好好！"李长军赶紧答应着，匆匆和纽方部长等人打了招呼，坐了电梯，飞速冲出门外。闫蕊就站在中国足协所在的东玖大厦门口不远处的一棵树下，还是一袭长裙，因为季节的原因略显厚重，但更显成熟和优雅。闫蕊脸上洋溢着灿烂的笑容，那么年轻，那样美好，让李长军有些晕眩。他看了看周围没有认识的人，鼓起勇气蹦跳着走过去，直接拉上了闫蕊的手。闫蕊的手被李长军握住，她惊得差点儿跳起来，然后稳住，收敛地笑着看李长军，顺从地被他拉着手走。这笑容真的很美，和这四月的傍晚很协调，让李长军的心里除却了都市的喧嚣。李长军拉着闫蕊到了地铁七号线，他突然有了孩子一样的感觉，走路都一直蹦蹦跳跳的。

还没到晚高峰，七号线里人还不算特别多。李长军一直牵着闫蕊的手，站在人丛中，悄悄地体会着对方的气息，用眼神交流着，握着手的手指轻轻地勾着闫蕊的掌心，有一股电流直达心房，让人几乎不能自持。转了两次地铁，他们到了南锣鼓巷。这时闫蕊仿佛回到了少女时代，她完全放开了，拽着李长军一会儿到这家小店转转，一会儿去那家转转，看到一个裸体的陶瓷小人儿，她捂着嘴羞涩地笑半天。走到小吃店，什么北京老酸奶、北冰洋汽水和各种小吃，她都要尝一尝。在喝北京老酸奶时，李长军没用吸管，喝完酸奶瓶子在他的上嘴唇留下了两条白印儿，就像白色的八字胡，滑稽的样子引得闫蕊笑得前仰后合。笑完了，她拿出湿巾，仔细地帮着李长军擦干净。那温柔的动作，伴随着温暖清香的气息，让李长军很陶醉，他不顾旁边熙熙攘攘的人群，闭上眼睛任由闫蕊摆弄。

两个人这样一边玩儿一边走，走累了就在路边坐着，也不说话，互相那样久久地看着。李长军突然有了一种错觉，忘记了时空的存在，忘记了自己是谁。白马王子？白雪公主？不知道什么词儿能够形容他这时的感受。时间过得很快，月亮升起，星星闪烁，李长军抬头，发现北京的夜空也是如此深邃……

足协领导开会对中甲、中乙俱乐部的资料审查和现场检查工作进行了研究，决定在十月份的时候可能冲超的中甲俱乐部排出来，中乙联赛也决出四强之后由联赛部组织专家组下去检查，对于资料审核中的问题要求联赛部下通知，督促他们抓紧整改。李长军把精力转向了足协的这些工作，但他还是经常揪心于东山队。听说那次会后，白水董事长对于李长军提出的保级说非常不满意，会后把张立等俱乐部领导狠狠地批了一顿。李长军没在一旁，但他感觉到了张立在有意无意地疏远他。这反倒让他有些轻松起来，甚至感觉自己与东山俱乐部有了距离，若远若近。

球队这么平淡地打着，原来牛金倡导的漂亮足球不见了，宁高的保守打法遇强不弱，常常通过反击能够在所谓的"强队"身上拿些分数。但遇到弱队，队员们却常常不会踢了。特别是廉胜等那些习惯了压迫性踢法的老队员，有意无意地排斥这种保守打法。对于这些，宁高看在眼里，但他在表情上没有任何表现，非常冷静地在训练场上指挥训练。

但在比赛的时候，宁高却冷静不下来。他显得非常焦虑，也吸上了大雪茄。据王庆说，宁高在赛前经常睡不着觉，在比赛前的中午他必须喝上一杯黑方来镇静自己。喝黑方？这不是牛金的习惯么？听王庆闲聊，李长军心里想。"对啊，这哥们儿不仅习惯和牛金一样，连大雪茄和黑方的牌子都和牛金是一样的！"王庆有些嘲笑地说。

联赛即将进入半程，东山队客场挑战兴安岭队。兴安岭队地处东北，虽然在炎炎夏季，但相比东山和南方来说，兴安岭队这边的天气对于东山队还是比较有利的。况且，兴安岭队并不是传统的强队，在中超和中甲的排名总是时上时下。这场比赛前，兴安岭队排在倒数第五位，也处于保级队伍当中。这场比赛如果东山队取胜，将和倒数第二名平分，并将以净胜球的优势压过倒数第二的球队，暂时摆脱副班长的位置。

这场比赛必须求胜，因为在此之前的二十多年的中超比赛中，半程垫底的球队全部都降了级。这种强烈的心理暗示，让大家有很大的压力。虽然谁都不说，但谁也不想在这场比赛之后处于垫底的位置。那样，大家从内心里就会背上包袱，就要去挑战对于大家来说被二十几支球队验证了的所谓"命运"！

赛前，在准备会上，眼睛里布满血丝的宁高给大家讲球。宁高安排的是532阵型，五个后卫，三个中场，廉胜作为队长居中，其他两人拉边。这次由541变成532，派上皮拉科夫等两名前锋，已经显示宁高要加强进攻，全取三分的架势了。

"这场比赛非常重要。"宁高说。这是永远正确的废话，队员们木然地听着。"这场比赛我们必须立足不输。"说到这里，几位老队员的面部动了一下。接着宁高又开始讲位置分配，不一会儿他竟然讲出了汗，几次叫队务去调低战术室空调的温度。最后，队员们被冻得都披上了浴巾。一直站在一边听的张立冻得有点儿哆嗦，抱起了膀子。

"就这样打！"宁高讲完，拿起毛巾擦汗。"宁指导！"廉胜站起来说，宁高愣了一下，他有些疑惑地看着廉胜。"宁指导，我看您讲的不是532啊，这么踢不成了550了吗？按您讲的，这俩前锋就是中场啊！这样怎么能赢球呢？"说到这里，队员们哄地笑了一声。

"你，你，"宁高刚接过队务递过来的大雪茄，正要送到嘴里，听了廉胜的话，他僵在那里，一只手拿着雪茄，一只手拿着 Zippo 打火机。"你，你怎么这么说？都、都什么时候了？你还有心思开玩笑？"宁高哆嗦着手点烟，几次都没点着，他干脆把雪茄扔到桌子上，说："散会，都去准备比赛！"

比赛按时打响，兴安岭队也打开了 352 阵型，看到东山队把重点放在防守上，兴安岭队把阵型提前了一些。双方拼抢看似很激烈，但都没能打到对方的禁区，形成威胁。这样平庸地踢了接近 45 分钟，在上半场即将结束时，兴安岭队终于获得上半场唯一的一次角球。角球发出，兴安岭队身高 1.97 米的大个子中后卫跳起来，几乎超过东山队后卫半个身高，将球硬硬地砸进网内。两队仅有一次射门就进球了，兴安岭队 1:0 获得领先。

中场休息，宁高在休息室里来回踱步。休息室里的气氛很沉闷，宁高拿着雪茄的手一直在抖，他看看正在换衣服、整理绑腿的队员，又回头踱上一圈儿。终于，他拿起水笔，在战术板上画了几下，又开始讲解战术。廉胜和身边的几个队员听了几句，开始低声嘀咕些什么。宁高看了看他们，喉结上下滚动了一下，又接着讲球。讲了几句，他草草地结束，不再说话。下半场要开始了，助理教练招呼了一声，队员们陆续来到场地内。兴安岭队那边还没有任何动静，廉胜招呼队员们围成一圈儿。他说："这么踢咱们肯定得输，咱们必须得攻出去。我的意见是我们三个中场往中间收一下，提前一些，两个中场留下的位置两个边后卫多冲冲。皮拉科夫和柯枫两个前锋一前一后，柯枫靠速度冲前，皮拉科夫利用个人能力多创造机会。"廉胜讲完，满含期待地看了看队友，说："怎么样？"

"就这么打！"队友们的回答声非常整齐，这让廉胜有些热血沸腾。他看了看四周坐满了兴安岭队球迷的看台，黄色的看台真的像兴安岭秋天的色彩，温和艳丽，让人有些感动。在廉胜眼里，兴安岭队球迷的声音全部溢出了，这整场的黄色凝结成一块儿。廉胜下意识地伸了一下手，他感觉自己把这块儿黄色抓到了手里，他使劲一攥，整个体育场咔咔几声响，开裂、变碎，成了粉末。廉胜把这些粉末一扬，大声说："兄弟们，拼了！"

"拼了!"的声音响彻夜空,之后高亢的声音零星飘下,那些黄色的粉末散落到看台上,还原成了一片球迷。那些助威声、呐喊声由远及近,慢慢喧闹起来。此时的东山队队员,每个人的骨头节几乎都在咔咔作响,纷纷攥紧了拳头。

随着裁判一声哨响,下半场比赛开始。东山队大举进攻,不过正好掉入摆出死守架势的兴安岭队的圈套,进入缠斗状态。东山队的队员都变成了勇士,在经历了15分钟的混战之后,逐渐打出了气势,似乎又回到了牛金时代整体快速攻防的漂亮足球时代。看到场面有所起色,宁高也从替补席上站起来,挥手指挥。他大喊边前卫拉开,示意边后卫要守住位置,不要进攻得太深。边前卫赵大力在没球的时候看到宁高的手势,有些生气地冲他一挥手。之后,赵大力来接球,喊边后卫套边下底。几个人在右边打出流畅配合,右路一个斜传,皮拉科夫跑到兴安岭队后卫身前起脚射门,球硬生生地打到左门柱上,弹回后被解围出了边界。

东山队持续给兴安岭队施加压力,兴安岭队队员的体能出现了明显的下降。下半场第37分钟,东山队再次打出精妙配合,柯枫中场接廉胜传球,连过四人直接杀奔禁区,可惜在对方中后卫拼尽全力的防守下起脚射门重重击中横梁。运气再次阻挡了东山队的进球,这让东山队队员们有些丧气,气势开始下降。廉胜看到这种局面,挥舞双手给大家鼓气,他快步跑到低头往回走的柯枫面前,冲他大吼:"冲起来,要战斗!"吼着,廉胜推了柯枫一把。柯枫愣了一下。这时,利用东山队稍显混乱的时候,兴安岭队发出门球,打出了一次反击。廉胜和柯枫等队员在中场就开始全力抢断,断球之后重新组织进攻,整个东山队又活了起来。

兴安岭队开始频频倒地,只要和东山队一有身体接触就赶紧摔倒,以各种方式拖延时间。下半场常规比赛时间结束,第四官员举牌示意补时四分钟。在补时即将结束的时候,柯枫接到廉胜的传球,和皮拉科夫配合了一下,轻巧地晃过了兴安岭队的整条后防线,面对守门员冷静推射,将球打进,扳平了比分。东山队的队员们一起庆祝,拥抱在了一起。廉胜和柯枫拥抱的时候,两个人分明看到对方的眼里含着泪花。

扳平了比分，宁高没有去和球员庆祝。是的，以前每次进球球员都会去和主教练做个庆祝的动作，但柯枫这次没有去和宁高庆祝。这让宁高很没面子，他急匆匆地回了休息室。在路过一直站在体育场环廊下的张立时，宁高有些气急败坏地跟他说："这都什么样子了？张总，您看到廉胜在场上推柯枫那一下了吗？都是队友，怎么能这样？这得处罚，得处罚！"说完，他也不听张立的回话，扭头进了休息室。

队员们向前来助威的客场球迷致意后陆续回到休息室，没有人去看气呼呼的宁高，都在打听其他比赛的结果。还好，排名靠后的几支球队非平即输，比分并没有拉开。在闹哄哄的休息室里待了一会儿，宁高就被赛区的人引到了新闻发布厅。

李长军在电视里看比赛直播的时候，感觉熟悉的东山队又回来了！下半场顶住那十几分钟的混乱之后，他激动地想。当他看到廉胜推柯枫的时候，惊了一下：队员在场上发生这样的冲突，在东山队历史上还是没有的事儿呢！可在后来两个人的表现上，李长军感觉这不像是两个人在冲突，特别是在柯枫压哨扳平之后和廉胜洒泪拥抱的情景，让李长军明白，这是队员们在拼命！想到这里，李长军突然间热血澎湃，脑海里浮现了队员们下半场狮子一样勇猛的镜头，眼眶里默默地盈满了泪水，几乎就要流出来。

李长军就这么呆坐着，对面电视机里的画面在他眼前一闪一闪的，他已经看不出电视里在播什么，也听不到里面的声音了。东山队为什么会走到这一步？这是李长军想过无数次的问题。是牛金的松懈？是夺冠后遗症？是管理出了问题？是队员出现了问题？这些问题哪一条摆出来，似乎都明明白白地放在那里，但这些就能让东山队如此狼狈吗？这样有些屈辱地苦苦保级？李长军百思不得其解，又陷入了黑暗的深渊之中。那么，我们搞足球就必须经历这些吗？就像人经历生死一样。快乐足球到底存在吗？难道足球必定是失败者的游戏？毕竟，所有的冠军都有被打败的那一天。要是如此，我们搞足球的意义到底在哪里？

世界在世界之上滚动，生命在生命之后狂奔……李长军又想起自己的诗句。他突然有些佩服自己，在这么多关于足球的根本问题没有答案的时候，自己的诗句是这么深刻。李长军浑浑噩噩的，不知道怎么过了这一天。球队返回东山，到达俱乐部的时候天已经黑了，夜色中汽车喇叭在院子里响了几声，伴随着零落的人声，很快就归于寂静了。整个大楼上人不多，张立匆匆回到办公室，让刘可等人都散了，自己关上了办公室的门。李长军坐在办公桌前没有动，他静静地坐着，迷迷糊糊中仿佛听到一种声音，这声音很远，又很近，悲悲戚戚，若有若无。李长军头脑清醒了些，他轻轻起来开门来到空旷的走廊里，声音是从张立办公室传出来的，李长军循着声音悄声走过去，他听见张立在哭。李长军在张立门前站着，张立的哭声越来越大，直至号啕起来。李长军隐隐约约地听到张立一边大哭一边自言自语："联赛的半程副班长都掉了级，东山怎么办？我怎么这么命苦啊！"这号啕声穿透墙壁，落在廊里，有些发闷，重重地撞到了李长军的心里，他的眼睛也开始发酸，不由得抬起手擦了擦眼睛。

这场比赛结束回到东山之后，东山队教练组开了一个时间很长的会。开会之前，宁高依然难以打消自己的怒气，"球场上自己人和自己人闹起来，真丢人！我无论踢球还是带队的时候就从来没遇到过这种情况。一定要重罚，要重罚！这样的队员必须得停赛、停薪、停训。"助理教练听宁高说完，笑了一下。他站起来，对着宁高说："宁导，我咋看着不像是在闹意见呢？我看廉胜这是在激励柯枫。穆子金受伤，韦月没打，柯枫这么年轻的队员就得有人带，我倒是觉得廉胜做得对呢。"

"什么？"宁高愣愣地看了助理教练一会儿。"对啊，现场都明摆着呢，不是冲突，是鼓劲儿呢。"其他助理教练也跟着说。"……那好，那好，先不说这事儿了。咱们总结一下这场比赛，特别是下半场，商量一下接下来的比赛怎么打吧。"

会议开得烟雾腾腾，除了中午吃饭，大家一直在一起，从训练计划到比赛组织都进行了研究和安排。宁高知道，如果再按照之前的路子，保级是很困难的。他不断地做出妥协，开始接受其他教练随口说出的"牛金在的时候怎么样"这样的话了。此前，一听到这话他的头都要炸。

果然，东山队从兴安岭回来之后的训练就出现了变化，牛金的拿手戏五打五又出现在训练场上，要求完全按照牛金刚来时的标准进行训练。分队对抗也练得更加细致，定位球等专项训练宁高分给了其他助理教练。这样严谨、高效的训练使队员在训练场上更加投入，气氛明显好了很多。在助理教练的建议下，在训练中韦月重新回到主力阵容，柯枫打回边路。经过调整，东山队的状态有所回升，接下来取得了两胜一平的成绩，摆脱了垫底位置，开始了追分模式。

教练组经过分析，要想保级，积分必须得达到32分。打完这几轮之后，东山队得到了19分，倒数第二还处于降级区。这时，休养了大半年的穆子金也已经康复，具备了比赛的条件。在中方教练的建议下，宁高重新启用了韦月、穆子金双前锋阵型，皮拉科夫正式打起了前腰。阵型经过调整，比赛变得非常顺利，接着东山队打出了一拨三胜一平的战绩，在比赛还剩7轮的情况下积分就达到了29分，在积分榜上暂列第九名，眼看保级胜利在望。

联赛第26轮，东山队又遇到了老对手东北长白队，如果战胜对手，东山队将提前四轮达到保级需要的最低分32分。虽然没有人提去年的风波，打裁判的龙彪彪也早已远走蓝城队，但大家都憋足了劲儿想赶紧拿下比赛，保级成功。

比赛开始，东北长白队虽然知道东山队近期状态不错，但他们并没有采用保守打法。皮拉科夫专职前腰之后，调度起来很有章法。韦月作为高点，首发出场的穆子金继续保持自己的灵性，很快就冲垮了东北长白队的防线。比赛进行到第33分钟，穆子金接球摆脱长白队后卫，在禁区左前方一脚超远距离的撩射，将球打进，1:0！穆子金获得复出以来的首球，东山队顺利取得领先。3分钟后，皮拉科夫、穆子金和韦月三人灵巧配合，再入一球，2:0！

下半场，宁高换下了状态正佳的穆子金，估计目的是为了保护他。李长军以为这次应该换上丁心，毕竟，在这套阵容中，丁心在去年的最后阶段也曾经占据了主力位置。但是，当第四官员举起换人的牌子时，李长军发现不是丁心。他看了看出场名单，丁心竟然连替补阵容都没上。李长军突然没啥心情看球了。他木然地待在主席台上，看着韦月再进一球，最后球队以 3:1 取得胜利，早早拿到了保级需要的 32 分。

最近球队优异的表现吸引了接近三万球迷来到现场看这场球，球迷们欢呼着，跳跃着！打开手机的手电筒，点点灯光闪耀在看台上。在球场上完成比赛结束的流程后，王庆和替补席的所有人员都冲到了场上。球员们高兴地庆祝，围着球场向球迷致意。看台上无数的喝彩和尖叫声涌进场内，到处一片欢腾。张立走在庆祝的队伍中，他那一身西装在队员和工作人员中很显眼。李长军坐在主席台上没动，他独自站着，冷静地看着场内。在这纷杂的快乐中，各种声音都在寻找自己的通道，要抵达每个人的内心。在李长军的心里，涌上了那个寂寥无比的走廊，和走廊里的号啕哭声。不一会儿，这走廊切换成愤怒的球迷撕扯着东山的球衣，冲着张立大喊："张立，下课！下课！"

李长军分明看到，白水董事长、孔书记和图森副董事长等人也来到了场地，答谢完球迷的教练和球员围在一起，听董事长讲话。白水董事长没讲几句，但引起了大家的一片掌声和喝彩声。白水董事长临时决定奖励球队五百万。赛后网站上很快就出现了这样的新闻。李长军看着这一切，他没有一点儿参与进去的欲望，而东山俱乐部似乎也忘记了他，甚至抛弃了他。李长军心里有些发闷，毕竟，这是他热爱的东山俱乐部，在上半赛程他还如此为他揪心。李长军扭头离开了主席台，去停车场开了自己的车就走了。

马路上球迷们的车流还没散去，到处是车水马龙的景象。李长军开着车子，突然接到了闫蕊的电话。闫蕊说她在一个茶社里等他，有事儿要跟他说。李长军打了一把方向盘，向着闫蕊说的茶社开去。李长军对这间茶社并不陌生，他来到那间日式的房间。

好久不见闫蕊，她的头发稍微剪短了一点儿，妩媚中更加多了一点儿英气。素淡的衣服低调、典雅，却掩不住她修长性感的身材。这让李长军心动，他脱下鞋关上房间的门坐下，没有去端闫蕊倒好的茶，而是紧紧地拥抱着她。

闫蕊捧住他的脸亲吻了他一下，说："我找你真的有事儿。""什么事儿？"李长军问。"丁心今天没进大名单，他也没去球场，在家里看的球。"

闫蕊说，"看球的时候他没表现出什么，看了半场他就把我撵出来了。我看他最近心思挺重，你说咋办？""哦？"李长军看着闫蕊，仿佛在思考着。"我们去你家看看去？""行！"闫蕊应着。

李长军跟闫蕊回到家里，丁心正坐在沙发上喝酒，茶几上摆了十几只喝空了的易拉罐，地上还有半箱啤酒放在那里。电视里放着足球节目，丁心用空洞的眼神盯着电视，不时从茶几上的袋子里摸出油炸花生扔进嘴里，再喝一大口啤酒。

李长军和闫蕊在门口站了一会儿，丁心仿佛没听见开门声一样，依然那样坐着。"李总过来了！"闫蕊过来跟丁心说。丁心扭头看见李长军，赶紧站起来，打了个招呼。李长军和丁心并排坐在沙发上，丁心开了一罐啤酒递给他，李长军接过喝了一口，也去袋子里摸了几颗花生，放进嘴里嚼着。

"李总，牛金指导走了，我就一直打不上球，只要宁高带队，他就不会用我，这样下去我不就废了吗？你说我咋办？"等闫蕊摆上了几份烤肠等菜肴，李长军和丁心喝完了手里的啤酒，丁心又打开了一罐，跟李长军说。

李长军听了没有立即回答，他知道这也是他常常想的问题。两个人一边吃一边沉默着，李长军终于鼓了鼓勇气，说："丁心，我不会不管你的。"丁心听了这话，看了李长军一眼，他的眼里充满了信任。丁心举起手里的啤酒，和李长军碰了一下，一饮而尽。李长军看丁心把啤酒干了，也一扬脖子，把一罐啤酒喝了下去。

"我妈经常提起你，李总。"丁心没头没脑地来了一句。李长军一愣，又看了看闫蕊，闫蕊带着镇静的微笑。

这啤酒的劲儿不小，李长军感觉。

第十三章　李长军跳槽西水俱乐部

保级成功，东山队理论上还存在晋级亚冠的可能。但对于李长军来说，这一切和他的关系好像并不大了，在俱乐部里，张立再也不主动安排他做什么工作，刘可和王庆等几个围着张立的人似乎也刻意和他保持距离。这让李长军有些心痛，又让他感到轻松。

赛季进入收官阶段，纽方部长计划对各俱乐部的检查就要开始了。李长军给纽方部长打了电话，纽方部长提前让李长军去足协，帮他准备检查的事情。去足协之前，李长军特意买了两条高级香烟，准备送给纽方部长。没想到纽方部长送了李长军好多他收藏的国内外各球队的衣服，其中竟然有李长军挚爱的 AC 米兰的正版签名球衣，还有曼联和皇马的球衣。在送球衣的时候，纽方部长狠狠地批评了李长军，让他以后不能再买烟什么的。李长军再三解释这是用自己的工资买的，但还是被纽方部长批了半天。

在纽方部长的办公室里，李长军整理了中超俱乐部标准和中甲俱乐部标准，又听纽方部长讲了一个多小时的博弈论和足球形势，和纽方部长一起去吃了晚饭，两个人到公园里开始散步。和喧嚣的市井相比，北京的公园显得有些安静。虽然暑气有些消退，但毕竟还是枝叶繁茂的季节，走在林荫路上，一些古老的建筑影影绰绰。

"你说我们足协净挨记者和球迷骂，这公平吗？"两个人边走边聊，纽方部长提出了这样一个话题。"是不太公平，可是足球的关注度太高了，足协毕竟是放在公众视野之下的嘛！所以，功劳就是功劳，缺点却要放大十倍来看，何况还没啥成绩呢，能不挨骂吗？"李长军说。

"骂也得有点儿水平吧？足协这些人好歹也是从业者，学足球的，搞体育的，最不济我们在足球上的见识也是中国最多的一批吧？怎么就被这样骂来骂去呢？"纽方部长问。"唉！这没办法，我感觉中国足球现在就是个痰盂，就是老百姓的出气口。但说实话，这真不能全怨球迷，即便他们对于足球来说几乎就是瞎子摸象。"李长军说出这个瞎子摸象的话来，想起那次会议来，这让他突然感觉很满意。纽方部长听了这话也忍不住笑了。

两个人这样走着走着，纽方部长说："我确实挺看好东山这样的俱乐部，投入稳定，在青训上肯花大力气。你跟我一起弄俱乐部的考察时间不短了，下一步你咋想的？"纽方部长问。

"我？"这个问题对于李长军来说有些突然，他迟疑了一下，"东山俱乐部这种国有体制，我是不可能当俱乐部的头儿了。不过，我确实想在足球上干出点儿事儿来。"

"有决心？"纽方部长问。

"当然有了！"李长军毫不犹豫地回答。

"你可是正儿八经央企的副处级干部呢！"纽方部长激李长军说。

"什么处级副处级，还不是上级的一纸文件？那算什么人生的意义啊？"李长军说。

"那好，有好地方我可推荐你了啊！"纽方部长说，"不过，中超估计还没法儿接纳你，得从中甲来。"

"从中甲来也行，不过，他们得有冲超的计划，也得给我权力。"李长军说。

"行，这话可是说定了。"

"说定了！"

说完这些，李长军都感到有些惊异。在纽方部长面前，李长军就是个晚辈，忘年交。纽方部长主动提出这个话题，以前只是李长军想想而已的事儿。聊天的时候李长军没感觉到什么，等回到酒店他回想了一遍两个人的对话，有些激动起来，在房间里来回走了半个多小时，都无法使自己安定下来。我行吗？我行！真的吗？纽方部长真的说这些话了吗？我能吗？我能！我能！他在心里不断重复着这些话。李长军一会儿打开电视，一会儿又拿出自己带来的书翻看一气，可他始终安定不下来。到了十一点多，李长军感到口渴，他烧了水冲了一袋速溶咖啡，喝了下去。就这样，他折腾了整整一晚上，总算熬到了天亮。

北京的天很蓝，雾霾还在远方。李长军并不感觉困，他在酒店吃了早饭，劲头十足地走在大街上。他不想把自己淹没在早晨急匆匆的人流中，想唱歌，想跳舞，他想尽快走进纽方部长那凌乱的办公室里。

接下来的俱乐部检查很辛苦，几家有希望冲超的中甲俱乐部分布在南方两家，河南一家，西北和东北各一家。每到一家俱乐部就是马不停蹄地检查基地，看资料。李长军仔细地对照着中超和中甲俱乐部标准看着各家俱乐部的资料，他也留心各家俱乐部的组织架构、管理特点等等。李长军很兴奋，他几乎在想，如果自己真的能去一家俱乐部当总经理，一定把丁心挖过来。他想起自己跟丁心说的那句话："我不会不管你的！"

两周的检查工作很快就完成了，这时已经进入了十月份，天气开始变凉了。特别是在北京，时常会有秋风乍起的几天，间或有几天暖阳回归，让人有冷热不均的感觉。东山队那边平淡无奇，联赛快结束了，球队冲击亚冠的希望几乎完全破灭。李长军不想回俱乐部，就继续帮着纽方部长做些工作。东山俱乐部也没有人联系李长军，仿佛这个人从此就和东山没有关系了一样。

最终还是要回到东山俱乐部，李长军变得无所适从起来，他每个周二、周四下午带上装备，到东山师范大学的场地上和元老队一起踢球。元老队的队员虽然都接近六十岁了，但他们都是当年代表东山获得全国运动会冠军的老球员，技术意识仍在。李长军虽然年轻，但在这支队伍里常常踢得很费力。特别是在抢圈儿的时候，经常抢个20分钟他就给累趴下了，几乎站不起来了。

就这样和元老队一起跑着、踢着，李长军感觉自己轻盈了起来，拿球、转身、传球，每个动作都那么飘逸，像在云雾里一样，梦幻、美丽。这样飘着、跑着，李长军感觉非常舒畅。带球突破，抹过后卫，射门，球打中门柱弹回，李长军再度补射，进球！在球慢慢悠悠地进入网窝的那一刻，李长军摔倒在地上。他仰望，天上白云朵朵，映在湛蓝的天空中。队友过来拍拍他，和他庆祝进球，李长军才回过神来，看清楚身边的这些人。踢球？我在踢球！他突然想起来了，赶紧站起来，继续踢了起来。

一场大汗淋漓的足球运动结束，李长军回到家里痛痛快快地洗了个澡。他擦干身子出来，拿起手机一看，里面有三个未接电话。电话是纽方部长打来的，李长军赶紧回了过去。"你小子咋不接电话？"纽方部长还是老习惯，上来就批了李长军两句。"洗澡呢，洗澡呢！部长。"李长军赶紧解释。"别说别的了，中甲的西水俱乐部要找个人，你去不？"纽方部长说。

"西水俱乐部？西水才冲上甲级两年，能行吗？"李长军脱口而出。"你小子还挑挑拣拣，我给你推荐的，能是烂队吗？我和西水俱乐部董事长赵家勇聊了，他们明年想冲超，会有大投入，计划也很好，我觉得行。"纽方说。"行，部长，您说行我就去试试，反正我就靠您了。"李长军说。"那赶紧准备一下，下周二赵总来北京，你过来一下。"纽方说。李长军答应着，结束了通话。虽然只穿着一个短裤，但他并没有感受到深秋的凉意。他的脑子里一时间有些混乱，出去？西水？他突然间决心有些减退。是啊，就在东山，自己如此热爱的东山，这不是很好吗？张立不欣赏自己，刘可、王庆几个人排挤自己，他们又能把自己怎么样呢？再说，铁打的营盘流水的兵，东山不属于他们，他们不可能永远执掌东山。李长军想着，他有些后悔这么轻易地答应纽方部长了。是啊，出去干有那么容易吗？

李长军赶紧找来中甲联赛的秩序册，又从各类网站搜集了西水俱乐部的资料。李长军知道，西水俱乐部这两年一直在中甲的中下游徘徊，处于小康水平。从队伍来看，队里的队员除了有几个有中超经历的球员，其他的都没有什么显赫的经历和名气。今年带领西水俱乐部征战中甲联赛的教练是原来滨城武夷山队的退役队员穆成义。穆成义作为前国脚，参加过多次世界杯外围赛，但作为后卫出身的他在带国青队的时候一直以保守著称。李长军知道，这样的教练求稳可以，但要想带领球队取得好成绩，甚至冲上中超，几乎就是不可能的。

马上到周末了，距离赴京的日子越来越近，李长军突然变得很焦虑。

快下班了，李长军拿起电话给闫蕊打了过去。在闫蕊应答了之后，他迟疑了一下，约闫蕊去了一家火锅店。闫蕊很快开车到了东山俱乐部驻地门口，接上李长军，两个人奔着鑫隆火锅店去了。

在车上两个人都没有说话，沉浸在轻柔的音乐中。李长军轻轻地握住闫蕊的手，偶尔互相望一眼，目光中满含情意。这是爱吗？他不由得往车窗外望去，窗外华灯初上，车灯相接，整个大街像一条充满光的河流。路边的树木和各式建筑影影绰绰，店铺的霓虹灯次第亮起，或急或慢地闪过。李长军突然觉得这座城市有些陌生起来，东山？这两个字变成了一个符号、一份情感，在他的心里回旋着，成了一圈一圈的彩色波纹，荡漾开去。李长军的心情平复了一些，他看着闫蕊，两个人依然没有说话，只是那样握着手。

到了火锅店，两个人大大方方地在大厅里坐下。李长军甚至遇到了两个熟人，他打过了招呼，和闫蕊开始点菜。几乎不吃辣的李长军和闫蕊点了巨辣的锅底，点了四盘羊肉。闫蕊去弄好调料坐下，李长军也把羊肉涮好了，大口吃了一气。不一会儿，李长军的头上就冒出了汗。他喝了一大口冰凉的饮料，极舒畅地往椅子上一靠，微笑着看闫蕊。闫蕊涮了一块儿羊肉，举着筷子正要送进嘴里，看到李长军的目光，她微笑着回应，把羊肉蘸了料，优雅地送进嘴里。

"我想离开东山。"李长军说。闫蕊的表情一下子僵住了，好像被烫着一样，脱口问："什么？"

"我想离开东山。"李长军重复了一遍。闫蕊放下筷子，非常认真地看着李长军，说，"怎么会有这样的想法？你是多么热爱这支球队呢！"李长军听了，半天没说话，他不由自主地拿起筷子，又涮了一块儿肉，放进嘴里细细地嚼着。"不过，我确实该离开了。"李长军好像在自言自语，又好像在回答闫蕊。"那你也得现实地考虑一下，你的国企身份呢？你到副处的级别也不容易呢！"闫蕊说。李长军的表情抽搐了一下，他没有回答闫蕊。两个人都放下了筷子，这样坐了一会儿，任火锅里的水翻滚着，就像他们彼此的心情。

"纽方部长帮我联系了西水俱乐部，我想去试试。"李长军打破了这份沉默，说。"下周二去见西水俱乐部的副董事长，能不能行还不好说呢。但是，我想试试。什么国企身份，什么副处级干部，这其实没什么太大意义。"李长军说完，又夹起一块儿羊肉放进锅里。闫蕊依然没有说话，她好像在思考着什么。她搅动着锅子，轻声叹了口气，说："想好了你就去吧。"她抬起眼睛，认真地看了李长军一会儿，柔声说："我会想你的。"

李长军的手轻轻地抖了一下，他赶紧从锅里捞起一块肉放到嘴里。两个人就这样默默地吃着，吃完上了车，两个人谁也没说去哪儿，就这样漫无目的地行驶着。李长军心中似乎有些期待，期待着回到闫蕊那略显幽暗的大房子。他这样想着，看着闫蕊，心里又涌上了一股热流。李长军压抑着自己，闫蕊把车开到东山大学的校园里，在一片树影里停下车。李长军还没来得及反应，闫蕊就紧紧地抱住了他。两个人就这样紧紧地拥抱着，时间瞬间消失了，整个世界只剩下彼此的体温。不知道过了多久，两个人分开，闫蕊把李长军送到他家楼下。闫蕊轻轻地亲吻了李长军一下，李长军下了车，目送闫蕊开车而去。

李长军这样怔怔地站在那里，望着那车灯渐渐远去。一声汽笛惊了他一下，原来是妻子加班回来。李长军的脸一下子变得通红，他打开妻子的车门，坐上了副座一起进了地下车库。妻子收拾了放在后备箱里的蔬菜，交给李长军提着，锁了车，伸手挽起李长军的胳膊，往电梯间走去。

"我想出去闯闯。"回家坐到沙发上，李长军对妻子说。"去哪儿啊?"妻子平静地问。"我想找一家俱乐部干干，西水俱乐部那边有个机会。"李长军说。听了这话，妻子愣了一下，仔细看了李长军一会儿，叹了口气，说："你呀，真是这辈子离不开足球了。既然想好了，就去吧，我们娘俩你不用担心。"李长军听了，眼睛一阵发酸，他过去拥抱了妻子，久久不愿放开。

李长军这次来北京和以往不一样，今天的北京仿佛成了一座全新的城市。北京深秋的傍晚有些凉，李长军赶到北京的西水喜来登酒店，被人接到了宽大的会客室里。看来纽方部长和中国足协负责商务的几个人与西水地产的董事局主席赵家强和西水俱乐部的副董事长赵家勇已经谈了很久，烟灰缸里几乎塞满了烟蒂。李长军被领到了会客室，赵家强从沙发里稍微欠了欠身，算是打了招呼。纽方部长介绍了李长军，赵家勇和李长军握了手，李长军坐到纽方部长旁边。

"你说说吧，小李。"纽方部长说。

"我……"李长军有些紧张，他从包里拿出自己准备的资料，说："我听纽方部长说，咱们西水俱乐部明年想冲超，这是我非常感兴趣的。我想把我十几年在东山的积累拿到一个新的平台上，纽方部长向我介绍过西水俱乐部，我觉得我会和西水俱乐部一起实现自身价值的。"接着，李长军分析了中甲联赛的形势，又分析了西水俱乐部的优势和不足。赵家强没有任何表情，赵家勇则频频点头。

"那么，对于职位和薪水您是怎么想的？"谈得差不多了，赵家勇问。"关于职位，我希望能够担任西水俱乐部的总经理，至少是负责业务的常务副总经理。对于薪水，我希望能够事先给我一个能够让我养家的数，至于其他的，希望西水俱乐部能够根据我所体现出来的价值给我报酬。如果没有体现我的价值，那么除了基本的收入之外，我不会有任何要求。"李长军按照自己事先想好的，一条条清晰地说。

半个多小时的会谈很快就结束了，赵家勇让李长军回去等消息。随后，纽方和李长军和在大厅等着其他几个足协的人一起下了楼，纽方部长一拳打在李长军的胸肌上，说："你小子还行！"李长军有些不好意思地笑了一下，说："那也是您培养的啊！"纽方部长哈哈大笑了一阵，招呼大家，"走，我请你们去吃拉面去！"

几个人走在大街上，马路上车流如织，人们行色匆匆。路旁树木的叶子开始飘落下来，显得有些肃杀。这正合李长军的心情，一边是纽方部长热情地鼓励，一边是对西水俱乐部的忐忑期待。小饭馆里人声鼎沸，一碗碗热气腾腾的拉面端上桌子，大家吃得吸溜吸溜的。很快吃完了饭，大家各自散去，纽方部长和李长军走着回了纽方的办公室。纽方部长又开始讲他的博弈论，李长军听得全没心思，他找了个话题和纽方故意争论起来。

慢慢地，两个人将话题引向了当前各家俱乐部竞相烧钱这种现象上来。纽方部长认为这次烧钱好歹也是市场的反应，特别是烧钱起来的俱乐部都是民企。国企所拥有的如东山俱乐部竞争力在急剧下降，而且根本就没少烧钱的东山甚至到了保级的地步。"这从一个方面说明了足球市场化程度不够，烧钱只是一种形式，市场化才是根本！"纽方部长说。

李长军说："人做出判断有两个逻辑，一个是是非逻辑，一个是价值逻辑。从是非逻辑上看，足球是世界第一运动，体育产业是朝阳产业，万众喜爱，这没错。但从价值逻辑上看，中方球员的身价都炒得大几千万过了亿，要想夺冠没个十亿八亿的根本别想，这里面明显是价格远高于这些足球要素本身的价值，这就是泡沫，怎么可能长久呢？"

"泡沫是存在。"纽方说，"但是这些泡沫可以在发展过程中逐渐被挤出来，哪儿有价值和价格完全统一的情况？人不都得合理预设？这些大投入的俱乐部只不过预设的是几年甚至十几年后的事情，把这些价格放长了看，就与价值相吻合了。不怕投入大，就怕没有远大目标。"

"那怎么行呢？"李长军说，"光在职业足球上大投入，仅仅靠市场化撬动市场，可其他的呢？青训体系怎么样？群众足球怎么样？那些小小年纪的孩子们就会打默契球，这样的事儿都没人管，中国足球就是无本之木，无源之水，什么价值都是空中楼阁。"

两个人就这样争执了半天，最后，纽方部长急了，他说："存在总有存在的道理，要是没有现在的局面，你还不是在东山挣死工资？"李长军看纽方真的急了，他嘿嘿笑着，不再跟他争吵。两个人又聊了一会儿，李长军再次跟纽方谈了自己去西水俱乐部的设想，纽方提了一些意见，才意犹未尽地要回去休息。

和纽方分开之后，李长军独自走在大街上。北京的深夜有些寒冷，一股凉风把李长军吹清醒了一些。他独自走着，路过一个立交桥下，听到了一阵京剧的声音。循着声音而去，几个京剧票友拉着二胡，投入地唱着。旁边围了一堆人，看得出大多数都是农民工。他们静静地站在稍显凄冷的风中，这些京剧中的故事让他们似懂非懂，但他们依然全身心地投入其中。

　　李长军停下，也驻足听了起来。那份悠扬的唱腔丰富了这夜色，让人忘记了这是北京，甚至一时间忘记了自己，李长军就这样和围观的人群一样静静地立着。一会儿，那些票友唱完了，收拾了东西准备各自散去。围观的人群三三两两地走开，很快消失在有些昏暗的灯影里。李长军甩开步子往酒店走，他突然抬头，天空中稀疏的星星仿佛离他很近，又很远。几丝淡淡的云彩飘过，月色下铺过来一片影儿。路边树叶的沙沙声灌入耳中。李长军好久没有抬头看天了，这天是那么辽远，那么深邃，没有尽头。

　　回到东山的第二天，李长军就接到了赵家勇的电话。西水俱乐部计划聘任李长军担任常务副总经理，主持西水俱乐部的工作，不再聘任总经理，直接接受赵家强老板和赵家勇副董事长的领导。而且赵家勇给李长军开出了很有诱惑力的年薪，这年薪里不包括奖金。毫无疑问，这超出了李长军的预期，他赶紧写了辞职报告，交给张立。

　　接过李长军的辞职报告，张立像是面对外星人一样，打量着李长军。是啊，李长军竟然很久没有到过张立的办公室了，甚至都想不起来两个人有多久都没有遇见过了。而两个人的办公室距离是如此之近，曾经是举步就到，如今真是咫尺天涯。李长军和张立对视着，两个人的目光里隐藏了太多复杂的东西。李长军看到，张立的眼里分明充满了疑惑、问责，甚至气愤。

　　"为什么？咋就辞职过了呢？东山亏待你吗？"僵了一会儿，张立问。

　　"张总。"李长军欲言又止，"东山当然没有亏待我，我也始终热爱着这个俱乐部。但是，张总，人生中仅仅只有热爱是不够的。"

　　"行了！别说了！"张立打断了李长军，"啥也别说了。你是觉得自己被边缘化了吗？还是觉得东山这个舞台不够大？""都不是。"李长军说。他心里想，事实上自己自从去年球队夺冠前后确实被边缘化了，东山是国有企业，自己沉浸在这个环境太久了，以至于经常迷失了自己。但这些话他不能跟张立说。"张总，我确实想换个环境。虽然我在咱们央企工作了这么久，混到了副处级，但我自己最想做什么我自己清楚。"

　　张立听了，摆了摆手让他停下，说了句："你回去吧。"李长军又愣了一刻，起身出去了。

　　过了几天，张立那边还没有动静。李长军实在忍不住，就去催张立，催了两次，终于在周五的时候张立回了话，说省公司同意了李长军辞职的请求，不过还要开党组会通过一下。"白水董事长听说你辞职挺生气。"张立强调了一句。李长军没有回应这句话，他知道，对于保级这件事，白水董事长对自己一直非常不满。

　　李长军回绝了张立要组织俱乐部的同志们为他送行的建议，接着抢了一张傍晚飞西水的机票。李长军去和技术部、企划部的几个兄弟道了别，大家洒泪分手。李长军简单收拾了个小包，下楼上了早已等候多时的闫蕊的车，奔机场而去。这是李长军经常奔走的路，多少次球队返回的时候，他都去机场迎接大家。既有输球后的沮丧时刻，也有胜利后的欢乐场景。每次接球队回来，队员们在大巴车上常常会开些玩笑。李长军坐在车上，更多的时候都是笑眯眯地听大家说。而有时输球，大巴车内气氛则十分压抑，偶尔有队员聊点儿什么，声音也是压得低低的。这时，李长军常常会感到心疼，这些流汗流血的球员们，他们和球迷一样在精神上承受压力和失败的打击。

　　李长军这样想着，他回过神来看看闫蕊。闫蕊认真地开着车，她把车开得好像比以往更猛一些。闫蕊侧面柔和的线条让李长军心动，但他压抑着自己，轻轻抓住闫蕊的右手。到了机场，李长军很快办完了登机手续，到了快登机的时间了。他放慢了走向安检进口的脚步，在进入排队行列的时候，他停下来恋恋不舍地看了闫蕊一会儿，说："我走了。"闫蕊没有说话，向前靠近了一步，轻轻地拥抱了他一下。李长军一下子怔住了，脸变得通红。他赶紧拿起行李，起身排队进入了安检门里。他的眼睛有些发酸，安检完收拾行李往里走了几步，回头看闫蕊还站在那里。他招了招手，扭头走了。到了飞机上坐定，他才想起来给妻子打个电话。

　　万事开头难。到了西水，李长军才真正感受到这句话的分量。西水俱乐部全俱乐部的工作人员加起来只有七个，李长军来了，原来的总经理调回了西水地产集团总部，剩下的一个是办公室主任兼司机张琦，两个竞赛部人员、三个市场部人员还有一个财务人员，以往都是总经理直接指挥，根本没有什么所谓的制度和流程。李长军在西水的第一天，赵家勇到俱乐部所在的酒店，亲自组织俱乐部全体人员开会，宣布西水集团聘李长军任西水俱乐部常务副总经理的决定。

会议开得像是一次座谈会，赵家勇非常和气，跟大家说得语重心长，几个工作人员端坐在会议桌前，非常认真。赵家勇副董事长讲完了，李长军做了自我介绍，表达了和大家一起团结奋斗的决心。他没有讲太多俱乐部建设的事情，就此他和赵家勇已经聊了很多，赵家勇认可李长军的设想，表示全力支持李长军。会后，大家就在西水集团下属的酒店组织了一场宴会。宴会很高档，气氛也非常好。看得出来，这是一个政令畅通、令行禁止的团队。赵家勇说，赵家强董事长在公司说一不二，而且定下了很多规矩，大家执行得很好。比如说，谁连续三次不接电话，就算半天旷工，一个月旷工三天就会被开除。还有类似的情况等等，赵家强都亲自写在了公司的制度里，专门印成了一本书发给每个员工。

"李总，从今往后，我们就是一个战壕里的战友了。虽然西水地产是行业翘楚，但我们对于足球来说还是新兵，还在中甲行列里，接下来就靠你了！"赵家勇说。一瓶皇家礼炮喝得大家热情高涨、雄心勃勃，李长军很快就被感染了。

"董事长放心，我一定会尽全力，让董事长和赵总放心。"李长军尽力保持理智，回答得小心翼翼，但他的内心却是充满了激情。他环顾座位上的几位俱乐部的员工，大家眼里都饱含了期待。李长军端起大半杯皇家礼炮，一饮而尽。喝下去之后，李长军一时间失去了意识，天旋地转，太阳穴一鼓一鼓地跳个不停。他稳了稳神，坚持着坐下，继续和大家喝酒聊天。

"这是愉快的开始。"李长军想。没多久，晚宴结束了，晕头转向的李长军送走了赵家勇，在张琦的搀扶下往电梯里走，跟跟跄跄地回到房间。张琦拧开矿泉水放到床头橱上，把李长军安顿好，关了灯走了。李长军醉得难受，起身去卫生间吐，奇怪的是，竟然什么都吐不出来。他摁亮了房间里所有的灯，拿起电话，拨通了。

"……我，是我！"他说。电话那边没有任何声音，但李长军知道闫蕊就在那边，他甚至能够感受到她芬芳的气息和柔软的身体。"……我，我一定干出个样……样儿来！"

"快睡吧！"那边闫蕊的声音温柔地传来，李长军的脸上漾起了一丝微笑。他把电话扔到一边，很快就在灯火通明的房间里酣然入睡。

第十四章　李长军到了西水俱乐部

这时，西水队队员还没有归队。李长军和竞赛部的两个人几乎两天没怎么休息，研究新赛季的组队方案。李长军叫回了上个赛季的主教练郝洪涛。郝洪涛显然早就知道了西水俱乐部的变动，他见到李长军并不是很热情，毕竟，他知道新赛季西水俱乐部要冲超的话，一定不会再让他担任主教练。李长军对此也进行了细致的思考，他知道，作为主教练，如果把郝洪涛放到管理层，给个技术岗位，他显然是不会接受的。但是，要想重建球队，如果在新教练来之前就确定一个助理教练，那么新任主教练会怎么想？对此，李长军和前任总经理进行了深入的交流。这样忙忙碌碌的一周很快过去了，李长军拿出了新赛季的工作计划给赵家勇。赵家勇很快同意了李长军的计划，对于和郝洪涛解约等事情毫不犹豫就签了字。这对于李长军来说可是一大笔钱呢！在东山的时候，虽然这一年他们的费用也翻了番，全年支出接近六个亿，但李长军这一年并没有参与太多核心工作，所以他对于烧钱真是没有什么直接的感受。当陪李长军一起去汇报的张琦拿着报告去了西水地产集团总部，李长军才缓过来，这次队伍的调整他提了两个亿呢！

李长军刚一上任，他就跟赵家勇汇报，成立了一个选帅小组，为了避嫌，由赵家勇亲自担任组长。李长军在计划中也对球队的风格等进行了分析，他们很快把选外教的标准确定为欧洲的并且带队打过欧冠，在欧冠等重大比赛中有成功经验的名帅。每个经纪人来到李长军办公室，他都按照这一要求和他们谈，表示欢迎大家提供外教资料。

这样忙碌了几天，李长军等人很快筛选出初步的目标人选。这天晚上，李长军很晚才回到酒店房间。他连洗漱的力气几乎都没有了，和衣往床上一躺，正要迷迷糊糊地睡去，门铃响了。他从猫眼里一看，原来是过去经常给东山俱乐部外教和外援做经纪人的阿峰。阿峰背着个包，站在门外不停地按门铃。

"李总，我知道您在房间里，我都等您一晚上了，眼看着您进的房间。我进去和您聊聊，聊聊天总是可以的吧？"阿峰在门外说，李长军站在门前没应声，阿峰就不停地摁门铃。"我累了，得休息了，你回去吧，啥事儿明天到办公室去说。"李长军被吵闹不停的门铃声搞得很烦，对着门外说。"就几句话，几句话！"阿峰在门外依然锲而不舍地说。"别啦，我确实要休息了！"李长军说。阿峰不再说话，继续不停地按门铃。

"你有完没完？"李长军火气越来越大，他打开房门冲阿峰吼，"你再这样我马上报警！""别这样嘛！我们这么熟，你报警警察也不会管的。"阿峰说着，硬是从门缝里挤了进来，坐到客厅里的沙发上。李长军气呼呼的，不看阿峰，也不说话。

"李总，不要这样嘛，给大家一个机会嘛！"阿峰说，他拿出了一摞资料，有外教和外援的简历，也有外教和外援的授权书。李长军随意地扫了一眼，里面一个外教的资料还真的就在他们的目标人选里呢！但李长军没有说话。

"我的人选质量很高的，这几个应该有咱们西水俱乐部需要的。"阿峰说，"钱上好说，有钱大家赚，李总给我个卡号，我明天上班就给你打两百万过来。"阿峰伸出两个指头比画着。李长军猛地扒拉开阿峰的手，说："你胡说什么呢？我怎么可能要你的钱？"

"怎么不可能？有钱大家赚嘛！"阿峰看着李长军的脸说。李长军气得浑身发抖，他满眼怒火盯着阿峰。"李总消消气嘛，这样，我给你带来了一点儿礼物。"阿峰打开自己的包，拿出一两个用红绸子布包的东西来。他小心翼翼地扯开红绸子布，是两个青花瓷的瓷瓶。"这两个瓶子是我多年前从海外淘回来的咱们的文物，宋朝的官窑珍品呢！搁拍卖行能值两千万。"他比画着。李长军真的想把阿峰和这两个瓶子一起扔出去。他转念一想，如果瓶子碎了，他可是真的说不清楚了。李长军猛地站起来，大声说："赶紧拿着你的瓶子走！"

"干什么嘛？"阿峰说，"我这是好东西。再说，你们又不是不需要外教和外援。""需要外援你明天到我办公室谈，现在赶紧走！"李长军说。"别这样子，别这样子！"阿峰还想说。"好！你不走我走！"李长军向门外走去。"好好好！我走，我走！"阿峰收拾了东西，有些狼狈地装进包里背起来，走了出去。"李总，这样子不太好吧？"走到门口，阿峰回头说了一句。李长军狠狠地把门关上，回身又栽倒在床上。

经过几轮筛选，曾经带队夺得西甲七冠王的传奇教练佩特里尼成功签约西水队。经赵家强同意，赵家勇开出了一个无上限的合同，最终国际一流的德斯累经纪公司把佩特里尼邀请到了西水，在西水大厦，赵家勇和李长军与佩特里尼谈了一个通宵，赵家勇就一个条件，那就是西水必须实现冲超目标才能和佩特里尼继续履行合同，否则随时可以和佩特里尼解除合同。佩特里尼一开始对此很不高兴，他一再强调自己是已经在欧洲赛场上被证明过的教练，自己能给西水足球带来很多宝贵的经验，比如成绩之外的青训和先进的足球理念等等。德斯累经纪公司和佩特里尼反复表达自己的观点，连赵家勇安排的晚饭都没吃，大家就在会议室里各自吃了个汉堡，然后不停地喝咖啡，一直谈啊谈，谈得大家头昏脑涨。赵家勇几次出去给赵家强董事长打电话，又把李长军叫出会议室商量了几次，最后始终咬住冲超这个目标不放松。

一直谈到第二天凌晨，佩特里尼团队的锐气大减，他们出去开了个会，回来之后，佩特里尼有些不甘地同意了赵家勇和李长军提出的合同条款，以1500万欧元的年薪接下了西水足球队主教练一职。签完字后，一帮人突然放松下来，都疲惫地歪在椅子上。大家休息了一会儿，赵家勇跟赵家强的秘书汇报了签约情况，赵家强要过来和佩特里尼一起吃早餐。

早餐所在的房间里灯火辉煌，非常豪华。赵家勇和李长军打起精神，到楼下迎了赵家强，一行人簇拥着他来到房间。赵家强看到佩特里尼，走了几步过来握住了他的手。"欢迎您来到中国，祝贺您和西水地产完成签约，建立了合作关系。从此，我们将为一个共同的目标而一起战斗！"赵家强微笑着说。

"一定一定！一定实现主席确定的目标。"佩特里尼还没有脱去疲惫，显然他被赵家强的气势给震住了，紧紧地握着赵家强的手回应道。赵家强示意大家分别就坐，秘书等随行人员都撤了出去。

"我们西水集团是年销售额超过 2000 亿的中国最大的地产集团之一，除了地产，还涉及工业制造、新能源、高效农业等行业，体育产业作为我们重点发展的板块，今后要加大投入。"赵家强介绍西水集团的情况。李长军听赵家强说佩特里尼和西水集团建立了合作关系的时候，他的心里动了一下。赵家强确实是商界的风云人物，他没有把西水俱乐部仅仅看作一个俱乐部，而是纳入到西水集团，这立意确实高瞻远瞩，有格局。李长军想着，甚至忘记了吃饭。

愉快的早餐结束，大家送走了董事长赵家强，和佩特里尼团队很快进入了工作状态。李长军亲自带佩特里尼团队回了俱乐部，看了为他们准备的办公室、技术分析室和战术室，又带着大家去训练场、力量房、康复室和宿舍等设施转了一圈。在技术分析室，竞赛部早就为佩特里尼准备了一些中超球队和西水队的比赛录像，在那些录像里，有些队员已经纳入了西水俱乐部的视野，李长军和技术团队早就分析过，而且跟赵家勇汇报过了。即便如此，李长军还是翻了一下这些录像的目录，他突然发现，里面竟然没有一盘东山俱乐部的比赛。"唉！东山队是保级队啊！"他突然想起来。在分析队员的时候，提起东山队时赵家勇那种不置可否的态度，分明没有把东山队放在对手的位置上。是啊，东山是中超，西水是中甲，目前还不是对手，但是，西水毕竟是要冲超的队伍呢！

李长军停止了胡思乱想，悄悄安排竞赛部准备一场东山队的比赛录像，李长军特意交代，选有丁心首发参加比赛的那一场。李长军突然为自己的安排有些得意，"丁心！丁心！"他在心里默念了两遍这个名字，暗自笑了笑。

对于西水的设施，佩特里尼并没有给予太多的评价，他和自己的团队一边看这些设施一边跟助教说着什么，助教不停地记录着。佩特里尼走了一圈儿，直接回了会议室，开起了内部会议。李长军回了办公室，审定竞赛部提出的工作计划。技术信息、场地、装备等内容在计划里倒是都体现了，但一看就不够细致，特别是场地和装备的管理方式很粗放。李长军看了两遍这个计划，把身子靠在椅子上，轻轻叹了口气。他拿起笔，修改起来。场地的边线要严格按照12厘米的宽度画好，计划中新更换的球门必须严格按照12厘米直径圆柱形门柱横梁设计，球场的长和宽都要符合要求，还有草皮，每次训练前都要根据教练要求，剪得高度保持在2.5厘米以下。在球队的装备方面，李长军也打了一个问号，划掉原先的装备品牌并写上了"阿迪达斯或耐克"几个字。是啊，西水俱乐部要花大力气冲超，还小里小气的没个大俱乐部的样子不行。虽然西水俱乐部机构简单，人员少，但李长军上来就把东山那种大俱乐部管理模式移植过来。很快，工作流程梳理了出来，张琦作为办公室主任发挥着协调作用。开了几个会之后，李长军立即把精力放在了组队上。

佩特里尼团队看了几天录像，对西水俱乐部的训练设施和后勤保障系统提了一些改进意见，李长军跟赵家勇电话里汇报了一下，赵家勇没有半点犹豫，根本就没问这些事儿需要多少钱就同意了李长军的请示。李长军叫来了新到任的副总经理赵毅和办公室主任张琦，简单开了个会就把任务布置了下去。

忙活了一天，李长军来到佩特里尼的办公室。佩特里尼的办公室是个套间，里间摆着宽大的办公桌，墙上挂了两个电视还有一些视频播放设备。李长军发现，佩特里尼的办公桌上摆了一个巨大的烟灰缸，烟灰缸里挤满了烟头。李长军看了一会儿，暗自笑了笑。外间摆了一个会议桌，佩特里尼和几个助理教练正在研究一份队员名单，他们争论得很激烈，好像没看到李长军进来。李长军也挤进他们之中。佩特里尼一边在一个战术板上画个不停，一边和几位助教讨论。助理教练发现了李长军，起身打了个招呼，略带倦容的佩特里尼伸手握了李长军的手，热情地用半生不熟的中文说："你好！My friend！"又低下头和大家一起研究。

眼看着外面的天已经黑下来了，佩特里尼团队似乎还没有停下来的意思。李长军听不懂他们的语言，在一边待了一会儿，跟翻译说："今天晚上我请教练组吃个饭。"翻译跟佩特里尼说了，佩特里尼打出了一个"ok"的手势，让翻译跟李长军说，再等半小时。李长军告诉翻译，自己在楼下等他们。他在楼里转了一圈儿，张琦也过来问李长军怎么吃晚饭。李长军跟张琦说："我请教练组吃，你在意料西餐厅定个地方。"他一边说一边在楼里转，看到隔着佩特里尼的办公室还有一间空房，他想了想，对张琦说："给这个房间配点家具，再配上咖啡机，弄成咖啡厅吧。"张琦用心记了下来。李长军让他安排个商务车。

佩特里尼一帮人忙活完了，李长军亲自开车拉着他们去了西水有名的意料西餐厅。西餐厅并不大，柔和的灯光下，一切都蒙上了一层朦胧的紫檀色，在电影《美丽人生》的主题曲萦绕下显得很静。餐厅里有一桌商务人士在热烈地聊着，声音很低，但每个人都很投入。有一桌看来是常客的几个外国人，点的东西不多，在安静地聊着什么。佩特里尼带着微笑环视了一下整个餐厅，和大家来到订好的桌子前围着坐下，点了沙拉、香草提拉米苏、牛排、意大利面等菜品，李长军开了一瓶上好的智利红酒。

这是佩特里尼几周以来第一次走出俱乐部，他对意料餐厅很满意，特别喜欢满架子的书。在等餐的时候，佩特里尼顺手抽出了几本外文的杂志，翻看了一会儿，又放了回去。佩特里尼看到李长军一直在看着他，微笑着向李长军竖起了大拇指，说："Very good！"李长军也点点头。李长军在东山和几任外教都共过事，但他第一次以一个俱乐部的主要管理者的身份面对佩特里尼。他想起在东山时白水董事长说牛金的那句话："他就是个雇员！""是啊，在自己面前的佩特里尼就是个雇员，即便他顶着国际一流名帅的头衔。可我现在不也是雇员吗？"李长军想起这个，暗自笑了笑。"非常荣幸能够和佩特里尼先生成为同事，我们相信明年一定能够实现我们共同的目标。"李长军举起杯。

"当然，我来这里就是要让西水足球俱乐部成为中国顶级联赛的冠军，没有别的选择。"佩特里尼和助教们举起酒杯，信心坚定地说。他谈起了自己的计划："马上，我们的队员们就要集中了。从球队过去的表现来看，我们还不够成体系，在三四个位置上还存在明显的弱点，我心里已经有了人选，其中两个可以用外援来实现，另外一个我看好了一个人，就是你原来球队的队员丁心。"他说着，跟翻译核实了一下，确定地说："对，就是丁心！有了这三个位置的补充，我相信我们的队伍非常有把握冲上中超。"

"丁心？"李长军的心动了一下，"真有这么巧的事情？这难道是宿命？佩特里尼仅仅提了一个内援人选，竟然是丁心？"想到这些，李长军的内心竟然有些慌乱。他没有听进去佩特里尼讲什么"如果丁心引不来，可以采用第二方案"等等。恍惚中，闫蕊，那美丽温暖的身影仿佛出现在他眼前，就隔着两个桌子，在那幽暗的灯光下，冲着他嫣然一笑。李长军的心真的醉了。一会儿，他回过神来，举起杯和佩特里尼碰了一下，干了下去。佩特里尼酒量很大，几乎一直在喝，但脸上一点儿也看不出来什么。

这真是个愉快的夜晚，李长军的心情好极了。他和佩特里尼憧憬着新赛季，不时地往那个幽暗的角落看上一眼。这顿饭一直吃到凌晨，李长军酒劲儿上来，几乎不能自持。他打电话叫来司机，大家上了车。李长军坐在副驾驶的位置上，打开车窗，路边的光影飞速往后退去，车子像是行驶在光的河流中。风吹着李长军的头发，他充满激情地对着车外大喊：

"……世界在世界之上滚动，生命在生命之后狂奔……"

翻译把这句诗翻译了一下，佩特里尼竖起大拇指向李长军赞了一下，他向着后面的几位助教一挥手，带头唱起了歌儿。李长军听不懂他们唱的是什么，也跟着大声哼，一路的歌声吸引了路边夜行人的目光，他们仍不管不顾，忘情地唱着。

回到房间，李长军很快进入了沉沉的睡眠之中。第二天，他坚持着按时起床，揉了揉有些发涨的太阳穴，并没有往常宿醉后的头疼症状，脑子很清楚。他一边洗漱一边回想了一下和佩特里尼交谈的内容，他想起昨天和佩特里尼约定，再开个会，把这些事情最终敲定。李长军去了餐厅，佩特里尼和他的助教已经快吃完了，正在喝红茶。李长军赶紧盛了饭，也很快吃完了，和大家一起到会议室里开会。

会议非常简短，佩特里尼把近期的准备工作说了一遍，特别是组队问题，说得非常详细。李长军安排张琦做了记录，很快形成了组队的签报。李长军一点儿也不耽搁，带着签报就去了西水集团总部。他来到赵家勇的办公室，办公室很大，得有接近 80 平方米，大班台和各式家具都十分豪华。看到秘书把李长军带进来，赵家勇赶紧从大班台后面起来，和李长军一起坐到那一圈沙发上。两个人简单说了几句之后，赵家勇认真地看签报，没怎么问组队的具体内容，只对他们的目标和保障措施问了一些，李长军一边说，他一边点头。看了一遍签报，他又翻了一遍，在签报上写下"拟同意，请家强董事长阅示"的字样，起身抓起大班台上的红色电话机。

"董事长，俱乐部组队方案出来了，想上去跟您汇报一下。"赵家勇非常谦恭地说。之后他放下电话，跟李长军说："走，到 37 层董事长办公室去。"两个人出门上了电梯，在电梯里赵家勇告诉李长军，只有有那个红色电话机的人才能直接给董事长打电话，李长军以后要找董事长一定要通过他的秘书。"怎么会？赵总，我肯定先给您汇报。这不，这事儿不是跟您汇报了好几次了吗？"赵家勇笑着看李长军，一会儿就到了 37 层。看是赵家勇，秘书没有进去通报，起身客气地把他俩让进屋里。

这办公室几乎就是西水地产大厦的一个整层，大得李长军都不敢估计有多少平方米。屋子里的大班台还有各式家具李长军不知道是什么贵重木材做的，那份华贵简直无法形容，李长军以前只在纳博科夫的传记《说吧，记忆》里读到过，但他从来没有这样具体的感受。他被深深地震撼了。除了这些家具，还有那个巨大的水晶鱼缸，博古架上摆的一些古董等等，一时间让他眼花缭乱。李长军一直没敢坐下，和赵家勇站在赵家强的大班台前。赵家强认真地看了两遍签报，把签报放在桌子上，看着李长军。李长军感觉到赵家强的目光里充满了力量，让他感受到一种无形的压力，他忐忑地微笑着回视赵家强。"确实有信心？"几乎和赵家勇一样的声音传过来，赵家强问。"有信心，董事长。"李长军说。赵家强听了李长军的话，并没有立即回答，拿起烟灰缸边的大雪茄，赵家勇赶紧拿起打火机伸过去给他点上，说："这一阵子他们的工作我看到了，确实很努力，长军总和佩特里尼的教练组工作很踏实。"

　　赵家强吸了几口大雪茄，大雪茄起了烟雾，他陶醉地吸进去，慢慢地吐出来，又看了看签报，拿起桌子上的金笔，在自己的名字上画了个圈，写了个日期。赵家勇接过签报，赶紧说："董事长您放心，我们一定不辜负您的期望！"李长军也跟着说："一定尽100%的努力，不辜负董事长的期望！"

　　赵家强没有应李长军的话，看了赵家勇一会儿，对他说："去年你也是这么说的。"之后，转过来，看着李长军，意味深长地说，"西水现在是国内最大的地产集团，已经进入世界500强了。"说完，他又吸了一口大雪茄，缓缓吐出一股浓重的烟雾，伸手把烟放到烟灰缸上。赵家勇赶紧跟赵家强告辞，带着李长军出了门。"今年真的能行吗？"一出门，赵家勇就问李长军。李长军真没想到赵家勇在赵家强董事长面前竟然如此气短，但想想刚才的情景，他好像突然理解了。他顿了一下，坚定地回答："能行，赵总。"

　　回到西水俱乐部，李长军直接来到佩特里尼的办公室，他安静地等佩特里尼看完了助手们剪辑的上个赛季的比赛录像。佩特里尼伸了个懒腰，把笔和本子放到桌子上，端起咖啡，示意李长军坐下。

　　"我最需要的一个队员。"佩特里尼说，"那就是东山队的丁心！"

　　"丁心？"听翻译说完，这是李长军第二次从佩特里尼口中听到丁心的名字，他轻轻地重复了一遍，心又动了一下。他一时不知道该怎么回答佩特里尼。"对，丁心！您的老东家的球员。我要把他放在我的战术体系内，这样，我的队伍就完美了。"佩特里尼看着李长军说。李长军端起刚为他准备好的咖啡，喝了一小口。他的脑子里飞速转动着，"丁心？""怎么才能来西水呢？""他本人愿意来吗？""东山俱乐部放他吗？"一连串的问题冒泡一样浮上来。

　　"好的！我马上去谈。"李长军最后坚定地跟佩特里尼说，"明天球队集中之后我就去东山！""好！"佩特里尼和李长军击了一下掌，端起咖啡碰了一下。佩特里尼又跟李长军讲了计划中的队伍状况，两个人商定了明天集中的安排，李长军就回了办公室。

　　李长军看看表，西水的冬天上午很温暖，阳光很亮，毫不掩饰地照进办公室里。虽然面对着明天球队将要集中等一堆事儿，但此时李长军什么也不想干。他拿起笔，在纸上胡乱地画着。他一遍一遍地写"丁心"这个名字，写着写着，闫蕊那温暖芬芳的形象就出现在他眼前，他不由自主地写下了"闫蕊"两个字。李长军突然特别想念闫蕊，想念那个让他感到安宁和温暖的怀抱。他轻轻闭上眼睛，回味着那些过去的情景，闫蕊在他的眼里活了起来。那份微笑、轻吻和香甜的气息，让李长军无限渴念。这样想了不知道多久，他睁开眼睛，一切又回到了西水，回到了自己的办公室。他看着纸上的名字——"闫蕊！""丁心！""我让竞赛部把有丁心首发的比赛录像拿给佩特里尼，是徇私情吗？丁心真的如佩特里尼说的那样好吗？他在东山队都不是主力呢！"想到这里，他突然吓了一跳。这让李长军的头有点儿疼，他揉了揉太阳穴，仔细想了一遍佩特里尼说丁心时的表情，确认佩特里尼是坚定的，李长军的心里才稍稍安定下来。

　　张琦的敲门声打断了李长军，他接过张琦递过来的《新赛季球员奖惩规定》文件草稿，仔细地看了一遍，拿起笔改了几处，跟张琦交代赶紧做成西水俱乐部的红头文件，明天球队集中后的全队会上要发给每一名教练和队员。李长军还交代张琦给他订一张明天下午回东山的机票。一切安排妥当，张琦出去了。李长军拿起球员名单看了起来。一会儿，张琦拿着文件让李长军签发，顺便给了他去东山的行程单。李长军很快处理完了这些工作，又看了一会儿名单，每一名队员都在他的脑海里过了一遍。看完了，已经快中午了。李长军拿起电话，拨了那个熟悉的号码。电话听筒里传来那熟悉而又好听的声音，让李长军又激动，又有一种说不清楚的感受，热烈，几乎不能自持。

　　"我明天下午回去，航班是 SC1168，你来接我吧。"李长军说，那边愉快地答应了，那愉快声音毫无保留地渗进李长军的心里，让他感觉很舒畅。李长军说："我回去和东山俱乐部谈丁心的事儿，我们主教练想要他到我们队里来。"李长军说完，仿佛期待着什么，但闫蕊只是轻轻地回了声："哦！知道了。"声音轻柔的仿佛从很远的地方飘来，非常唯美。

　　打完电话，李长军去吃了午饭，和佩特里尼的团队闲聊了几句，有些提前归队的队员被介绍给李长军和佩特里尼，他们有些害羞地和李长军还有佩特里尼打了招呼，躲到一边吃饭去了。李长军和佩特里尼聊了一会儿，回宿舍睡了一个午觉。3点多钟，他在整个俱乐部转了一圈儿。有几个队员在力量房里开始活动，有两个队员在场地上慢跑，大家有些拘谨地和李长军打了招呼。这让他很满意。

　　第二天的早餐是球员归队后的第一顿早餐。李长军提前来到餐厅，眼前的场面让他大吃一惊。平时摆放有些随意的餐桌被排成了长溜，分成了教练区、工作人员区和球员区，球员区还特意摆上了桌签。球员到餐厅必须路过康复理疗室，助理教练拿着战术夹子站在一个体重秤前，早早在康复理疗室门口等着球员，让每一名队员都称完体重才能过来吃饭。队员们很快聚齐了，坐下。大家穿着统一的服装，按照要求坐在位置上。

　　"从现在开始，大家的假期正式结束了。"佩特里尼说，"我们要开始一个艰苦漫长的赛季，但我相信，你们都是勇敢的战士，我们一定要成为一支永不言败的钢铁队伍。要实现我们的伟大理想，必须要有纪律，从今天早上吃饭开始，一切行动都要遵守我们的纪律！每个人都不能例外！"佩特里尼说完，做了个请的手势。队员们站起来，自动排起队去取餐。队员们取完了，佩特里尼才去拿了盘子，助理教练们示意李长军排在佩特里尼身后。李长军跟了过去，大家非常有序地取完餐，吃了起来。偶尔有几个人说话，但声音都不大，队员那边时有笑声，但也很收敛。

　　上午10点钟，全队量完血压集体开会。队员们集中坐好之后，工作人员给每个队员手上发了一份盖了俱乐部印章的《新赛季球员奖惩规定》红头文件。开始队员们还有些好奇，但看了文件内容，他们都不再说些什么。在领队的主持下，李长军向全体队员讲话："我们虽然有着远大的目标和理想，但我们更关注的是大家能够做好每一点，过好每一天！只要大家平时做好了，每天都有一点儿进步，每天都有积累，我们的目标一定能实现……"接着，佩特里尼向队员们讲了话，他不愧是一个鼓动家，把队员们说得热血沸腾。助理教练宣布了训练计划，领队通知了相关事项，会议结束。

下午两点，李长军和佩特里尼团队带着两个队员在俱乐部驻地召开了新闻发布会。领队向记者介绍了李长军和佩特里尼，李长军代表董事会向佩特里尼颁发了主教练聘书，赠送了俱乐部标志牌和队服。佩特里尼接受了记者的采访，整个发布会非常顺畅。会后，李长军匆匆赶往西水机场。在去机场的路上，那份紧张才略微减轻了一些，李长军靠在车座上，迷迷糊糊地睡了一会儿。到了机场，办手续、安检、登机，经过两个半小时的飞行，李长军终于回到了东山。

东山，东山！转眼间已经一个多月没回东山了！在飞机滑行时，李长军望着舷窗外的灯光，突然有了一种亲切感。他期待着，闫蕊，还有妻子和女儿，还有那个熟悉的家！"别说自己这才出去一个月，就是出去多年也要回到这里，因为东山是自己的家！"李长军想着，飞机稳稳地停住了。李长军下了飞机，刚到出口就远远看见身着一袭浅色风衣的闫蕊等在那里，向他招手。李长军的心里一热，他拉着行李箱加快了脚步，旁若无人地奔向了闫蕊。看着几乎要冲过来的李长军，一直微笑着的闫蕊并没有躲，而是轻轻的伸出拳头，打在李长军的肩上。李长军停住，嘿嘿地笑了。两个人出门上了车，关上车门，他们隔着座位紧紧抱在一起……

夜色深了，闫蕊开车把他送回了自己家的小区门口，李长军整理了一下自己的情绪，拉着行李箱往那栋熟悉的楼走去。

妻子早就做好了晚饭，女儿已经吃完，正在自己屋里写作业。妻子看到进门的是李长军，还是轻轻地惊喜地叫了一声，她嗔怪着："回来咋也不提前说一声呢？"随手接过行李箱，李长军笑着看着自己相濡以沫，走过了那么多岁月的妻子，伸手抱了抱她。妻子有些满足地回应，没有说话。女儿出来，喊了一声："爸回来啦！"就又回了自己屋子。李长军和妻子坐下来，餐桌上摆上了李长军最爱吃的牛肉，还有豆腐和几样小海鲜。妻子做得不错，菜很精致，也很可口。李长军拿起馒头，大口吃了起来。这时，他才有了回家的感觉。想到家这个字，他突然有了一种感激之情，嘴里嚼得慢了，温柔的目光落在妻子身上。妻子感受到了李长军目光里的热度，和他对视了一下，有些羞涩地笑了笑，"快吃吧，肯定饿坏了。"李长军开心地笑着回应了一下，又大口吃了起来。

吃完饭，李长军过去拥抱了一下女儿，帮她收拾作业，准备明天上学的东西，妻子收拾餐厅里的碗筷。这些琐碎的生活，在妻子手里显得很有条理。孩子睡了，妻子回卧室收拾了床，催促李长军早点儿睡。李长军有点儿心虚，他实在找不出什么借口，也来到卧室。他坐在床沿上，拥抱着妻子。妻子抚摸着他的头，那份爱意渗入心田。李长军把头埋在妻子怀里，突然有了一种错觉，闫蕊？妻子？两个角色互换着，让李长军迷迷糊糊的……

李长军和张立约好了，上午到东山俱乐部去谈丁心转会的事情。李长军开着自己的车，回到了久别的俱乐部。东山的冬季依然是肃杀的，除了冬青和一些松柏，那些银杏树和梧桐树都落尽了叶子，虬枝舞蹈着伸向天空。灰喜鹊三三两两地落在草地上，偶尔被惊起，叫得也比夏天急切。东山俱乐部即将到海南集训，刚刚集结的队员正在基地的一块场地上跑步。李长军故意放慢了车速，他看着这支队伍，感情有些复杂。不一会儿到了办公室楼下，保安和工作人员还是那些人，可李长军突然有了一丝陌生感。他一一打了招呼，上了三楼，直接去了张立的办公室。李长军拿出张立爱抽的雪茄烟，放到沙发上。张立热情地打着招呼，起身过来，泡上了茶。

"你回来就是为了买丁心？"寒暄了几句，张立直奔主题。

"对。丁心在这里打不上，我想要是去我们那里应该是个不错的机会，咱们东山还能挣点儿钱。"李长军说。

"嘿嘿！"张立诡异地笑了笑，他高深莫测地盯着李长军看了半天。李长军一时不知道张立到底什么意思，心里有些发毛，他稳了稳神，迎着张立的目光和他对视了一会儿。

"这不是钱不钱的事儿。丁心在我们这里踢不出来不要紧，但要是在外面踢好了，我怎么跟领导交代？"张立说。听张立说完，李长军想起俱乐部之前的领导也曾经说过这样的话。他的内心突然感觉特别悲哀。球员的价值竟然被这么认识？这是职业化的思维吗？不是钱的事儿，那能是什么事儿呢？李长军沉吟了一会儿，说："张总，我们是中甲，丁心在中甲能踢成什么样子呢？再好也不过是个中甲球员吧？"

张立听了，从烟盒里抽出一支烟，点上，长吁了一口。"你说的是这个理儿，可东山作为世界五百强排名前列的知名国企，差钱吗？钱真的不是问题。"说着，张立打住了。"那什么是问题？"李长军问。"嘿嘿。"张立又诡异地笑了几声。他说："你们准备出多少钱买丁心？""这得看东山俱乐部的了。"李长军说。"1个亿，咋样？"张立说完，探过身子，盯着李长军说。"别，别别，张总，咱不能开这个玩笑，我们只是中甲呢！再说，西水怎么能和东山比呢？"李长军说，他想起了西水集团赵家强董事长的气势，内心里对自己的言不由衷感觉有点儿虚，又有点儿鄙视起张立来。

"哈哈！"张立大笑了几声。在这笑声里，李长军找不到自己在西水俱乐部当总经理的感觉，也不是张立下属的感觉，他真的不知道该如何应对了。在尴尬中，张立收住笑，问道："你真的想签丁心？是不是那个美女找你了？"

"没有，没有，真的没有！"李长军的脸一下子红了。看着李长军慌乱的神情，张立再度大笑起来。他跟李长军说："5000万，你拿走，要是不行那就免谈！"张立说完，叫来刘可，安排人按照李长军提供的合同模板去起草转会合同。之后，让刘可在小餐厅安排了午饭，叫着俱乐部的几个领导和李长军去吃午饭。

午饭气氛很热烈，从来不喝白酒的李长军不得不喝上了茅台。张立和几位俱乐部领导轮番轰炸，没多久李长军就喝下了半斤多茅台，他的眼前开始出现重影。这时，竞赛部弄好了合同，拿到小餐厅给张立看了一遍，去盖了章再拿过来给李长军签字盖章。李长军硬撑着仔细看了一遍合同，签上字，从包里拿出了西水俱乐部的公章，盖了上去。之后，又是轮番轰炸，李长军足足喝了得有8两白酒。他努力使自己保持清醒，直到午餐结束。张立拉着李长军的手说："钱一到合同马上生效！"李长军说："明天钱就到！"

之后，他就什么也不知道了。等他醒来，自己躺在足疗店里，已经是深夜十一点半了。他的按摩椅边上放了一个盆，里面还有一些呕吐物。挨着的沙发上躺着东山俱乐部竞赛部的工作人员小穆，一直陪伴着他，照顾着他。李长军看着小穆，想起来当初小穆来求职的时候，因为小穆家里有事，要等一个月才能来上班。当时俱乐部正缺人手，张立不想再等一个月，要李长军继续招人。是李长军打了包票，才把竞赛部这个位置留给了小穆。

小穆陪得太久了，此时已经在沙发上睡着了。李长军看着小穆，想起面试时候和他聊天的情景。小穆对足球很有研究，掌握了大量的资料，但从来不说过头的话，这让李长军感到非常满意。他感受到，小穆非常需要这个工作。当小穆说自己一个月后才能来上班时，李长军犹豫了一下，但他还是很痛快地答应了他。小穆走了之后，他去跟分管竞赛的领导解释了一气，又跟张立再三保证，终于在一个月后等来了小穆。

"小穆并不知道自己为他做过这些呀！"李长军想，"所以有些纳闷儿小穆为什么对自己这么好？也许小穆了解这些。这样看来，这兄弟，还真是个知道感恩的人呢！"李长军想着，喝了口水，起来上了个厕所，躺到沙发上，又迷迷糊糊地睡了。李长军做了一个梦。他梦见自己来到海边，在一片沙滩上。那一片沙滩非常干净。潮水声涌过来，又退下去，很辽远。慢慢地，这海滩变成了一片草地，幻化成为一个足球场。球场上的草长势很好，修剪得非常整齐，那份青草的气息让人沉醉。突然，一片乌云过来，越来越沉。乌云里洒下了一片粉末，这些粉末均匀地洒在草地上，就像一层盐洒下来。李长军感觉这些粉末好像洒在了自己的胸口，他的胸口感觉有些疼，又有些憋闷，自己惊醒了。李长军也惊醒了小穆。小穆看李长军在揉着自己的胸口，赶紧过来问："没事儿吧？李总。"

"没事儿！"李长军对小穆说，"咱们走吧。"

"好的，李总。"小穆去拿了李长军的包，李长军抽出包里的合同看了看，又装进去，摇晃着起身，走了。

第十五章　李长军在西水队

　　第二天醒来，李长军给赵家勇打电话汇报了买下丁心的事情，赵家勇高兴地在电话里表扬了李长军几句，按照李长军的要求安排人给东山俱乐部打钱过去。李长军没再耽搁，定了下午的机票就准备回西水了。又是闫蕊送的李长军，在接上李长军之后，闫蕊并没有直接去机场，而是拐进了她的小区。又是一次温柔而热烈的告别，这让李长军很不舍。但他还是慢慢地把完美的闫蕊从怀里松开，坐着闫蕊的车向着机场飞奔起来。

　　晚上，赵家勇等着李长军吃晚饭。司机接上李长军就去了西水的凯丽西餐厅。车子行驶在华灯初上的街道上，随着夜色渐深，各色的灯火逐渐亮了。李长军依然对这个城市有着一种说不出的陌生感，他的心里还小心翼翼地留存着闫蕊的体温和味道，他轻轻地抽了一下鼻子，生怕这种味道淡去。"自己来西水这么久，赵家勇还是第一次单独和他吃饭呢。"李长军突然想起来。他前前后后又想了一会儿，想不明白今天到底什么主题。他的电话响起来，是妻子打过来了。是关心的问候，李长军柔声跟妻子报了平安，问了女儿的情况。接着就到了凯丽西餐厅的门前。

　　赵家勇早就在色调厚重的咖啡吧里等着李长军了。李长军进了房间，一直来回踱步的赵家勇转身坐到桌子前，招呼李长军也坐下。餐厅的西班牙籍厨师亲自上来安排了菜，服务生打开了红酒。赵家勇和李长军对视着，两个人都没有说话。一会儿服务生把醒好了的红酒倒上，赵家勇说："这是西班牙最好的红酒！出自西班牙皇室经营的酒窖。"说完，他拿起酒杯，在手里暖了一会儿，和李长军碰了一下，浅浅地抿了一口。两个人闲聊着，沙拉、牛排和鱼之后，上来了一盘伊比利亚火腿。赵家勇也不讲究，伸手拿起一片放进嘴里，非常陶醉地嚼了起来。赵家勇举起杯子和李长军又碰了一下，喝了一口，盯着李长军，说："长军，你一个人又是去自己的老东家买人，你就不怕人说你有问题？"

听了这话，李长军的心里咯噔一下，浑身有些微微冒汗。他看着赵家勇的眼睛，脑海里回放了一遍赵家勇的这句话，他不明白赵家勇什么意思。不过，赵家勇说的确实有道理，自己一个人回老东家去买人，又是好几千万，怎么能说清楚呢？他擦了擦汗，说："赵总，我确实太急了些，应该再带个人过去，考虑不周，考虑不周！"李长军一边说一边看赵家勇的表情。赵家勇依然非常投入地嚼着伊比利亚火腿，一直等他快把这一盘火腿吃完了，李长军问："赵总，您也怀疑我吗？"

"哈哈！"赵家勇哈哈大笑起来，他咽下嘴里的火腿，起身走到李长军身边，拍了拍他，"我要是怀疑你，就不和你吃饭了。"他坐下接着说："我会给你最大的信任，我认为这是我唯一需要做的，其他的都是你的事儿！"李长军听了有些感动。赵家勇给两个人都倒上了半杯红酒，碰了一下，一下子干了。两个人一直聊到深夜，才走出西餐厅。赵家勇主动和李长军拥抱了一下，上了自己的宝马745，一溜烟走了。李长军也上了车。西水的深夜依然很热闹，还有些车水马龙的意思。李长军的脑子里一堆碎片，他也想不清什么，就干脆什么也不想，径直回了俱乐部。李长军直接扑到床上，很快就睡了过去。

早饭的时候，李长军和佩特里尼谈了引进丁心的情况，两个人就组队的其他工作又商量了一阵儿，开始了训练。又是一天的魔鬼训练。上午训练结束后，上赛季踢主力的6个队员到李长军的办公室找他。佩特里尼和这6个队员谈过了，通知这6个队员将不在他的新赛季的比赛阵容里，这在球队中引起了不小的震动。李长军虽然对此有准备，但当这6个队员来到他的办公室的时候，李长军的心里还是有些难过。虽然上个赛季西水只打到中甲第六，但这些队员哪个不是勤勤恳恳的呢？即便有些时候他们没有表现出更高的水平，但队员们哪有不想赢球的？当然，最后据说有队员怕冲上中超失去主力位置没有尽全力。但这只是传言啊！何况，俱乐部也应该预想到这种情况，提前做工作，怎么能全怪队员呢？听几个队员说着，李长军理解他们的心情，但他真的一时没有办法明确答复他们。这真是一种煎熬，很快到了午饭的时间，队员们离开李长军办公室去了餐厅。但李长军没有一点儿食欲，他突然有了一阵儿想要呕吐的感觉。李长军稳了稳神，给东山退役的老队员钱云鹏打了个电话。正在一支中甲球队带队的钱云鹏答应帮李长军给其中的 3 个队员联系下家。之后，李长军又给赵家勇打了电话，建议给予解约的 3 个球员一定的补偿。赵家勇痛快地答应了李长军补偿队员的意见，让他拿出个规矩来，以后凡是出现这样的情况，都有个依据，尽量公平对待每一个球员。

　　接着是塞浦路斯集训。佩特里尼带着全新的西水队在海边的塞浦路斯国家足球训练基地上进行训练。这个基地真是"好山好水好寂寞"，除了俄罗斯和土耳其的几支球队在这里训练，当地的居民很少。几棵树散布在几栋 3 层建筑之间，除了训练场之外，到处都是草地。道路、房屋等等都十分干净。越过场地，就是像蓝宝石一样的地中海。

　　佩特里尼带着队伍进行了一周的体能训练，接着进入技战术训练阶段，与在当地训练的球队进行热身比赛。热身赛第一场的对手是俄罗斯的苏维埃之翼队，这是 1942 年就成立的前苏联时期的老牌球队。两队列队出场的时候，西水队队员几乎比对手矮半头。从当地找来的裁判吹响比赛哨声，热身赛开始。苏维埃之翼的队员看似技术粗糙，但力量很足，一时间冲得西水队根本打不起来像样的战术配合。开场没有 10 分钟，苏维埃之翼的前锋接到队友传球，强压西水队中卫把球顶进大门。0：1，西水队比分落后。又踢了十多分钟，佩特里尼提前换人，换上了并没有首发的丁心。一直在场边做准备活动的丁心到了场上很快适应了比赛节奏，他虽然被对手硬生生地对抗弄倒了几次，但几次传球过人都非常轻巧，西水队踢得有了一些战术。在上半场比赛即将结束时，丁心给前锋徐力传出好球，徐力躲开了对方强壮的后卫，直接杀入禁区，推射远角扳平了比分。由于是热身赛，双方没有换人限制。下半场，两队你来我往地更换了大批队员，但最终谁都没有再破门。虽然苏维埃之翼踢得非常粗野，但双方态度都非常友好。

　　比赛结束，在助理教练的带领下，分比赛组和替补组又进行了一组训练。队员们非常累，有几个队员都不想吃饭了。李长军和佩特里尼沟通了一下，让工作人员去把那几个队员叫到餐厅，佩特里尼端着盛了饭菜的盘子，在一个桌子前喝着红茶，等着这几个队员。他微笑着跟这几个队员打了招呼，目光温柔地看着他们把饭吃了，才慢斯条理地拿起刀叉，仔细地切了一块儿煎鱼。

　　第二天的训练量依然很大，佩特里尼把队伍分成了3组。一组放松，另外两组打起了对抗。放松的那组里有几个就是昨天不想吃饭的队员。他们很快放松结束，去看其他队友们打对抗。佩特里尼完全投入到了角色之中，他来来回回大声喊着，翻译几乎都跟不上。15分钟一节的对抗一气打完，佩特里尼花上三两分钟给大家讲解，对个别位置的队员进行一下调整，之后立即开始下一组对抗。几组下来，有的队员几乎直不起腰来了，双手叉腰不停地大口喘气。

　　上午接下来的时间又是训练，下午对阵塞浦路斯甲级队阿诺索西斯。阿诺索西斯踢得节奏挺快，但对抗激烈程度和苏维埃之翼相比要小，西水队的队员们踢得相对自如一些，技战术内容显得更多一些。全场比赛下来，西水队在下半场获得角球机会，依靠后卫常元功的头球1：0取得了最后的胜利。赛后，佩特里尼很高兴，晚餐的时候，他特意在餐厅摆上了几听啤酒，允许每一个队员最多可以喝两杯。

　　晚饭结束，佩特里尼和李长军约在酒店的露天咖啡厅。此时，海风并不算很凉，带着淡淡的海洋的气味儿吹过来，让人感觉很舒适。外面的灯光不是很亮，在又远又近的浪涌声中，这带着一丝暖意的灯光让人感到很踏实。"李，"喝了一口咖啡，佩特里尼说，"现在，我们的队伍只缺一个能够得分的强力前锋了。当然，徐力也不错，但要想提高比赛胜率，他还需要进步。"李长军看着佩特里尼，他同意佩特里尼的观点。此时他的脑海里飞速地搜索着，佩特里尼提到的几个外援都联系得怎么样了？李长军感觉自己有些沉浸在当前的事务中，似乎对这个工作有所忽略。他想起，阿根廷国脚洛维奇和塞拉利昂现役国脚、切尔西的队员纽坎斯的简历他们曾经研究过，但当时队伍还没有成形，到底引一个什么样的前锋还没有明确的思路。现在佩特里尼明确了需要强力前锋的想法，李长军首先想到了这两个人。"洛维奇、纽坎斯和法甲蒙彼利埃的特洛普这几名队员怎么样？您知道，咱们在出来集训前都关注过的。"

"这些队员我都了解，他们都是好队员。"佩特里尼说。

"不过，以我在东山俱乐部时候的经验，所有引进的外援都是要试训的。"李长军说。

"哈哈！"佩特里尼朗声笑了起来，"这很对，我也希望他们能来试训。但是，我们是中国的二级联赛的球队，要想让他们来试训，恐怕还需要花大力气来谈。"李长军听了这话，盯着佩特里尼的眼睛看了一会儿，说，"那好，您把这几个队员排个顺序吧，我们确实不能保证最终能把谁引来。"

"好！这个我早就排好了。第一是纽坎斯，第二是洛维奇，第三是特洛普。"接着，佩特里尼拿来了纸和笔，分别给李长军讲了几个队员的特点，和将来在西水队里的技战术作用。商量完了，李长军赶紧给赵家勇打电话汇报这个事情。赵家勇答应得很痛快，在费用上没有任何意见，需要多少就给多少。最后，李长军说："他们要来，必须试训。"

"对，必须试训！"赵家勇说。

不出所料，纽坎斯坚决不试训，李长军跟经纪人下了军令状，洛维奇和特洛普飞到了塞浦路斯，来到球队驻地。两个人一开始并没有参加训练，在一边观看了西水队的训练课。两个人似乎很认同佩特里尼的训练方式，第二天就跟着队伍开始训练了。果然是五大联赛的主力队员，两个人各领一组进行分队对抗。4组对抗下来，洛维奇一个人就打进了7个球，特洛普稍微弱一些，在对抗上似乎有些吃亏，就这样也进了3个球。接下来他们又代表球队分别打了半场热身赛，热身赛对手是俄罗斯超级联赛俱乐部乌法，洛维奇在比赛中打进一球，球队以2:1获得最后的胜利。一周的试训很快就结束了，洛维奇显然更符合李长军的心理预期，但佩特里尼好像更倾向于特洛普。两个人讨论了半天，李长军差点儿就被佩特里尼说服了，但他相信，以他在中超的经验，更硬朗的洛维奇可能效率会更高，最后，他不得不提出这事儿需要董事会决定。在当着佩特里尼的面给赵家勇打了电话之后，李长军趁上厕所的时机，给赵家勇发了个短信，说明了自己的观点。第二天，赵家勇打来电话，说赵家强董事长决定引进洛维奇。李长军接完电话，身上几乎冒出了一层汗。洛维奇真的就比特洛普强吗？他有些打鼓，又为自己背后的小动作感到羞愧。镇静了一会儿，李长军去和佩特里尼说了董事会的决定，佩特里尼并没有不高兴，他像个孩子一样地和李长军击了一下掌。

两天的时间，洛维奇就完成了合同签订工作。佩特里尼作为有着丰富的五大联赛执教经验的教练，给了洛维奇很大的信心。合同签得很顺利，洛维奇的年薪1200万欧元，这已经比李长军心里准备的价位低了不少。回欧洲一周之后，洛维奇返回塞浦路斯和球队集合，新赛季的整个球队就齐了。在之后的几场热身赛中，西水队先后3:3战平土耳其的卡辛帕沙，3:1战胜俄超球队乌拉尔，2:0战胜了塞浦路斯的新萨拉米斯，五场比赛不败。集训进入了尾声，这个过程非常辛苦，但大家都信心满满。

中超联赛开始一周后，中甲联赛也正式开幕。信心满满的西水俱乐部承办了中甲联赛的开幕式。正是春寒料峭的季节，但整个球场热血沸腾，那气氛简直不输任何一个中超球队的主场。赵家强在赵家勇的陪同下，和足协、西水市的相关领导一起坐在主席台上，观看开幕式和本场比赛。西水队尽遣主力，对于黄河队摆出一副严防死守的架势。一开场，西水队很快就掌控了比赛，之后，黄河队几乎放弃了中前场，几乎所有的队员都堆积在自己的禁区前沿。开场20多分钟，徐力和洛维奇组成的双前锋在前场获得机会，徐力一脚劲射，皮球被守门员碰了一下，击在横梁上弹出。没过5分钟，西水队获得禁区前沿任意球，洛维奇罚出的皮球直挂死角，可最终还是打在门柱上，再度弹回，被黄河队队员解围。下半场，黄河队被西水队越压越紧，几乎没有喘息的空间。但黄河队依靠顽强的防守和拼命的破坏，把西水队几次巧妙的进攻扼杀了。最终，双方0:0战平。毫无疑问，这是个令人失望的结果。赛后，赵家勇通知李长军和佩特里尼到球场的贵宾室里，他早早的就在那里等着他们了。

赵家勇一直在贵宾室里站着，看着电视里的比赛镜头回放。佩特里尼和李长军面带愧色地进了贵宾室，赵家勇客气地和两个人握了手，示意两个人坐下。佩特里尼想要给赵家勇分析一下这场比赛，赵家勇示意不用分析了。他说："加强董事长让我转告你们二位，虽然没有拿下比赛，但球队的进步是显而易见的，看得出来你们前期备战工作是有效的。不过，以后也要解决好破密集防守等问题。平一场球不要紧，要有信心，把之后的训练和比赛筹划好！"赵家勇说完，佩特里尼听翻译翻完，使劲点头。李长军也对赵家勇表示了感谢。

失望的球迷没有立即散去，三三两两在体育场外面走着。李长军送佩特里尼回俱乐部，自己突然感觉有些胸闷，咳嗽了一气。他给副总经理赵毅和办公室主任张琦分别打了电话，就让司机把自己送回了家。李长军疲惫地躺在床上，可他实在睡不着，拿起了那本小说《摆渡人》，看了一会儿才有了些睡意，蒙蒙眬眬地睡过去。

李长军很快陷入了梦境。他感觉自己走在一个悬崖边上，仿佛在寻找着谁。悬崖边上布满荆棘，这些荆棘扎在他鲜嫩的肺上，有些疼，疼得让他感到慌乱。李长军突然失足，掉下了悬崖。这个悬崖深不可测，他一直往下掉，往下掉，不知道掉了多深。李长军感觉一晃，突然醒了。睁开惺忪的睡眼，无边的夜色黑沉沉地压迫着他，让他几乎无法呼吸，内心倍感孤独。他挣扎着起身，拿起床边的矿泉水，咕咚咚灌了下去。打开床头灯，拿起放在一边的《摆渡人》，又看了起来。

接下来的比赛很快到来。这场比赛是个客场，李长军和佩特里尼商量了一下，他准备亲自打一次前站。李长军带着竞赛部的人来到江州，一下飞机他就带着人直接去了淮水队的主场。李长军从网上查了淮水这几天的天气，让竞赛部的人记下，到场地去踩了一圈草坪，询问了比赛时要修剪的草的高度，也做了记录。然后去江州市区，到球队准备要入住的酒店，把餐厅、房间和作为医疗室的房间等都看了一圈儿。李长军亲自写了报告，让随行的人翻译了，发了回去。

　　球队第二天上午到了江州，李长军亲自去接球队。佩特里尼见到李长军，上来就是一个大大的拥抱，手里挥舞着李长军发回去的前站报告，连声说："Good！Good！"李长军热烈地回应着。两个人的情绪感染着队员，从他们身边走过去的队员有的都不好意思起来。

　　比赛就是在这样愉快的氛围中开始的。西水队一开场就掌握了主动，丁心作为中场，从容地调度着整支球队，洛维奇很快就从两名中卫之间一个接球摆脱，直接杀奔禁区，冷静施射，帮助西水队取得领先。上半场结束，西水队就确立了2：0的优势，最终3：0拿下了比赛。

　　随后的西水队的势头就像这天气，越来越热，到了6月份，西水队已经取得了九连胜，在积分榜上早早确立了领先优势。毫无疑问，这是非常令人愉快的事情。不过，李长军却经常咳嗽。一直坚持踢球和锻炼，自我感觉身体很好的李长军一直不信邪，就这么扛着。可持续咳嗽了两个多月还不见好，李长军终于扛不住了。他开始吃药，消炎药、咳嗽药，开始只是断断续续地吃，后来就一把一把地吃，但好像效果依然不够好。

　　九连胜后，联赛迎来了短暂的间歇期。中国足协在滨城召开中超和中甲的总经理联席会议，李长军代表西水参会。再次来到滨城，让他想起了那次东山队在滨城的惨败。出租车行驶在喧闹的滨城街道上，车窗外是被一股股热浪压迫着的人们。这暑热还没有到最烈的时候，街边的梧桐树叶在微风中哗啦啦地翻滚着，好像一层层的笑意，荡漾着。人声此起彼伏，那些人影和店面在李长军的眼里模糊起来，幻化成了一片一片的颜色，就像是抽象派绘画。李长军的心情变得写意起来，他很享受这种感觉。他打开手机，找出了新下载的李宗盛的歌《山丘》，他闭着眼睛听着。"……越过山丘，却发现无人等候……"听到这句，再此让他想起了自己当年在皓哥家里的那个下午。皓哥的家有些简陋，于是这个"简陋的"下午就留在了李长军的记忆中。那个下午，也许有一束阳光斜斜地照射进了这份简陋中，并不缺乏温暖。特别是两个男人除了喝茶，只是相对无言许久。皓哥拿出了自己作词谱曲的一摞稿子来，他找出其中一首，开始唱起来。李长军放下茶杯，沉浸在这有些苍凉的歌声中。"……越过山丘，却发现无人等候……"李宗盛的歌声响起来，但这似乎就是皓哥的歌声，回荡在那个"简陋的"有着一抹斜斜的阳光的下午里。"这是两个男人的浪漫！"李长军想起来这样一句话，自己笑了笑。皓哥已经去南方的城市很多年了，突然间，他很想念这份男人间的浪漫。想着想着，李长军在出租车上迷迷糊糊地睡着了。

到了会议指定的酒店，刚进房间，李长军的电话就响了起来，是张立。"你好，张总！"李长军应着。"长军，抓紧下来吃饭，吃完饭我请你出去坐坐，提前欢迎你回中超。"李长军听了，微微笑了笑。"好的，张总。"他答应着，洗了把脸就下去了。在餐厅里各位老总都自发找位置坐下了，那几个能喝酒的俱乐部的老总很快就热热闹闹地喝开了。李长军、张立和几位老总在一桌上象征性地喝了点儿啤酒，大家闲聊了会儿，穿插着互相敬了酒，又吃了一阵儿，有几位老总就提前散了。李长军和张立也跟大家打了招呼下了楼，两个人沿着大街开始走。正是晚上七八点钟的时候，大街上人们的节奏还没有慢下来。李长军和张立不知道走了多久，来到了外滩，外滩人很多，非常热闹。李长军和张立靠在栏杆上，对着东方明珠，吹着江风。

"张总，最近可好？"李长军先打破沉默，说。张立听了，苦笑了一下，"还行吧，凑合着吧。"李长军看着张立，他理解张立的无奈。东山今年加大了投入，听说已经砸钱过了7个亿，这可是中超前两位的投入呢！但球队只保持着第四五名的成绩，和第一名的差距超过了9分，追赶的可能性很小，这产出显然和这么大的投入是不相符的。李长军不知道该怎么跟张立聊下去，于是两个人继续沉默。

"你的脸色不太好啊！"张立看着李长军说，"你多久没回家了？"他问。

"哦，两个多月了！"李长军随口回答。是啊，已经两个多月了，张立提起这个话题，这份奔波让他突然间感觉到孤独起来。

"走，去喝一杯吧！"李长军提议，两个人微笑着互相对视了一下。李长军突然想到，自己自从离开东山，第一次没有感觉到张立是自己的总经理，此时他更像是一个老朋友。"……越过山丘，却发现无人等候……"李长军又想起了这首歌儿，想起了"两个男人的浪漫"这句话。嘿嘿，也许过去的斗争，终成今日的浪漫。这就是生活，这就是生命。

　　两个人找了家菜馆，点了几个小菜，开了一瓶滨城当地的白酒。碰了一下杯，张立一口干掉了半杯。李长军突然觉得这酒有些烈，自己几乎无法下咽。他喝了一口，要放下。"喝，喝喝！"张立不由分说地劝李长军，"不喝还想不想冲超？"他激李长军，好久没喝白酒的李长军硬撑着喝了半杯，头几乎瞬间就涨了起来。他几乎不知道和张立在聊什么。他只记得，张立恨恨地说："你知道吗？长军，白水董事长让我立了军令状，今年进不了前三我就下课！下课！"李长军依稀记得张立脸上扭曲的表情。之后，他什么也不知道了。就这样浑浑噩噩地睡了一夜。早上李长军挣扎着爬起来，洗漱了吃完早饭，匆匆赶去开会。他和张立打了个照面，张立有些诡异地笑了笑，说了句："酒量不大行了啊？"李长军笑了笑，到摆着自己桌签的座位上坐下。

　　今天早上才赶到滨城的纽方部长主持会议。会议的议题是关于重新调整中超、中甲俱乐部标准的内容，标准调整之后将对各家俱乐部进行集中审核，然后组建中超股份公司和中甲股份公司，负责中超联赛和中甲联赛的整体运营。李长军早就跟着纽方部长参与过中超俱乐部标准的起草，他对这份方案是绝对支持的。但那几家房地产公司出资的俱乐部，总是想借机成立职业大联盟，要搞英超一样的职业化。听了他们跟纽方部长的争论，李长军内心里暗笑，什么职业大联盟，还不就是想夺权？距离真正的职业化还早着呢！

　　李长军一边开会，一边用矿泉水把大把的药送服下去，之后又收敛地咳嗽了一阵儿，继续开会。会后，李长军没吃晚饭，和纽方部长打了个招呼，和大家道了别，就直奔机场，回东山了。照例是闫蕊接的李长军，李长军一上车，闫蕊并没有表现出李长军期待的那份热情，而是十分认真地看着他。李长军被看得不好意思起来，他从副驾驶靠过来，伸出胳膊想抱一抱闫蕊，但闫蕊躲开了。"你的脸色怎么这么难看？"闫蕊像是质疑，又有些心疼。"昨天晚上和张立一起喝多了，喝多了，没事儿。"李长军含含糊糊地说，又咳嗽了几声。闫蕊看了他一会儿，主动靠过来，和李长军抱在一起。

　　李长军回了家。家里妻子早就准备了饭菜，李长军看着妻子，他的内心有些愧疚。妻子看着李长军，眼里满是爱怜，她伸过手来，轻抚他的头发和脸颊。李长军吃了几口，又开始咳嗽，他放下筷子，和妻子说了会儿家长里短，就上床睡了。家里的床让李长军感觉很踏实，这是一场少梦的沉沉的睡眠。李长军婴儿一般躺在妻子怀里，一直酣睡到天亮。

　　早上，李长军送女儿去上了学，回来照例是奔波。他得赶紧回西水，毕竟，这是西水队的第一个间歇期，在连胜之后队伍能不能保持这种紧张的氛围，李长军没有太多把握。他给正在上班的妻子打了电话告了别，让闫蕊送自己到机场，返回了西水。到了西水，李长军直接来到训练场上。佩特里尼还是练半场五打五，李长军习惯性地看表，他计了一下时，第一次五打五共用时 57 秒，第二次好一些，也过了 50 秒。李长军皱了一下眉头，他想起当年东山训练质量下滑时的情景，但他没有说什么。看了一会儿训练，李长军打电话让张琦在意料西餐厅定了个房间。训练结束后，等佩特里尼给大家讲完了球，李长军走过去，跟佩特里尼说："佩特，今天晚上一起吃个饭，怎么样？"佩特里尼看到李长军非常高兴，但接到邀请之后他还是迟疑了一下，不过很快就愉快地接受了。"ok！"他高兴地说。

　　佩特里尼等人到了意料餐厅，照例很开心地坐下，点上自己喜欢的牛排、鳕鱼等菜品和红酒。李长军和他们一边喝一边聊天。西餐的节奏很慢，在轻柔的《罗马假日》等意大利名曲的环绕中，柔和的灯光让人内心很沉静。但此时李长军平静不下来，他想着自己想要跟佩特里尼说的话，推测着他可能出现的反应。最终，李长军下定决心说出自己想法。"佩特，"李长军说，"您觉得现在训练怎么样？"

　　佩特里尼听翻译李强翻了李长军的话，愣了一下。"什么意思？"他问。

　　"没什么特别的意思。"李长军说，"九连胜很容易让球员出现思想上的放松，如果不抓紧，可能会出现训练质量下降的情况，可能会影响我们的比赛成绩。"

　　"这您多虑了。"佩特里尼摊开手，"我能够带队取得九连胜，就能带队完成董事会交给我们的任务。"

"那您觉得东山队的队员怎么样?"李长军故意找了个看似很远的话题。

"当然好了,东山队有国内最好的球员,外援也不差,如果组织得好,东山绝对是联赛冠军的有力争夺者之一。怎么?你想用他们来替我们冲超吗?"佩特里尼开玩笑说,他为自己的玩笑感到有些得意,哈哈大笑起来。

李长军也跟着笑了。等大家都停下来,他说:"可惜的是,东山现在争第四都很困难。"李长军沉吟了一下继续说:"佩特,今天的训练我计了一下时,咱们训练时的半场五打五每次都在 50 秒以上,最慢的都超过了一分钟。您还记得您当初的要求吗?我记得您最初的要求是一次半场五打五不能超过 27 秒,这是我担心的原因。"说完,李长军认真地看着佩特里尼。

佩特里尼的脸色红一阵儿白一阵儿,他说话的口气明显急促起来,"李,我可以认为你这是在质疑我吗?"

"当然不是。"李长军坚定地回应。

佩特里尼站起来,他做出往外走的架势,又回过身,对李长军说:"我是大家认可的职业教练,在五大联赛执教的成绩完全可以说明我的能力。我的战场在球场,而不是在餐厅!"说完,他头也不回地走了。看到这个场面,几位助理教练面面相觑,一时不知道说什么好。他们和翻译说了几句什么,翻译问李长军:"那几位助教问可以走了吧?"李长军微笑着说:"当然可以。"说完,他端起酒杯,和几位助教一一碰杯,一饮而尽。几位外籍助教在李强的带领下走了,李长军忽然感觉头有点儿晕,赶紧坐下,咳嗽了一气。他用叉子卷起了意大利面,送到嘴边,却突然想呕吐。李长军放下面,结了账,叫了司机回俱乐部。到了俱乐部,李长军给翻译李强打了个电话。李强安顿好了这些外教,正准备回家。李长军让李强到自己的宿舍里来。"你怎么看今天的事儿?"李强到了李长军的宿舍,李长军直接问。

"说实话,九连胜确实让队员有些放松,其实,这也让佩特里尼低估了冲超的难度,这确实很危险。"李强说。

"对。"李长军一边给李强倒上一杯苏打水,一边说,"所以我们必须得让佩特里尼认识到问题的所在,有时候看不到问题就是问题,盲目乐观就是危险。"

"是的，李总，也多亏您提出这些，否则，不就是全放给外教吗？那和老百姓种地靠天吃饭有啥区别？"李强说。

"不过佩特里尼确实不接受我提的问题。技战术问题需要他解决，思想问题需要我们来解决。你觉得怎么才能让佩特接受我的意见呢？"李长军忍不住咳嗽了几声，看着李强说。

"李总，我看佩特也不一定不接受。刚才从意料餐厅回来，佩特直接去了办公室，他在看训练计划和训练的录像，说明他还是在考虑您提出的问题。"李强说，"不过，确实需要有个合适的方式让他接受您的意见。这样吧，李总，我试着跟他聊聊，再及时跟您汇报，可否？"

"好的！"李长军起身，拍了拍李强的后背，"不早了，回去休息吧。"李强喝干了面前的苏打水，和李长军道别走了。李长军关门回过身，那种头晕恶心的感觉再度袭来，他赶紧冲到卫生间吐了一会儿。晚上根本没吃什么东西，李长军吐了半天没什么可吐的，他赶紧漱了口，草草刷了牙就去睡了。

这个间歇期很快结束了，在后来的训练中，佩特里尼在场上几乎就像一头狮子，脾气暴躁得很。这段时间，佩特里尼几乎不怎么和李长军交流，但李长军看到，有个助教几乎每堂课都录像，在战术夹子上不停地记着些什么。队员们根本不敢放松，训练质量很快恢复了，李长军有一次偷偷计时，队员们在 17 秒的时间就打完了一个半场五打五。

接下来，西水队迎来冲超对手，以 4 分之差排名紧跟其后的冀北滦河队。滦河队没有多少著名的球员，他们聘请了来自巴萨俱乐部青训系统的教练，始终坚持巴萨的传控打法。这个打法很奏效，使他们始终保持着前进的态势。

在这个炎热的晚上，街边的树木和花草都被白天的太阳烤得有些发蔫了，无精打采地摇曳在微风中。只有知了在不知疲倦地鸣个不停，尖锐嘈杂的声音散落在城市里斑驳的灯光下，消融在各种喧嚣之中。空气有些黏滞，让人感觉很不舒服。但西水队队员个个都显得很自信，并没有把对手放在眼里。赛前的一切似乎都验证着队员们的感觉，首发出场时西水队队员几乎都高冀北滦河队半头，那气势俨然是将军与士兵同列。

随着裁判一声哨响，比赛打响。和以往的比赛不同，滦河队上来就掌控了比赛节奏，他们经常能够踢出连续十几脚的传递，让东山队队员几乎抢不到球。单个对抗和速度力量都不占优的滦河队让西水队队员有劲使不出。西水队即便能够拿到皮球，但在滦河队队员的拼抢下最多只能传递三五脚。两队你来我往，打得很是流畅，不过谁也没有创造出什么好机会。上半场结束，双方竟然都没能形成有效射门，这让这场比赛显得诡异起来，西水队队员越来越急躁。

下半场继续着上半场的局面，不过，一直处于不停地拼抢状态的西水队在酷热中体能消耗很大，反倒滦河队好像越打越有劲儿。下半场第 32 分钟，丁心策划进攻，洛维奇拿球突破了滦河队后腰，要和丁心打配合，刚把皮球传出来，滦河队后腰回身一个飞铲，把洛维奇放倒在地上。裁判赶紧一边掏牌儿一边跑过来，洛维奇痛苦地打了个滚儿，起身和滦河队后腰怒视着，他嘴里不停地说着什么，突然一伸手把对手推倒在地。滦河队后腰夸张地摔倒在草地上，裁判赶紧把手里的黄牌换成红牌，冲洛维奇挥起，将他罚下场。洛维奇很不服气，直接冲向裁判，但被队友拦住，推搡着送出场地。洛维奇冲场内又喊叫了一气，悻悻地脱掉比赛服摔在地上，走回了休息室。裁判转身，对捂着脸的滦河队后腰掏出了一张黄牌。西水队队员围着裁判理论了一气，最终无奈地继续比赛。

比赛踢到第 89 分钟，滦河队终于获得了机会。他们在西水队禁区前沿三传两递，从右侧杀入禁区，滦河队前锋起脚兜了个远角，皮球绕过守门员落入网窝，滦河队绝杀了西水队。进球之后，裁判没有补时，随即吹响了终场哨声。这让西水队的替补席和场上队员十分不满，纷纷冲进场内围住裁判。裁判几乎没法儿脱身，他果断向西水队中后卫掏出红牌，将其罚出场外。翻译李强死死抱住佩特里尼，没有让他参与到围堵裁判的人群中。之后，裁判主持着草草完成了赛后的流程，比赛结束。看台上滦河队的球迷十分兴奋，久久不愿散去，还在不停地摇着手机，几乎所有的手机都打开了手电筒，看台上星河灿烂，非常美丽。李长军一直冷静地看着场内的冲突，猛然回头看到看台上的"星河"，竟有些感动。"滦河队是对手呢，是敌人呢！"他下意识地想，"可这是多么可爱的球迷啊！"

李长军看着队伍散去，送队伍上了大巴，返回了驻地。李长军给赵家勇打了电话，做了检讨。赵家勇和李长军的观点一样，认为队伍有些轻敌，思想上出现了放松，必须吸取教训，不能因为出现挫折就动摇最终目标。洛维奇和主力中卫可能会追加停赛，必须制订对策把损失降到最小。赵家勇条理非常清晰地提出要求，李长军一一答应着。

打完电话，李长军才离开滦河体育场。他没有打车，独自走在冀北市的大街上。很快，衬衫就被汗水打湿了，李长军找了个街边的售货亭，买了一瓶冰的凉茶，咕咚咚一气喝下去，感觉痛快了许多。重新走在回酒店的路上，他干脆脱下了衬衫，光着膀子。手机响了起来，是张琦打来的。李长军看了看，并没有接电话。他就这样一直走啊走，走得汗水流淌着，裤子都湿了，他也不管。这样走了将近2个小时，11点多李长军才走到酒店。灯火通明的酒店大堂依然人来人往，偶尔有几个队员进进出出。队员看到李长军躲不是，不躲也不是，尴尬地和他打招呼。李长军和气地回应着他们，穿上湿漉漉的衬衫进了大堂。大堂里强大的冷气激得李长军打了个寒战，他变得清醒了些。李长军环顾了一下大堂，他看见那个熟悉的背影坐在大堂咖啡吧的角落里。温度仿佛一层薄膜，从这个背影上被撕去，使这个背影更加落寞、无助、凄凉。李长军顿了一下，向着那个背影走过去。一直躲在一边的翻译李强看到李长军，也赶紧走过来。

"今天的比赛不是训练问题，佩特。"李长军坐在佩特里尼面前，说。佩特里尼抬起头，眼里有了些生气，他看着李长军，嘴唇动了动，想说什么却终于没有说出口。"输掉这场比赛，我们还领先他们一分，还是排名第一嘛！前两名就能冲超，我们的信心不会因为这一场比赛就被动摇了。"李长军说，安排李强去吧台要了一瓶黑方，打开了，拿过杯子加了冰倒上。李长军举起杯子，佩特里尼迟疑了一下，也举起杯子碰了一下，两个人仰脖干了半杯酒。黑方那种热辣辣的感觉顺着喉咙下去，让李长军感到刺激而又舒畅。他忍不住又咳嗽了几声，接着把酒倒上。

"我从来没有遇到这种情况，从来没有……"佩特里尼像是在跟李长军说，又像是自言自语。

"不要紧，佩特，这只是一场比赛。"李长军说，"不要再想了，这场输了不要紧，不仅如此，我还允许你下场不赢!"李长军想起赵家勇说的话，他对自己的话有点儿不那么自信，但随即他坚定了自己的语气。

"哦!"佩特里尼看着李长军，木然地答应着，迎着李长军举过来的杯子，碰了一下，干了下去。

"这场比赛我们不仅输了球，在队员上也受了损失，但是，我相信佩特您有能力找出对策，应对这些困难。"李长军跟佩特里尼说完，向椅背上靠了靠，继续说，"我从来没有怀疑过你，因为你是在五大联赛取得过成功的伟大教练。"

佩特里尼的眼睛有些红。这时，不知道其他外籍助教从哪里冒了出来，大家都要了杯子，把一瓶黑方分了，边喝边聊。气氛慢慢放松下来，李长军感觉酒劲儿上来了，又有点儿头晕想吐的感觉。他坚持着，和大家边喝边聊着。

第十六章 西水队冲超成功

回到西水，俱乐部并不意外地接到足协的追加处罚通知，洛维奇和主力中卫都被追加停赛两场。

正如李长军所说的那样，接下来的比赛虽然是主场面对弱旅湘江队，西水队尽管掌控了比赛，但少了前锋洛维奇，球队的攻击力大减。比赛中虽然创造了大量的机会，但始终没有形成进球。最终两队0:0战平。而滦河队凭借一场胜利反超了西水队1分。赛后，赵家勇留在体育场的贵宾室和李长军进行了交流。正谈着，赵家勇接到了赵家强的电话。听起来赵家强对这场比赛很不满意，严厉地批评了赵家勇。赵家勇放下电话，看着李长军，一时不知道说什么好。"赵总，我记得上场比赛赛后您跟我讲的话。"看赵家勇不说话，李长军说，"这场比赛确实让您和董事长失望，但是，请您相信，我对咱们队还是有把握的，冲超的目标是不会动摇的。"

赵家勇点上了一支烟，他认真地听着，思考着。过了一会儿，赵家勇说："长军，我相信你，也相信你说的困难只是暂时的。但是，我还是建议你赶紧写个检讨，体现一下责任。重点写下一步目标，要有下军令状的勇气，目标就定在以中甲第一名的成绩冲超上。要主动承担责任，要写出信心和决心。明天早上九点半跟我去董事长办公室汇报。"

"好的！赵总。"李长军答应着。两个人又在贵宾室里坐了一会儿，对比赛进行了分析，各自回了。李长军回到办公室，打开电脑，开始写检讨。李长军虽然好久没动笔写什么大材料了，但这份检讨写得十分顺利，凌晨4点不到，他写完又校对了几遍，打印后封好，就在办公室的沙发上睡了。

一觉醒来，已经八点半了，简单吃了点儿东西，李长军准时和赵家勇到了赵家强的办公室，虽然曾经来过这里，但李长军还是对这气势有些打怵。他跟在赵家勇的身后，站在赵家强的大班台前。

"董事长。"赵家勇毕恭毕敬地称呼着，"近期确实没做好工作，球队出了问题。但是，我和李总坚信，这些困难都是暂时的，我们一定不会辜负您的殷切厚望的。"

赵家强抬起头看了两个人，把手里的大雪茄狠狠地摁在烟灰缸里，说："出现这些问题就是你们没管好！教练没带好！教练呢？教练咋不来跟我讲清楚，到底咋回事儿？"赵家强越说越生气，用手敲着桌面。

"我们和教练连夜谈了，董事长。"赵家勇说，拿出李长军写的检讨呈给赵家强。"这是他们的分析和检讨，请董事长过目。"赵家强接过检讨，仔细地看着，慢慢地，他的眉头舒展了些。看了一遍，他又把这份检讨翻了几下，说："检讨还算深刻，不过，最终还是要看结果。长军，以中甲第一名的成绩冲超这个可是你说的，要是完不成我可不能跟你算完。"

"董事长放心！董事长放心！"赵家勇和李长军齐声说。赵家强已经不再那么生气，又问了李长军一些球队的情况，两个人退了出去。李长军的心情轻松了许多。"赵家勇不是董事长的亲弟弟吗？不是一起创业的吗？赵家勇怎么这么怕他？"李长军胡思乱想着。

"这下，我们可没啥退路了，长军。"走到楼下，赵家勇跟李长军说了句，上车走了。李长军看着赵家勇的车远去，他好像在想着什么，呆呆地立了半天。直到等在楼下的张琦走到李长军身边，他才回过神来，上了车，和张琦一起回了俱乐部。

接下来的比赛是个客场，对阵西北灞河队。灞河队是防守不错失球很少的球队，而洛维奇和中卫因为受处罚，还要坐两场球监。李长军想起这些心里有些烦闷，他跟队到了西北，和队员一起吃了早饭。吃早饭的时候，李长军和佩特里尼谈笑风生，非常放松。李长军知道，两场不胜而且失去榜首位置，对于佩特里尼来说确实压力很大。李长军这样放松，就是想帮佩特里尼减压。吃完了早饭，李长军问灞河俱乐部要了个车，和张琦去了黄帝陵。

车子行驶在黄土高原上，那原原峁峁雄浑有力，驮着一梁的绿色深深地切下去，那蜿蜒的大山沟一会儿隐去，一会儿又豁然打开，这蓝色的天空似乎倾泻而下，满目之间明晃晃的。"就是这黄土高原，孕育了我们中华文明，这一份气势，凝固了岁月。"李长军漫无边际地想，思想随着风景被车子瞬间抛到身后。

到了黄帝陵，眼前虽然不是那样峻奇，但很雄伟、开阔，让人不由得从内心生发出一种庄严的感受来。他们拾级而上，千年物事就在脚下。中华人文始祖，聚天地之气，李长军心里十分虔诚。他围着黄帝陵转了一圈儿，来到大殿前请了三炷香。请香的时候卖香的人说 50 块钱一炷，李长军拿出了 200 块钱，卖香的人给了三炷香，找了李长军 20 块钱。李长军接过钱，没有说话，但内心里立即涌上了一股说不清楚的滋味儿。始祖目下，手欺心罔，真是人心不古，世风日下啊！李长军并不是因为被人糊弄了几十块钱而失望，而是想起了这个社会。他又想起自己曾经说过的话：足球表现出的问题反映出社会的问题，足球搞不好说明我们的社会存在不足。他默默地想着，点上香，虔诚地拜了，插上香，顺着祭祖大典的广场下去，就回了。

回到酒店休息了一会儿，李长军和球队一起去适应场地。灞河市坐落在山川之间，是典型的黄土高原上的城市。虽然是盛夏，但这里相比西水似乎要凉爽一些。大家的情绪很放松，和以往一样，李长军先下了大巴车，站在车门下跟佩里尼等每一位下车的人依次击掌。丁心走在最后面，他看到李长军开心地笑了一下，跟他击了一下掌。李长军心一动："是啊，丁心来到队里这么久，自己怎么对他的关注竟然比在东山时还少了呢？"他想着这个问题，跟随球队来到场地上。照例是队员们围成一圈儿，佩特里尼给大家讲战术。李长军在跑道上和几个随队记者聊了一会儿，队员们开始慢跑、热身。15 分钟后，张琦按照规定把记者们请出了场地。

赛前的训练没什么很特别的，佩特里尼将队伍分成两拨。丁心作为主力一拨，踢得还算从容，不过由于少了洛维奇，丁心的杀伤力还是打了折扣，几次传球队友都没有接应好。佩特里尼看似很生气，在场上来回走着，大声喊着。第一节对抗结束，佩特里尼将几位主力和替补互换了一下，让李长军吃惊的是，他竟然把丁心放到了替补一边。这怎么可能？头几天佩特里尼还说要让丁心当队长呢，难道明天要让他当替补？丁心已经有 4 个进球和 7 次助攻呢！李长军心里咯噔一下，但他也不好说什么。这样一调换，几个被调到替补一边的主力好像很有气，大家练得火气直冒、杀气腾腾。佩特里尼好像依然不是十分满意，大声喊着，跑来跑去指挥。训练结束，大家牵拉放松。整支队伍没了来时的轻松，大家都沉默不语。在车门口等大家上车的时候，李长军用探寻的目光和佩特里尼对视了一下，佩特里尼调皮地向他眨眨眼睛，他成了唯一放松的人！这让李长军有些不解，他带着疑惑，上车回了驻地。

这个西北小城很有生活气息，连灯光也显得柔和。顺着两条河流形成的带状市区，在两河交汇处建设了一片密集的高楼，显示出现代气息来。驻地和体育场都在这片汇集区，人流如织很是热闹。队员们各自回了，李长军和佩特里尼在大堂吧坐下。"佩特，第二节丁心怎么去了替补那一边？您这是明天要让他打替补？"李长军直截了当地问。

"哈哈！"佩特里尼端起咖啡喝了一口，大笑着指着李长军说，"你这是又要干涉我吧？"

"没……没那意思！"李长军赶紧辩解。佩特里尼凑上前来，颇有些神秘地说，"……对于丁心，我明天想把他的位置提前一点儿。虽然我们有两个主力被追加处罚，但我一直没改变 442 的阵型，明天我要打 4411。"佩特里尼把咖啡放下，继续说，"我要给丁心压担子，但是，这帮孩子们太放松了，所以，我要激一激他们！明天早上我会跟他们分别谈的，你就放心吧！"

李长军听了，有了些底。佩特里尼接着说："李，你知道吧？我的老乡赛迪现在是中国国家队主教练，我们是非常好的朋友！"佩特里尼说着，又强调了一下，"非常非常好的朋友！""什么意思？"李长军不解地看着佩特里尼。佩特里尼故弄玄虚地说："我会从我的孩子们中间为他输送队员，我要让他知道，我的孩子们是多么优秀！"李长军听得有些迷糊，两个人又闲聊了一会儿，去吃了夜宵，佩特里尼团队又要开会，进行技战术的准备。

比赛如期打响，佩特里尼派出的果然是4411阵型。西水队的队员像是打了鸡血，上来就死死压住了对手。原来都是丁心从中场组织，传球给前锋徐力或者洛维奇，这次是中场抢断后把球传给丁心。佩特里尼给丁心交代，一旦到了禁区前沿甚至禁区内，丁心要完全放开踢。开场接近30分钟，丁心和徐力做出精准配合，直接从密集的防守人群中插进去，灞河队队员连铲带推都没能将丁心放倒，丁心突进小禁区附近，一脚劲射，皮球应声入网，1∶0。失球后的灞河队依然采用密集防守阵型，上半场没再丢球。

下半场易边再战，刚开始两分钟，徐力在禁区前沿倚住灞河队后卫，将球回做给丁心，丁心一脚抽射，皮球直挂死角而去，2∶0。接下来的比赛进入垃圾时间，灞河队攻也不是守也不是，他们几次挑衅想激怒西水队队员。但西水队队员都没理会，只有佩特里尼几次站起来找第四官员理论，李长军等人也从替补席上跳起来，表达不满。

比赛有惊无险地拿下了。这场比赛之后，俱乐部收到了国家队集训的通知，丁心的名字赫然在列。当张琦把集训通知送过来的时候，李长军看到"丁心"两个字，眼睛都放光，这可是西水俱乐部的第一位国脚，丁心可是李长军引进到西水的呢！等张琦走了，李长军抓起电话给闫蕊打了过去，他觉得自己的声音在颤抖，在电话接通的那一刻，他几乎兴奋地喊："闫蕊，丁心入选了国家队，入选了国家队！"那边闫蕊也高兴地回应他，那份快乐溢满了办公室，传到了电话的那一端。

接下来的比赛进行得非常顺利，佩特里尼已经完全适应了中国足球，他不仅保证了很好的训练质量，将队员们的情绪调整得也不错。这样，带着一场胜利，球队进入了间歇期，丁心也去了国家队报到。这时，西水队中甲联赛领头羊的位置更加巩固，与第二名的分数拉到了6分，冲超前景一片大好。李长军跟赵家勇请了假，准备趁着间歇期回东山去陪陪妻子和孩子。

安顿好了这些，已经是深夜了。李长军安静地坐了一会儿，想清空自己有些混沌的头脑。屋子里的灯并不清冷，灯光下似乎有着众多有温度的细节，就如这生活。李长军拿起了佘保尔的《百万叛变的今天》。李长军一直非常喜欢奈保尔，和纳博科夫一样，他们是大师，首先是语言大师，是那么容易直达人的心灵。他看了一会儿书，又开始猛烈地咳嗽，他抽出纸巾擦了擦嘴，再看一下手里的纸巾，上面竟然有斑斑血迹！"是不是咳嗽坏了嗓子？"李长军安慰着自己。他回想着，自己咳嗽的毛病已经有一段时间了，不仅一直没减轻，最近竟然有加重的迹象。他感觉胸口有些疼，下意识地揉了揉前胸，躺到床上。李长军又咳了一阵子，但他的脑子变得很清醒。他突然想，还是去医院检查一下吧。又前后思考了一会儿，李长军决定先不回家，要去医院看看去。想清楚了，他放松了自己，沉沉地睡去。

李长军连灯都没有关。

早上起来，李长军赶紧给妻子打了电话，撒谎说董事长临时找自己有事儿，这个间歇期先不回去了。之后，他赶紧收拾，自己煮了个荷包蛋面条吃了，下楼打车去了西水人民医院。医院里人山人海，李长军有些手忙脚乱地办卡、挂号、候诊。李长军挂了一个专家号，可直到上午十一点半他才排上号。老专家非常和蔼，听李长军说了病情，看了看他的嗓子，用听诊器仔细听了听他的胸口后开了单子后，让他去做血检和拍片。李长军道了谢，拿着单子出了医院，走了几条街，找到一家馄饨店要了一大碗馄饨，热乎乎地吃了下去。也许是因为稍微放了一点儿辣椒，刺激了嗓子，李长军又咳嗽了半天。等他喘匀了，汗也大部分退了，走出了馄饨店。距离医院下午上班的时间还早，李长军漫无目的地走着。他看到一家书店，进去转了转，书店很宽敞，还有座位，李长军选了几本书，找了个位置坐下，点了一杯绿茶。喝了两杯茶，李长军翻看了几本陈嘉映的书。他看了手机，感觉时间差不多了，就买了一本陈嘉映的《何为良好生活》和以色列作家阿摩司·奥兹写的儿童文学作品《忽至森林深处》，李长军想，自己的女儿一定爱读这儿童文学作品。他付了书款和茶款，心里竟然有些高兴。

又回到拥挤的医院，李长军排队抽血、拍片，之后便坐在走廊的椅子上一边等结果一边读《忽至森林深处》。故事并不复杂，甚至有些魔幻，但背景都是现实主义的。对于儿童文学来说，魔幻是常见的写作手法，但这种现实主义的硬度却很少见。尼希、塔提和玛雅以及他们代表的现代人，就是这样逃离着、挣脱着，更多的人屈从了动物失踪的现实。李长军完全沉浸其中，把整本书看完了才去取结果。等他取了结果再去找老专家，老专家仔细看了半天，把眼镜摘下来，看着李长军问："你家属呢？"

"我自己来的。"李长军有些疑惑，"家属？难道是什么不好的病？"李长军胡思乱想着，回答说。

"你这病有点儿严重呢！"老专家说。听了老专家的话，李长军突然想笑，这简直就是最老套的电影情节，检查完了，叫家属，病人是不治之症！怎么可能？李长军被自己的幽默感逗笑了，他几乎抑制不住。老专家一脸严肃，说："我建议你尽快住院。""住院？"李长军像是自言自语，又像是在问老专家。"很严重吗？大夫！"李长军顿悟了一样，问。"没什么，只是怀疑，还需要住院进一步检查。"专家平静地说。李长军听了，答应了一声，拿了住院单走出了诊室。

一时间李长军不知道干什么好，他几乎忘记了这是在医院。他靠在栏杆上，栏杆下正是医院的大厅。大厅里人来人往，一拨一拨就像一股股潮水涌动不息。李长军想起了小时候，在东北的那个小镇，家里到学校需要过一座木桥。桥下的河流把整个镇子分成了南北两个部分，南部是一家森林工厂和职工的生活区，北边是一个有几千人的大村子。河南边是一片红砖绿瓦，掩映在绿树荫下，河北边则是各色的房屋交错着，围着供销社、卫生所等几栋大房子。每家门前门后都有个园子，种了些蔬菜什么的，显示出无限的生机。最妙的是傍晚，村子上笼着一层薄薄的雾霭，雾霭中露出红瓦或者草房顶的一角，那一角的烟囱里常常会飘出几缕袅袅的炊烟，悠然地飘升。远远望去，那炊烟以晚霞为背景，红火得热烈，又那样悠然，仿佛心情被完全陶醉了，整个世界变得空灵了，进入一种亦真亦幻的情境。

李长军常常会在放学时坐在那座木桥上，望着那河水发呆。清澈的河水哗哗流淌，一片片白色的浪花泛起，忽地拐弯儿，慢慢远去。李长军内心里会有一种非常宁静的感觉，除了水在流，时间仿佛停止了，不管天空中风云变幻，思想就在那不远不近的前方漂浮着，没有情节，却让人沉醉。后来长大读书到了城市，李长军常常会到城市里的过街天桥上看来来往往的车辆，那满是车辆的马路就像童年的那条河流。尤其是华灯初上的时候，那马路上的车灯连起来，一半光彩地迎着岁月，一半是红色的背影。李长军想着这些不知不觉已经走上了一座天桥，站在天桥上，他又想起了儿时的那条河流和那座木桥。"失乡的人儿！"李长军突然想到这句话，看着那河水一样的车流来往不息，他的眼睛突然有些发酸，泪水无声地滑落下来。

李长军回到俱乐部，自己在房间里不吃不喝昏天黑地地睡了两天，直到张琦打来电话，他才清醒过来。原来，这个晚上有中国队对巴拉圭队的比赛，张琦提醒他看球。李长军放下张琦的电话，打开电视，比赛已经开始了，丁心获得首发机会。这场球中国队踢得不错，和巴拉圭队你来我往很有气势，上半场巴拉圭队抓住机会打进一球，在上半场即将结束的时候，踢后腰的丁心急速插上一个头球，将球顶进，扳平了比分。下半场15分钟，丁心被换下，之后中国队再度获得机会，又打进一球，2:1，中国队最终取得了比赛的胜利。

看完比赛，李长军感到非常高兴，他赶紧拿起电话给闫蕊打了过去。电话接通那一刻，传来闫蕊激动的声音。那份激动冲击着李长军的耳鼓，让他热血沸腾。李长军干脆站起来，一边打电话一边来回走，后来忍不住咳嗽起来，才挂了电话。接着，李长军平静了一下自己，又给妻子打电话。他内心里的那份愧疚涌上来，几乎再度让他流泪。他叮嘱着妻子和孩子，说了半天的家长里短，就把电话给挂了。李长军突然觉得有些饿了，他赶紧下楼，去找馄饨馆儿。

又过了两天，球队开始集中。张琦一见到李长军，吓了一跳。"李总，您怎么瘦成这样了？发生什么事儿了？"

"没事儿，在家少，偶尔回去一次事儿多，有点儿累！"李长军胡乱地应付着。大家又开始研究接下来的工作。而球队那边，丁心成了话题人物。毫无疑问，这让大家对佩特里尼更加信服，事实上，每一名队员都感受到自身的提高。

之后的西水队一路顺风顺水，在这个秋天，联赛还剩5轮的时候，西水队领先第三名11分，领先第二名8分，如果下一场球西水赢球而第三名不赢球，西水队将提前四轮锁定前二，获得冲超资格。这场比赛是主场，此时显得格外重要。赵家勇再次带着李长军去了赵家强的办公室。听完赵家勇和李长军的汇报，赵家强看起来很高兴，他抓起电话打了出去："秘书长，这周末书记和市长有空吗？我请两位领导看个球，您抓紧汇报一下吧，尽快给我个回话。"说完，他挂了电话，跟两个人说："你们俩听见了，我可是邀请了市里领导看球了，你们只能胜利，不能有任何闪失，听见了没有？"

"董事长放心，董事长放心！"赵家勇和李长军同声回答。赵家强满意地微笑着说："家勇，这场拿下，你是不是该考虑怎么奖励一下长军总啊？""那是，那是！董事长，一定重奖！"赵家勇赶紧表态。李长军听了，匆忙接过话来："董事长对我不薄，我看还是奖励球队吧，毕竟这是西水第一次有中超俱乐部，意义重大，大家也付出了很多。"赵家强一直保持着脸上的微笑，他说："看你们的了！"接着，赵家勇站起来，从橱子里拿出一个精致的盒子来，他打开盒子，里面是一个玉佩。他拿过来，珍爱地打开，轻轻地吹了吹，把盒子放到李长军面前，说："长军，这可是乾隆时期的物件，从海外流回来的，今天我送你了，让它保你平安，也保咱们球队！"李长军赶紧推辞，赵家强直接把盒子塞到他手里，说："收下，收下，今天你必须收下！"李长军收下了，两个人道谢并告辞。

"你小子，赵家强是我哥，都从来没舍得给我这么好的东西呢！"赵家勇说，话里带着一丝嫉妒。两个人又开了几句玩笑。各自上车走了。李长军小心地把玉佩盒子收好，上了车，才放松下来，这时他突然感觉胸口有些疼，忍不住又咳嗽起来。"咱去医院看看吧？您都咳嗽这么久了！"张琦有些心疼地说。"不要紧，不要紧！"李长军上气不接下气地说，"打完这场比赛再说。"

佩特里尼针对这场比赛准备得非常细致，他提前两周就把计划制订好了，几次大量、几次战术都要求得非常详细。而且在这两周，每天他都亲自审菜单，大训练量之前吃什么，晚餐吃什么他都要求非常明确。佩特里尼让翻译把菜单翻译好，复印了拿在手里，每天在球员开始吃饭前来检查一番。他还要求球员每次吃饭的时间不能少于 30 分钟，蔬菜和肉食要搭配合理。这些，李长军看在眼里，他看到每天睡眠不超过 4 个小时的佩特里尼，真的有些心疼。

比赛快开始的时候，队员们都被佩特里尼调整得眼睛冒火，几乎随时想把对手吞掉。赵家强、赵家勇陪着市委书记和市长坐在主席台上，观看这场比赛。赛前，李长军亲自审定，发了一张非常煽情的海报。李长军还找各大门户网站和媒体对本场比赛进行了炒作，将比赛的气氛烘托得近乎沸腾了。李长军知道"大热必死"的说法，但他从佩特里尼的备战来看，对这场比赛充满了信心。市委书记提前几分钟坐到了主席台上，主席台下副台上的球迷有人发现了他，站起来向书记挥手。其他球迷跟着看过来，也纷纷站起来向市委书记挥手。在副台上球迷的带动下，整个看台一片骚动，向着主席台呼喊，书记也起身向球迷挥手。台下的记者纷纷调转镜头，冲着主席台啪啪啪啪地拍个不停。这让李长军有了幻觉，让他想起了东山队夺冠时领导看球的情景。

这场比赛的对手是北方黑水队。黑水队队员一看这架势，内心很不服气，决心和西水队死拼一场。果然，比赛开始黑水队就采用杀伤战术，一顿飞铲和冲撞，让比赛硬度十足。西水队并没有被黑水队吓住，反而不急不躁，控制起比赛来。因为黑水队拼得太狠了，所以西水队在场上并没有看出什么优势来，上半场仅仅获得了两次不错的射门机会，都与进球失之交臂。黑水队这边踢得非常热闹，但全队根本连不起来，形成不了有效的配合，半场他们竟然连一次射门都没有。下半场易边再战，黑水队的气势消了不少，西水队则越踢越从容，下半场第 17 分钟，洛维奇和徐力、丁心打出了一组配合，洛维奇倚住黑水队后卫，一脚"天外飞仙"一般的球飘飘忽忽越过了黑水队守门员的头顶，1:0，西水队获得领先。

整个现场沸腾了！市委书记和市长被球迷感染了，在座位上挥舞双手和大家一起庆祝。赵家勇激动得直捶桌子，把茶杯里的茶水都震了出来。接着，黑水队就像泄了气的皮球，再也没有什么还手之力，徐力和丁心又各进一球，3:0 干净利落地拿下比赛，丁心也打进了他本赛季的第 9 球。裁判哨声一响，看台上的球迷集体抛下了缤纷的彩带。队员们在场上奔跑着，疯狂庆祝着。队员们拉着早就准备好的横幅，横幅上写着"感谢西水人民！""中超，我们来了！"等字样，大家围着场地感谢球迷。等球员走到主席台下的时候，向着主席台一起挥舞着握在一起的手臂，主席台上的市委书记、市长等领导也向球员挥手，整个球场的气氛达到了高潮。

庆祝完毕，刚走到球员休息室，李长军接到赵家勇的电话："董事长刚才说了，这场球给大家的奖金增加到两千万！明天就发！要是四场全赢，在原有奖金标准上再增加两千万！长军，给兄弟们说，继续努力啊！"李长军放下电话，大声让球员们静一静，当他把董事长增加奖金的话讲给大家听的时候，整个休息室齐声喝起彩来。有球员拿起不知道谁早就准备好的香槟，使劲摇晃着，冲佩特里尼喷了起来。佩特里尼跑了，他们又来喷李长军，笑声、喊声、歌声溢满了整个休息室，大家乱成了一团。

过了半天，浑身湿漉漉的佩特里尼参加完发布会回来，跟大家竖起了四根手指。球员们一起一边跳一边喊："四连胜！四连胜！"李长军微笑着看着这一切，他非常满意，就连他忍不住咳嗽的时候，脸上依然是笑意满满。庆祝过后，佩特里尼宣布了纪律："今天晚上大家可以晚一点归队，但明天上午10点要训练。"之后，大家逐渐安静下来，有说有笑地收拾东西，一起回了。

李长军送走了球队，突然剧烈地咳嗽起来。是刚才太兴奋了？还是太劳累了？李长军来不及想什么原因，整个体育场在他眼前晃动，世界开始翻滚，李长军再也控制不住自己，就在体育场的球员通道门口倒了下去。

等他醒来，已经躺在医院干净的床上。和上次不一样，这次李长军是在西水人民医院最好的病房里。他看着坐在床边的赵家勇，看着张琦，看着医生和护士，嘴唇动了动。张琦赶紧把水递到李长军的嘴边，他张开嘴刚喝了一点儿，就又咳嗽起来。他咳了半天，稍微安定了些，跟大家说："谢谢你们，都回去吧！我没事儿，只是太累了。"说完，他闭上眼睛，开始休息。他听见赵家勇和医生交代了些什么，又给张琦交代了一阵子，就走了。

李长军静静地躺着，慢慢地睡了过去。他恍惚进入一种梦境：那是儿时的那片野地，空旷、辽远，一直隐到那片森林边上。野地里尽是一片一片的野菊花，远看是一片草地，走近了就会发现那一朵朵小小的野菊花，开得那么安静、矜持，还有一点点羞涩。这羞涩变成花香，随着微风摇曳着，冲入鼻孔，清冽，一直沁入心底。在和森林交接的地方，是一片湛蓝的天空，几丝白云飘着，如歌。远远地，一袭白裙飞奔着过来，那洁白的裙裾是那么干净、圣洁。白裙越跑越近，那个人慢慢清晰起来。是闫蕊，是成熟而又美丽的闫蕊。真是天使来到人间啊！那份美丽几乎消耗了人世间所有赞美的词句，让李长军呆呆地看着她，飘逸着越来越近，越来越近……

　　渐渐地，那一袭白裙开始变淡，逐渐模糊，整个野地变成了一块儿绿茵场。那袭白裙变成了一个结实的背影。丁心？丁心！丁心那些刻苦训练的情景幻灯片一样地出现在李长军的梦境中，这不是梦，李长军提醒着自己，无论在东山还是在西水，丁心一直这样努力地训练着。可惜自己常常忽略了他！真是个安静而又有力量的孩子！在这梦里，丁心一会儿奔跑，一会儿带球，一会儿练任意球，还有比赛中的对抗，射门……这些画面快速切换着。李长军想走进这些画面，就像在东山时那样，和丁心一起踢球，一起奔跑。李长军感觉自己已经穿好了球衣球鞋，起身冲出去……

　　"世界在世界之上滚动，生命在生命之后狂奔……"李长军又想起了自己的这句诗。咕咚一声，李长军从床上掉了下来，把正打着的吊瓶都带倒了。趴在一边的沙发上睡觉的张琦被惊醒了，赶紧叫护士。

　　"睡着了！做梦了，做梦了！"李长军挣扎着想起来，他一边剧烈地咳嗽着一边虚弱地说。